星辰の裔

喜咲冬子

本書は書き下ろしです。

目次

男神と女神とがあった。
日辰のもとで男神と女神は、出会い、夫婦となり、酒を醸し、杯を交わした。
月辰のもとで男神と女神は、手を携え、泥をこね、海に浮かべ、嘉した。
こうして、島は生まれた。
勾玉の形をした島の美しさを、男神と女神は大いに寿いだ。
――欠けたるものなきなり。
男神と女神は、この十全なる島に、十津島、と名づけた。

第一幕　馬賊と夷奴

ぴぃひゃらぴぃひゃら、笛の音に、とんててとん、と太鼓の音。

木の傀儡がカタカタ踊る。跳んで、跳ねる度に子供たちが大はしゃぎ。

紅い火の神と、黒い冥府の神。

火の神は、冥府の神に妻を奪われ、黄泉路をたどって奪還しに行く。黄泉路を守る、狼やら獅子やらを倒し、時に美しい女神の誘惑さえも撥ね除ける。

いよいよ火の神と冥府の神の一騎打ち。カンカンと剣がぶつかりあう。

アサは手に汗握り、戦いの行く末を見守っていたが――

「さてさて、戦いの結末やいかに。最終回をお楽しみに！」

今日はここまでのようだ。

紅い傀儡と黒い傀儡が、ぺこりとそろってお辞儀をする。

アサは大きく手を叩いた。

（町を出るのは、明日でいいかな。――芝居を最後まで見たいし）

芝居に夢中になっていた子供たちが、一斉に散っていく。

この島の人たちの髪色は、しばしば樹木の皮や、果実の色にたとえられる。子供たちの髪色も、檜皮（ひわだ）、桜皮（おうひ）、栗皮（くりかわ）、黒柿（くろがき）と、様々だ。瞳の色は、朝靄（あさもや）に濡れる花々を思わせる。淡い彩りを帯びた灰色で、青、緑、紫とこちらも様々であった。

子供が走り抜けるのを、ひらりとかわす。その拍子に傾いた笠（かさ）を、手で直した。

アサは、大きな薬箱を背負っている。笠に隠れた髪は高いところで一つに結び、藍（あい）の布でくるんである。島の男女のほとんどは、髪を低いところで結ぶ。漁村などでは短く刈るのが普通だ。この髪型は、大陸出身の父が続けていた習慣だった。

島で広く着られる麻の着物に、脛（すね）の出る短袴（たんこ）。足元は草履（ぞうり）。そこに大陸風に藍の袍（ほう）を羽織るのが、アサの旅装である。

賑やかな市場ですれ違う人のほとんどは、アサよりも背が低い。

すらりと長い腕や脚（あし）。大きな手足。小づくりな顔に、涼やかな目元。島の人々の丸みを帯びた輪郭（りんかく）や、円（つぶ）らな瞳とは異質である。

アサは十九歳の娘だが、一見すると大陸出身の少年だ。

買ったばかりの炒（い）り豆を頬張（ほおば）りながら、アサはのんびりセトの市場を歩いていく。

（火の神は、妻を取り戻せるだろうか。妻が心変わりなど、していなければいい）

竹籠（たけかご）の中で鶏（にわとり）が鳴き、数種類の炒り豆が売られ、干し魚が並ぶ。数十の露店が軒（のき）を連ねるこの市場に来るのは二年ぶりだ。心が浮き立つ。

テトン湖畔には、セト以外にもイシ、トアダと、大きな市場のある町が存在する。旅の途中のアサは、近場のイシではなく、少し離れたこのセトに寄った。ここに刀研ぎの老人がいるからだ。

「こんにちは。尖刀の研ぎを頼んでいた者です」

露店の店先でアサがぺこりと頭を下げれば、竹籠の陰から老人が出てきた。

ここは竹籠を扱う露店だが、店主は腕のいい刀研ぎだ。

大陸の中原では、庶民でも調理に鉄の刃物を用いる。町には刀研ぎが何人もいるそうだ。だが、この島で用いられるのはもっぱら黒曜石である。鉄刀の研ぎの依頼は、一年に一度来るアサの父以外にない、と何年か前に聞いた。

ならば大陸に縁のある土地に住めばよいのに、と子供心に思ったものだ。なんでも酒で失敗して、北の港街を追われたそうである。

「できてるよ。二年ぶりだが、腕はなまっちゃいない」

「ありがとうございます。──あぁ、いつもながら美しいです」

革の包みを開けて確認すれば、尖刀が十本。掌に収まるほど小さい、だが鋭利な刀だ。泰鄒山の寛清上人を祖とする薬道には、欠かせない道具である。

「で、親父さんも亡くなって、これからどうする？」

「珠海に向かいます。父の遺言でしたから」

「そうか。それがいい。珠海はいい街だ。橙の色の煉瓦の建物が綺麗でなぁ。豊かで、自由で……あちこちに芝居の幟が立ってた」

——私が死んだら、喪は不要だ。すぐ珠海へ行け。

——珠海には、私の師がいる。袁老師。袁梅真。彼を頼るのだ。

父は、いつもそう言っていた。

「お世話になりました。どうぞお元気で」

「お前さんも、達者でな。親父さんみたいな、立派な薬師になるんだぞ」

老人に別れを告げて、市場の道を歩いていく。

——父が長年使い続け、アサが受け継いだ暦によれば、明貫二十五年三月二十日の朝。

目を覚ますと隣で父が冷たくなっていた。

アサは埋葬を済ませ、遺言どおりに、その足で十年住んだ漁村を発った。

珠海は、蜃海に浮かぶ十津島の北端にある。海の西にある大陸との貿易で古くから栄え、商人らが自治を行う商業都市だ。

アサがこれまで住んでいたのは、茅葺の小さな家が十五あるばかりの小さな漁村だ。十津島の南にある那宜国の、さらに南端にある。

南北に長い十津島を縦断する、二百里を超す旅。ざっと三カ月はかかるだろう。

だが、アサは長旅に慣れていた。不安はない。父が病に倒れるまでは、春から秋にかけて、島の南半分にある十五の小国を往診に回っていた。野宿にも慣れたものだ。

（楽しみだ）

目指す商都・珠海は、大陸の影響が色濃く、髪の黒い華人の商人も多く行き交うという。橙色の煉瓦の建物。路地や階段は美しく整い、晴れた日には遠く大陸が見えるとか。

呑気なもので、アサは鼻歌を歌いながら進んでいった。

父の死はたとえようもなく悲しかった。涙のこぼれる夜もある。だが、父は一年半もの間耐えた腫れ物の痛みから、やっと解放されたのだ。安堵も同じだけあった。

アサの身体には、父の血が流れている。父の教育が頭にある。薬師としてアサが生きている限り、その魂は死なない。

父の魂と共に、新たな一歩を踏み出したのだ。誇らしい冒険の旅である。

十津島を南北に分けるのが、テトン湖だ。

アサは険しい南部の道をひたすら進み、五月十五日、この湖畔の町・セトにたどりついた。久しぶりの訪問だ。楽しまない手はない。

そんなアサが出発を決めたのは、傀儡芝居の一座が旅立ってしまったからだ。最終回の日は小雨で、翌日には姿がなかった。大きな楽しみが消え、がっくりと肩を落とす。

しかし、落ち込む必要はない。珠海の市場は、セトの何倍も大きく、千を超える人が住んでいるそうだ。その上、芝居もあちこちで見られるという。

気を取り直し、炒り豆を買い込んだアサは、意気揚々と湖を渡る舟に乗った。

小さな漁村に十年住んでいたが、舟で沖に出たことはない。

生まれる子と同じ程度の数の男たちが、毎年波に飲まれて死んでいくので、海はひたすら恐ろしかった。憧れたところで、そもそも彼らは入れ墨のない者を舟に乗せはしない。浜から見上げる空は、いつも半分が険しい崖で遮られていた。

湖を渡るのは、漁村と同じ丸木舟だ。湖にこぎ出した途端、空が丸く、大きくなる。アサは「わぁ」と声を上げていた。

空は高く、風は清しい。セトは汗ばむほどの陽気だったが、湖の上は実に快適だ。空に鷹が飛び、湖畔には鹿の親子が見える。

「坊主、北に向かうのかい？」

船頭に問われて、アサはいったん自分の後ろを振り返ってから「はい」と答えた。他の客は三人。いずれも坊主、と呼ばれる年齢ではない。

「クマデに向かうところです」

珠海は、島の地名でクマデという。

「北はひどく荒れてる。馬賊どもが、内輪もめをしてるらしいぞ」

馬賊——というのは、大陸から来た一団を島人が呼ぶ名だ。

アサが生まれるより前、ある日突然、五千の騎馬兵で襲来した集団である。

十津島の二十を超える数の国々は、比較的大きな北部四国でも、数百の兵しか持たない。石の武器と革の甲の歩兵で、鉄の鏃と剣を持ち、鉄の甲をまとった騎馬兵に太刀打ちできるはずもなかった。

珠海から上陸した中原生まれの華人たちは、以降、島の北西部の南半分を辰の国号で支配している。

辰人は、島人を夷奴と呼ぶそうだ。

賊と呼び、奴と呼ぶ間柄が、友好であろうはずもない。島の北西部は二十余年前の馬賊襲来から、緊張状態が長く続いている。

「教えていただいて恐縮です。では……西海道は避けることにします」

船頭は、アサの薬箱を指さして「薬師だろう？」と聞いた。アサは、こくりとうなずく。

「セトにも仕事はある。気が変わったなら、このまま戻れ。渡し賃は片道分でいい」

「お気遣い、ありがとうございます。――でも、北西の舟着き場で降ろしてください。父の師が、クマデにいるそうです。あちらは大陸と縁が深いですから」

ここでアサは、顎紐を解いて笠を下ろした。口で説明するより早い。

高いところで一つにまとめた髪の色が、こうすれば船頭にも見えるだろう。他の客の目まで、こちらを向く。

この明るい空の下だ。海の色に似た翠色の瞳も、さぞ鮮やかに映るに違いない。

「あぁ、なるほど。クマデなら、その髪も目立たないな」

この鮮やかな紅色の髪は、大陸の血と、島の血が混じりあった証だ。

華人の髪と瞳の色は、総じて漆黒である。島人の髪色は、明るさの度合いに幅はあるが、茶色がほとんどだ。瞳の色は、微かな色彩を帯びた灰色が多い。

色彩が黒と混じれば、黒に近い色になりそうなものだが、どういう理屈か華人と島人の間に生まれる子供は、鮮やかな髪と瞳の色をもって生まれてくるのだ。

朝児（ちょうじ）――と呼ばれている。

アサの名は、アサが生まれた杜那国（となこく）の村の長（おさ）がつけたそうだが、誰しもが、この色彩から曙光（しょこう）を連想するらしい。

「いずれは、大陸に渡って学びたいです。薬道はあちらが発祥（はっしょう）ですから」

「おう、そりゃいい。いつか立派な薬師様になって、セトに戻ってきてくれよ」

船頭は明るく言った。

「はい。いずれは」

アサは笑顔で返し、笠を被り直した。

「坊主。雷（かみなり）みてぇな音がしたら、馬が走れない場所に逃げろ。逃げ遅れたが最後、あっという間に攫（さら）われて――頭からバリバリと食われちまうぞ」

まさか、とアサは言わなかった。

大陸から馬と共にやってきた辰人は、独自の暮らしを変えていない。

北側に隣接する北部四国ばかりか、あらゆる他国と関わりを持たずに国を保ってきた。

その上、島人を攫っては奴婢（ぬひ）として用いるという。そのせいで、人の血を馬に飲ませるだとか、人を頭から食らうだとか、恐ろしい噂（うわさ）が飛び交ってしまうのだ。

彼らと同じ祖を持つ父は「そんなことはしない」と苦笑しながら言っていた。食人は、中原より遥か南の習慣で、食する際は人肉の血抜きもすれば調理もするらしい。

だが、ここで辰人の肩を持ちはしない。辰は自国の優れた文化の恩恵を、他国に一切与えてはこなかった。島人にとって、呪わしい侵略者でしかない。

「気をつけます」

アサは朗らかに答えた。

紅い髪の向こうに、侵略者の影を見出す者も多い。いつでもにこやかに、人に逆らわず。人々にとって有益な存在であることが、アサの処世術である。

他の乗客とも打ち解けた頃、舟着き場が近づいた。

鹿の姿まで見えていた湖畔は、いつの間にかうっすら靄に包まれている。

舟が止まった。他の客は北東の舟着き場まで行くそうで、ここで降りるのはアサだけだ。

「達者でな、坊主。頑張れよ」

「いろいろと教えていただいたお礼と言ってはなんですが、ちょっと失礼。お手を貸していただけますか？　舌も見せてくださいませ。ふむ。……ふむ。なるほど」

アサは怪訝そうに舌を出す船頭の手を借り、脈を取った。

手を放し、薬箱から薬包を差し出す。

「ん？　こりゃ薬か？　オレはどこも悪くないぞ」

「騙されたと思って、湯に溶かして飲んでみてください。腎に効く薬です。お酒は控えめに。数日続けると、息切れも落ち着くと思います」

船頭が、まずいものでも食べたような顔で、薬包を受け取る。

歩きだした背に「馬には気をつけろよ！　坊主！」と声をかけられ、アサは手を振った。

そろそろ日暮れも近い。ほんのりと、靄の向こうに明かりが見えてくる。

舟を待つ小屋が湖畔にある、と船頭から聞いていた。きっとあれだろう。先客がいるらしい。

いくつか小枝を拾って「失礼します」と声をかけてから中に入る。

小屋の中は、もう暗い。火を囲んで、女と、少年が二人、そろってこちらを見る。

あ――とアサが声を上げて、目をぱちくりとさせれば、兄弟らしい二人のうち、弟の方まで、大きな目をぱちくりとさせた。

知った顔だ。弟が「薬師様！」とアサを呼び駆け寄ってきた。花がほころぶように笑んだ少年の名は、ヨミという。たしか今年、十三歳になったと言っていた。眉の凜々しい端整な面立ちと――その白い肌は印象に残っている。

「ヨミ！　また会えるとは思っていませんでした。今、セトから舟で来たところです」

「さ、どうぞ火の傍へ。我々はイシを出て、一刻前に着いたばかりです」

アサは薬箱を下ろし、ヨミの隣に座った。

「母上も兄上も、お元気になられたのですね。よかった」

「薬師様のおかげです。――母上、兄上、ミシギの森で助けてくださったお方です」

「私の力など微々たるもの。神々のお導きですよ」

アサは礼を言われた時に使う、型どおりの言葉を返した。

この母子との出会いは、四月の半ばまで遡る。

――南端の漁村を出て、一カ月ほど経った頃。険しいミシギの森を川沿いに歩いていたアサは、川に流される少年を助けた。

雪解けの季節、川の勢いは強い。遠目に人影が見えた時「危ういな」と思った。近づいて、声をかけようと思った矢先――少年が、川に飲まれるように落ちたのだ。

そこからは、アサも必死でよく覚えていない。

いつでも木登りができるよう、蔓で編んだ縄を薬箱の横にかけている。運よく石にしがみついていた少年にそれを投げ、なんとか引き上げた。

（色が白い）

助け上げた時、真っ先にアサは思った。農村に、こんな肌をした子供はいない。桜皮色の髪も艶やかだ。ここは山村もまばらな深い山中だというのに。

水を吐かせてから、火を焚き、脱がせた着物を乾かした。

（親の姿が見えない。……どうしたものか。この森は、狼も出るというのに）

筵で包んで温まらせ、しばらくすると少年は、目を覚ました。

緑がかった灰色の瞳の少年――ヨミと名乗った――は、丁寧に礼を言ったあと「母と兄に水を飲ませようと思ったのですが、川に椀をさらわれ、追いかけるうちにうっかり落ちてしまいました」と手短に事情を話してくれた。

ひとまず、親が近くにいると聞いて、アサは安堵する。

「母上と、兄上はどちらに？」

「熱を出して、動けずにいます。森の中で足を止めてしまいました」

そうと聞いては黙ってはいられない。

アサは薬道の徒たる薬師だ。薬道とは、仁恵の道である。

荷物をまとめ、母子を探す。山に慣れていないなりに、ヨミは目印を覚えていたらしい。

「岩が熊のようになっていました」「山査子の木の枝に印をつけておきました」「大きな洞のある古木が三本並んでいました」と次々に指をさしては進んでいく。賢い子だ。

見つけた母子は、ヨミとまとう空気の似通った二人であった。

熱が高く、ぐったりしている。このままでは、狼に食われてしまう。アサはヨミと二人で母子を岩の洞まで運んだ。川で水を汲み、薬を飲ませ、看病した。

二日後、たまたま牛車で通りかかった村人に保護を求めたところ、快諾してもらえた。

そうして、何度も振り返りながら去るヨミを見送った。――そんな経緯である。

思いがけない再会だった。見たところ、母子はすっかり回復したようだ。

ヨミは「母のナツメと、兄のイサナです」と、母と兄とをアサに紹介した。

母のナツメは「まぁ」と声を上げ、胸の前で手をあわせた。

「あの時の薬師様でしたか。……これも神々の思し召しでございましょう。もう一度お会いできたら、きっとお礼を差し上げたいと思っておりました。――これを」

ナツメの所作や口調は、やはり高貴さを感じさせる。年の頃は、アサの父よりもやや若いくらいだろうか。

ナツメは自身の腕につけていた翡翠の腕輪を外しだした。

神々のお導きでしょう、と定型句でかわすつもりだったアサは、ギョッとする。

「受け取れません。薬礼には過ぎたものです」

「薬師様には、命を救っていただきました。私だけでなく——息子たちも」

「神々のお導きです。感謝は、神々にこそ申し上げるべきでしょう」

しっかり断ったつもりだが、ナツメは引く気配がない。温和そうな見た目によらず、強情である。

「……薬師様、受け取ってはいただけませんか？　私からもお願いいたします」

横からヨミが言葉を重ねる。

翡翠の腕輪など身につけては、盗賊を招いてしまう。売って金に換えるにも、盗品だと疑われるのがオチである。

「どうか、お願いいたします、薬師様」

焚火の灯りが、ナツメの緑がかった灰色の瞳に映っている。

この時、断る面倒が、受け取る面倒を上回った。

「——では、ありがたくいただきます。今後の勉学の助けとし、いずれ人々に還すことができるよういたしましょう」

ナツメは、ふわりと優しい笑みを浮かべた。

「薬師様の旅は、どちらまで？　私どもは――クマデを目指しております」

「……私もです」

再び、アサは目をぱちくりとさせていた。

「まぁ、なんという偶然でしょう。もしよろしければ、ご一緒させていただけませんか？」

「喜んで――と言いたいところですが、ご覧の通りです。かえってご迷惑になってはいけません。私は、夜明けに発ちます」

アサは、まだ被ったままにしていた笠をはずした。

いかに灯りが焚火だけといっても、鮮やかな紅色は見間違いようがない。

よほど驚いたものか「あ」と声を上げ、ナツメは口を押さえた。

ちくりと胸が痛む。慣れてはいるが、痛いものは痛い。痛んだ時は、口角を少しだけ上げる。そうやって生きてきた。

旅慣れた薬師と行動を共にする利。人目を引く朝児と歩く不利。人が秤にかけて、選択をする様を見るのが好きではない。

笑んだまま軽く頭を下げ、アサは腕輪を薬箱にしまい、寝床の用意をはじめた。

その背に「薬師様」とナツメが声をかけてきたので「はい」と小さく返事をする。

「命の恩人に、大変な失礼をいたしました。お許しいただけるのでしたら、やはりご一緒させてはいただけませぬか？　私は非力でございますが、息子二人はお力になれましょう。

先ほどの態度は、私の落ち度です。……申し訳ありません」

アサは、壁の方を向いたまま、ムッと唇を引き結んだ。

ナツメとアサの年齢は、母と子ほどの差がある。ここまで丁寧に謝罪されては、アサとしても距離を取りにくい。

（どうしたものか……）

目を片目だけくしゃりと細め、複雑な表情で二呼吸。そこに追い打ちをかけるように、今まで黙っていた兄の方が口を開いた。

「薬師様、母の無礼をお許しください。……母は以前、大陸の方と縁があったと聞いております。島の南部におりますと、大陸との関わりは少ない。それゆえに驚きを覚えただけのこと。──我ら兄弟は、きっとお力になれましょう」

こうなると、瞼も頬も、無難な位置に戻さざるを得なくなる。そこに、

「薬師様、私も決して足手まといにはなりません。どうか、ご一緒させてください」

ヨミまで言葉を添えてきた。

どうにも人の情が苦手である。薬師と患者の関係を一歩外れると、途端に持て余す。

結局、そのように答える羽目になった。

「では……ご迷惑でないのならば」

（面倒なことにならなければよいが……）

内心のため息を押し殺し、振り返ったアサの頰には、もう人のよい笑みが戻っていた。

翌日、早朝に小屋を出た。

小屋を出ると、数人の旅人が靄の向こうから現れた。まさに、今から進む道の方向だ。

おはようございます、と挨拶(あいさつ)をすれば、旅人たちは青い顔で、

「北へ行きなさるなら、西回りはやめた方がいい」

「危険だ。馬賊に襲われる。——仲間も、二人やられた」

と助言をくれた。二人やられた、というのは、馬賊たちの犠牲になった——殺された、という意味だ。

呑気なアサでも、さすがに恐怖を感じる。

「西海道を避け、央山道(おうざんどう)を通ろうと思っていたのですが……」

「道という道は、馬が通る。馬が通るところには馬賊がいる。どこだろうとお構いなしだ。オレたちは獣(けもの)道を歩いてきた。呉伊国(ごいこく)を出てから山沿いをずっと——もう一カ月にもなる」

旅人たちの顔には、疲労が深く刻まれている。

テトン湖から北端の珠海までは、おおよそ九十里。島の北西部は、南半分が辰の版図で、以北は北部四国だ。南部と違い、道は整っていると聞いた。一カ月あれば着くものと思っていたが、辰の版図だけで一カ月とすれば、予想の倍かかってしまう。

（馬を甘く見過ぎたな）

アサは、馬を見たことがない。

漁村に網を引く牛はいたし、山道を歩けば鹿にもあうが、島の南部に馬はいない。馬は、辰人たちが持ち込んだ。父の話に馬はよく出てきたが、美しく、賢く、速く――とそんな話ばかりで、真の恐ろしさを理解しているとは言い難い。

ここで馬の脅威の認識を改め、可能な限り避けるのが上策だろう。

（かといって、道は限られている）

アサは旅人たちに礼を伝え、歩きだした。

珠海に至る道は三本。いずれも辰の領内を通る。西海道と西山道（せいざんどう）は、辰の関所が二つあるので論外だ。央山道は険しいばかりか遠回りだが、辰領内に関所はなく、呉伊国の関所が一つあるだけ。比較的安全に思えたのだが。

「央山道沿いに、道を外れて進むしかなさそうです」

アサが央山道を前にして言えば、イサナが横に並んだ。彼は島人にしては背が高く、さほど目線が変わらない。

「それしかない。――行こう」

イサナが先に歩きだし、アサは後ろに続いた。ナツメとヨミも、すぐに続く。

央山道の東側は、島の北部を東西に割るゲダ山脈の裾野（すその）だ。時折、枝を払いながら進んでいく。木々の間が密であればあるほど安全なのだが、疲労は早い。

アサは時折、後ろを振り返った。母子は弱音も吐かず、懸命についてきている。

――一日目は雨に遭い、昼すぎから洞穴で過ごす羽目になった。

夜のうちに雨は上がり、その後、天気には恵まれた。

山道を歩きはじめて、六日目。

いよいよ、森が鬱蒼としだした。湿気が肌にまとわりつく。

こんな日は、胸にきつく巻いた麻布が、いつにも増して忌々しい。男装に慣れてはいるが、女の身体を隠すのも楽ではない。

「薬師殿は、勇敢だな。我らの病が演技で、我々が盗賊であれば、貴方は身ぐるみはがされていただろう」

イサナが、枝を払うのに手こずりながら言った。

「様子を見れば、演技かどうかなどすぐにわかります」

その横で、ごく簡単にアサは枝を落としていく。

アサの使う鉈は、父から譲られたものだ。大陸産の鋭利な鉄器である。イサナの使う黒曜石の鉈とは切れ味が違う。

「――善行は、勇気なくして成し得ない。勇敢だ。尊敬する」

イサナは、少しだけこちらを見て、すぐにまた枝払いに戻った。

(無防備すぎて、ヒヤヒヤする)

イサナの煤けた麻の筒衣は、胴の部分を荒縄で締めている。短袴に、草履。服装は村人を装ってはいるが、言葉に隙があり過ぎる。漁村の男は、敬意を語らない。

断り切れなかったのもあるが、この危なっかしい母子を放っておけなかった。これを善行と呼ぶならば、たしかに勇気は要(い)ったように思う。

「……女神かと思った」

　ぽつりとイサナが言った。

　自分の勇気を心中で称(たた)えていたアサは、なんの話か、と疑問に思った。

　行けども行けども、森が続くばかり。女神など降臨しそうにない。

「女神のお慈悲には、私もすがりたいところです」

「病で倒れた時、私を助けてくれた人の話だ。——美しく、優しく……女神が舞い降りたのかと思った。優しい声と——柔らかな手と……それらが、たまらなく慕わしく思われたのだ。それが貴方だったとは」

　イサナが手を止め、こちらを向く。

　振り返れば、ナツメとヨミの位置は遠い。少し待った方がよさそうだ。

「熱のせいで見た幻でしょう。よくある話です」

　アサは鉈を左手に持ち替え、右の掌を広げて見せた。

　薪(まき)割りもすれば、手の空いた時は漁村で網引きに加わることもある。患者を抱える力も必要だ。女神の手に間違われるような手を持った覚えなどない。

「残念だ。娘であれば、妻にしたかったのに」

　アサは、不快感を露骨に眉間(みけん)のあたりに表した。

　はじめて患者の求婚を受けたのは、五歳の頃。そののちも、何度か。

（いつもこうだ）

うんざりする。多くの島人の目に美しく見えぬ姿形だという自覚はある。なぜ、彼らがそんなアサに求婚するかといえば、ただ薬師の女が便利だからだ。

七歳頃に、父はアサを少年の姿にさせるようになった。おかげで雑音は消えたので、英断であった、と今も思っている。――娘の婿になってくれ、だの、姉か妹はいないのか、とは聞かれるが。

「女神が男であったとは、残念でございましたね」

「薬師殿の師は――なんというお方なのだ？　いや、他意はない。無事にあちらに着いて、それきりというのも寂しいではないか。友として、縁を繋ぎたい」

アサは、薬師だ。

薬道に頂点なし。生涯をかけて多くを学び、多くを教え、多くを救う。それが、父の望みであったし、アサの望みでもある。宿命だとさえ思っていた。

（絶対に、女だと気づかれぬようにせねば）

女であれば妻にしたい――と簡単にイサナは言うが、それでアサは未来を奪われる。万が一にもあり得ないが、仮に彼の妻になったとしよう。その後に薬師として生きたいと願ったとしても、阻まれるだろう。夫は、妻を所有物とみなすのだから。

感情の整理に手間取って、返事が遅れた。その間が、微かな水の音を耳に運んでくる。

「無事に着いた暁には、お知らせします。――川がありますね。少し休みましょう」

アサは話を打ち切って、少し近づいたヨミに手を振った。遠目にも、ヨミのほっとした表情が伝わってくる。

すぐに川は見つかった。顔を洗い、喉(のど)を潤す。冷たい水が心地いい。

ふぅ、とアサは深い息を吐いた。ここで胸の布を取って、肌を洗えたらどんなに気持ちがいいだろう。だが、今は――今だけは無理だ。

ふと視線を感じて横を見れば、イサナがアサを見つめていた。

「綺麗な瞳だ。――海の色をしている」

アサの、鮮やかな翠色の瞳に対する感想は、概(おおむ)ね二種類。判定の基準は、ほぼ好意の度合いに由来する。

この好意的な方向の感情に、アサはあまり慣れていない。たまらず目をそらす。

「私が好んでなったわけではありません」

「綺麗だ」

声の調子で、イサナが笑んでいるらしいことがわかる。アサの表情は曇(くも)った。

「……不躾(ぶしつけ)に過ぎます」

「すまない。美しい花に見惚(みと)れるのが、罪になるとは思わなかった。気をつけよう」

(おかしな人だ)

そちらを見れば、イサナは小さく笑んだ。なにが嬉(うれ)しいのか、さっぱりわからない。明るい場所では、イサナの灰色の瞳は紫がかって見えた。

どういうわけか、互いに見つめあっている。なんとも落ち着かない。

アサは耐えきれなくなって、その場から逃げた。ヨミのいる岩場に向かう。

「ヨミ、顔を洗ってくるといいですよ。——ナツメさん。水をどうぞ」

母の傍にいたヨミは「はい！」と笑顔で川に走っていく。

竹筒に入れた水を渡せば、ナツメは「ありがとうございます」と優しく笑んで受け取った。その手は白く、たおやかだ。

（熱で、自分の母親と間違ったのではないのか？）

自分の手をもう一度見て、アサはイサナの感想をバカバカしい、と思った。女神のような手では、鉈など振るえない。

ナツメは、川辺にいる二人を見つめている。

「……故郷を出てから、息子たちの笑顔を見たのははじめてです」

「苦労されたのですね」

ナツメの横に腰を下ろし、アサも兄弟の様子を見るともなしに見た。自然とヨミを庇う位置にイサナは立っている。弟は川に落ちたばかりだ。心配にもなるだろう。

「薬師様は、どちらのお生まれですか？」

ふいに聞かれ、アサはナツメから見えない角度で唇を歪めた。

（あれこれ詮索されるのは、そちらも嫌だろうに）

互いに、ただの旅の道づれ。素性など知らずとも、旅はできるはずだ。

「南部の……東の海沿いだと聞いています。その後は那宜国で暮らしていました」

「あの、失礼でなければ、その……姉上か、妹御は……」

アサは顔には出さず、心底呆れた。

姉か妹はいないか？　という問いは、年に何度も受ける。

その度に、声なき声が聞こえてきた。――村に薬師がほしい。便利だ。髪は紅いが、目をつぶろう。女でないのが残念だが、同じ薬師の姉か妹がいればもらい受けたい――

「おりません。父の子は、私一人です」

いつものように、アサは答えた。

そっけないくらいがちょうどいい。含みを持たせれば食い下がられる。

「そうでしたか。……もしや、父上も薬師でいらした？」

アサはここで、強い違和感を覚えた。

ヨミと同じ色の緑がかった瞳は、怯えたようにアサを見上げている。

（大陸の人と縁があった……とイサナが言っていた）

ナツメは、アサの素性を知りたがっている。

「なぜ――」

もしかすると、ナツメは父を知っているのかもしれない。島の南部ではごく稀な華人の薬師と、ちょうど親子ほど年齢の離れた朝児の若い薬師。二人を結びつけるのは容易だ。

「薬師殿――」

アサは動揺していた。だから、気づくのが遅れてしまった。

遠くでイサナが呼んでいる。

(……父を知っている？　姉か妹というのは……もしや、私のことか？)

もう一度、イサナが「薬師殿」と呼ぶ。

ハッとして、アサは物思いを振り切った。

「薬師殿。あちらから声が。――様子を見てくる」

アサは、ひどく速いままの鼓動を静めるために、ゆっくりと呼吸をした。

鳥の声。葉擦れの音。動悸がやや落ち着くと、辺りの音の輪郭が鋭利になる。

たすけてくれ――……

「待ってください。――イサナ！」

イサナは岩を飛び越え、もう川の向こうへ渡っている。

キラキラと、川面が輝いていた。

ふいのことであった。父と、鮎を釣った日の記憶が、鮮やかに思い出された。

鮎を釣るには、最初に捕らえた鮎を、針につけて泳がせる。鮎は己の縄張りを荒らされぬよう、侵入してきた針つきの鮎に食らいつく。そこを捕らえるのだ。

――人を釣るならばどうする？

珍しく父が戯れ言を言ってきたので、アサは戯れ言で返したものだ。

――怪我人を置いておけば、盗賊と善人が釣れるでしょう。

父は「そうだな」と笑っていた。

――善行は尊いが、そこに釣り人が潜んではいないかを常に確認せねば。

「危ない。――危ない！」

アサは最初に小さく、次に大きな声で叫んだ。

すでにイサナの背は遠い。

「イサナ！　戻ってください！」

森が途切れ、そこに広がるのは緩やかな丘だ。木に縛られている人が、三人。

地鳴りがする。――危ない。馬だ。雷のような音が――

危ない！　と叫ぼうとしたが、声は出なかった。

ガン、と頭の後ろに衝撃があり――それきり意識は途切れる。


――父は、いつも言っていた。

「我らは薬道の徒だ。多くを学び、多くを教え、多くを救わねばならん。わかるな？　アサ。薬道に頂点はないのだ」

アサの髪を、はじめて高いところで結んだ日も。

肩で切りそろえた髪を伸ばすように言われ、しばらく経った頃だった。理由もわからず、戸惑ったのを覚えている。首を動かすと、目の端に映る綺麗な紅い髪が、アサは好きだったのに。

「父上、これは男のする髪型ではありませんか？」

結んだ髪をくるりと丸めて、布をかぶせる。まるきり父と同じ髪型だ。

「それでいい。アサ、お前はこれから男児として生きよ」

アサは、自分の髪に触れながら、くるりと振り返る。

父は――牀の上にいた。

夢を見ているのだ――とその時、微かに思った。七歳だったはずのアサの目は、ずいぶん高い場所に変わっている。

涼やかな切れ長の目と、秀でた額。通った鼻梁。細い頤。アサと父とは、顔立ちがよく似ていた。だが、病んだのちは痩せ細り、面立ちを比べる気にもなれなくなった。

青ざめた顔。落ちくぼんだ目。骨ばった腕で、父はアサを手招く。

もう父は声を発さなくなり、言葉の代わりに、指で書く文字で父と会話をしていた。

――驕るな。驕りは求道の敵だ。

歩くことさえできなくなっても、父はまだそうしてアサに教えを説いた。

――草原に行きたかった。若い頃は、長城の西を目指していた。

――思いがけず、東の蜃海を渡ることになった。

――珠海を出てから、最初に腰を下ろしたのは杜那国だ。

――アサ、という名は村の長がつけた。

いつからだろう。

父は、自分の過去を話すようになった。
そうして、そのうち意味ある文字を書かなくなった。
腫れ物の痛みに、昼夜の境なくうめくようになり――
「痛い。痛いです、父上」
ぎゅっ、と頭の上を引っ張られた。
また、アサは七歳の頃に戻っている。視点が低い。
伸びかけの短い髪を、父は無理やり高い場所で結ぼうとしている。
痛い。腕を伸ばして止めようとしたが、届かない。
「痛い――」
「父上――」
ひどく痛い。――頭が――頭が――
ハッとアサは目を覚ました。
縛られている。身体のあちこちが痛い。とりわけ痛むのは、頭だ。
(なに……？　なにが起きている？)
意識を失う前の記憶が、間をおいてまざまざと蘇る。
(そうだ。イサナが人を助けに……やはり、罠だったのか)
アサたちは、まんまと餌に食らいつき、捕らわれた――らしい。
後ろ手に縛られているせいで、わずかに動いても縄が食い込む。猿轡を嚙まされた口の端も、切れて痛んだ。とにかく、身動きが取れない。

微かに首を動かせば、自分の右隣にイサナが、左隣にヨミがいるらしいことがわかった。くぐもった声の位置から察して、イサナの右隣はナツメだろう。

そして、そこに転がっているのは――三つの生首だ。

ややしばらくして、身体の苦しさが、背を強く踏みつけられているせいだとわかった。膝(ひざ)がひどく痛いのも、地面が煉瓦敷きであるせいだ。踏みつけられる度に痛む。

美しく整った煉瓦敷き――ここは、島ではないのだろうか。

こんな鋪装(ほそう)は、島にあるはずがない。

ここは――辰の領土だ。

次――と声がして――ごとり――と音がする。ぷしゃり、と聞こえたのは、血の音か。

――殺される。

(どうして?)

アサには、わからない。なぜ自分が殺されねばならぬのか。

「好きな花は、なんだ?」

目の前にいる、革の沓(くつ)しか見えない男が聞いてきた。

意味がわからない。まったく。

――ナツメが殺された。

次はイサナ。その次はアサ。そしてアサの次はヨミだ。

「花だ、花」

また、男が聞いてきた。なにかの暗号だろうか。

答えれば、助かるのか。だが、答えようなどない。口には猿轡を噛まされている。

「やめよ」

女の声がした――と同時に、すぐ隣で、ごとり、と音がした。イサナだ。イサナの首が落ちた音だ。

（嘘（うそ）だ。――嘘だ！）

善を成すには、勇気が要る。人を助けるために、イサナは走ったのだ。尊い行為である。

だが、そこには釣り人が待ち構えていた。

――父上。父上。お許しを。

まだ、なにもできていない。まだ、なにも。

「やめよ。――生け贄（いけにえ）はもう要らぬ。皇王は、崩御（ほうぎょ）された」

よく通る女の声が、近くなった。

（生け贄……？　生け贄？　私たちが？）

信じがたい言葉だった。

生け贄を知らぬわけではない。神々の怒りを鎮めるべく人の命を捧げる習慣は、アサの住んでいた漁村にもあった。

蛮習（ばんしゅう）だ。生け贄が嵐を鎮めるはずもない。雲は動くのだから、嵐はいずれ去る。

鉄どころか、黒曜石も用いない、木の銛で漁をする村でさえ、長老がほんの子供だった七十年も前にあったきりだというのに。

（あんまりだ）

しかも、その皇王とやらは、もう死んだという。

ナツメは間にあわなかったが、イサナだけは間にあったはずなのに。

「父祖の声を聞いた。――今この時より一切、奴婢を故なく殺さぬこと。これを則とする。また、朝児を殺した者は即日死刑に処す」

朗々とした女の声に応えるように、背を強く踏みつけていた足が離れ、肌に食い込んでいた縄が切られた。猿轡も解かれる。

安堵するより先に、アサは拘束されて痛む手を持ち上げ、ヨミに手を伸ばす。

この酷い有様を見せてはいけない。アサはヨミの身体を、ぎゅっと抱きしめた。――ヨミが震えているのかと思ったが、震えているのは自分の方だった。手だけでなく、足も。

「……男ではないな？」

女が、問うた。さすがのアサも、嘘を通す気にはなれない。

「はい」

「……なにができる？」

女は、さらに問うてきた。

強張った身体は、動きが遅い。のろのろとアサは女を見た。

　鮮やかな青い絹の袍。金糸の刺繍(ししゅう)の施された黒い帯。翡翠の首飾り。複雑に結い上げられた漆黒の髪。

　細く涼やかな目元の、肌の白い、美しい女である。貴人に違いない。

　喉がひりついている。浅く忙(せわ)しい呼吸を、アサは必死に落ち着かせようと努めた。

　惨劇(さんげき)からヨミの視界を遮(さえぎ)る位置に立ち、丁寧に拱手(きょうしゅ)の礼を示す。

「わ、私は——薬師です。華語の読み書きと、十津島の言語を解します」

　アサは華語で一息に言い切ったあと「なにができるか、聞かれています」と島の言葉でヨミに伝えた。

　するとヨミは——

「と……杜那国の王子です。杜那国十二代王、セツリの八番目の息子——ヨミです」

　震える声でそう言った。

　あまりに思いがけない告白に、アサの動揺は極まった。

（杜那国？　王子？）

　アサは、島の南部の東側にある杜那国で生まれた。

　母親の名は知らない。アサを産んだのちに、杜那国の王子の乳母になったと人に聞いた。

　それきり帰らなかった、とも。

（では——もしや——）

　ヨミが王子ならば、兄のイサナも王子だろう。イサナとアサが同じ年頃ということは、イサナの乳母が、アサの母親であった可能性がある。

旅の間、イサナが乳母を母、と呼んでいたら？　ヨミの母親が、ナツメであったなら？

ごくり、とアサは生唾をのんだ。

——ヨミは、異父弟かもしれない。

そこに、ナツメの首がある。横にイサナの首。少年を守る者は、もういない。

善行には勇気が要る。ありったけの勇気を、ここでアサは振り絞った。

（まだ、死にたくない。死んでたまるか。この子も……決して死なせない）

アサは「杜那国の第八王子です。杜那国は島の南東部にございます」と女に伝えた。

「——こちらも内竪にするか」

女の呟きに、サッとアサは青ざめた。内竪とは、貴人に仕える子供だ。主に女児だが、男児の場合は去勢が条件になる。

「と、杜那国の王は、代々武勇に優れています。王子も有能な戦士に育つことでしょう。まだ背丈も伸び切らぬこの時期に去勢をいたしますと、戦士に育てるには不向きになります。出しゃばったことを申しますが、なにとぞご再考くださいませ」

アサはとっさに、口から出まかせを言った。

「……よかろう」

貴人の女は、アサの言を認めた。——助かった。

「皇女様、その小さいのは、オレの部隊で引き取ります。若い奴兵がほしい」

後ろで太い声がした。皇女、と呼ばれたからには、この貴人の女は辰の皇女なのだろう。

「任せる。――名は？」

「私は、アサと申します。王子の名はヨミでございます」

皇女は「励め」と言って、背を向けた。青い袍の裾が、ふわりと広がる。精緻な刺繍のされた沓が、ちらりと見えた。すぐそこに首が転がっているというのに、沓も袍もひどく美しい。

横に、肩のあたりで髪を切りそろえた、黒装束の内竪がいる。皇女は内竪の肩に右手を置き、ゆっくりと歩きだした。

「来い。寝床に案内する」

ヨミを引き取る、と言った男が、近づいてきた。

（あぁ、この声――さっきの、花の名を聞いてきた男だ）

頬と額に、大きな傷がある。大きな男だ。大陸の人々は総じて大柄と聞くが、それにしても大きい。腕はヨミの胴体よりも太いだろう。

先に歩きだした広い背の後ろについていこうとした時、ヨミは微かに抗った。

「ヨミ！　見てはいけません」

必死に視界を覆おうとした時、大男がヨミの手をぐいと引っ張った。

「小僧、ぐずぐずすんな。こっちだ」

こちらの事情を、察してくれたのだろうか。大きな身体はヨミの目から、無残な光景をすっぽりと隠した。

　ふと見れば、林の向こうの空がもう赤い。――いや、違う。あれは柵だ。

　林と見まごう丈の柵が、建物の向こうに見える。

　ゆるく湾曲しながら、続いているようだ。

（ここは……環なのか？）

　環状に濠を巡らし、柵を設けた建物を、島では環と呼ぶ。

　長く縛られていたせいで、柵を見渡すにも首が痛んだ。左の足をひきずりながら歩く途中、アサは注意深く辺りを見――絶望した。

（逃げられそうにない）

　柵は高く、兵士の数も多い。この足で兵の隙をついて逃げるなど、到底無理だ。

　絶望し、そこにアサは小さな失望を重ねた。

　辰は二十余年前、この地に在った三つの国を滅ぼし、国を建てた。都は桂都という。

（皇王や皇女がいるならば、ここが桂都のはずなのに……環にしか見えない）

　中原の都城といえば、堅牢な城壁に、街路が格子状に配されたものだ。そのように教えられ、憧れを抱いてきた。

　だが、ここはどう見ても都城ではない。――アサは失望した。辰人は独自の文化を、島で開花させているものと信じていたからである。

　大陸の文化は、長くアサの憧れだった。優れた文化。優れた芸術。優れた学問。書物に出てくる人物は清廉で、知と勇とを兼ね備えていたはずなのに。

（――ただの蛮族ではないか）

秩序なく配された、薄い茅葺に丸太を繋ぎあわせただけの建物の横を通り、着いたのは粗末な小屋の前だった。途中で見かけた厩舎にも劣る。待遇は馬以下のようだ。

スカスカの簾を上げて中に入れば、湿った臭気が流れてきた。細い廊下の両側に部屋がある。燭台が一つあるきりで、奥は暗い。部屋の出入り口には、これもまたスカスカの簾が下げられているばかりだ。

「奴婢は二人で一部屋だ。今、飯を持ってきてやる。待ってろ」

簾を持ち上げれば、人が二人横になれる程度の暗い部屋に、筵が二つ置いてある。

（奴婢……奴婢か）

男の口からこぼれた言葉が、絶望と失望をいっそう重くする。

島の諸国においては、罪人とその家族をさす言葉だ。中原においては、異民族の捕虜の呼び名である。どちらも私財を持てず、生殺与奪の権を国に握られ、死ぬまで労働を強いられる存在だ。

言われるまま部屋の中に入る。細い窓から入る月明かりと、松明の灯りだけが頼りだ。

ちらりと筵を上げてみれば、床は湿ったにおいのする土だった。

（生きているだけマシだと思わねば……）

ヨミは、細い窓を見上げていた。あの惨状を、彼は理解しているだろうか。胸は痛んだが、曖昧なままにすれば、より傷が深くなる。伝えよう、とアサは決意した。

「ヨミ、残念ですが――その……捕らえられた人の中で、生きているのは私たちだけです。辰の皇王が病で、生け贄にするために我々は攫われました。皇王は崩御したので、私たちだけ助かったようです。――クマデを目指すのは、困難でしょう。柵は高く、見張りの兵も、馬も、たくさんいます。この環に……奴婢として留まらざるを得ません」

「……はい」

ヨミはアサを見て、小さくうなずく。

「ここまで案内してくれた身体の大きな武人が、貴方の面倒を見ると言っていました。兵として育てるという意味でしょう。今は食事を持ってきてくれるそうです」

慰めの言葉を挟むつもりが、必要最低限のことを伝えるので精いっぱいだった。こんな悲惨な現実を前に、かけるにふさわしい言葉も見つからない。

(悪夢だ。信じられない。……こんなことが起きるなんて)

目をぎゅっとつぶった途端、脳裏に転げた生首が浮かんだ。ハッと目を開けば、ヨミがアサを見つめている。

部屋は暗いが、ヨミの瞳の色をアサは知っている。ナツメと同じ、緑がかった灰色だ。

「……言葉を……教えてください、薬師様。大陸の言葉を。――お願いいたします」

ヨミは、アサを見つめて深々と頭を下げた。

十三歳のヨミは、生きることを諦めてはいない。励まさねば、と思っていたが、かえって励まされた気分だ。

「わかりました。私のことは、名で。アサ、と呼んでください」

「はい。薬師様の御名は、アサ、というのですね」

ヨミの目が、アサの目よりも上の辺りを見た。

髪の色を思い出して、朝焼けの色だ、と納得でもしたのだろうか。

「ええ、そうです。まず――返事を覚えましょう。はい、と答える時は『スー』です」

「スゥ？　スー？」

アサは「スー」と口の形を指さして繰り返した。

「大陸の言葉は、否定をする時に『グゥ』と頭につけます。はい、ならば『スー』。いいえ、ならば『グゥスー』」

何度か繰り返していると、簾がパッと上がり、大男が「飯だ」と言いながら入ってきた。

狭い部屋は二人でいっぱいだが、お構いなしである。当然、盆を置く場所はない。アサは受け取った盆を膝の上に置く。

男が手燭を持ってきてくれたおかげで、部屋は明るくなった。――壁の隙間や汚れ、蛾や羽虫やらもよく見える。

「ありがとうございます。――ヨミ、どうぞ」

ヨミは男に向かって「ありがとうございます」と島の言葉で言い、手をあわせた。感謝の気持ちは伝わったのだろう。厳つい男の表情がやや柔らかくなる。

アサは笹の葉に包まれた粽(ちまき)を、一口頬張った。

(おいしい)

生きている。たしかにアサは生きていた。蒸された糯米(もちごめ)には、微かな塩気がついただけだが、噛めば甘さが舌にじんわりと伝わる。

ゆっくりと噛み、ごくり、と飲み込んだ。

身体が糧(かて)を歓迎している。同時に、強烈な気の咎(とが)めを感じた。ナツメも、イサナも、一緒に捕らえられた旅人たちも。もう食事をする口を持たない。

「食っておけ。せっかく拾った命だ。大事にしろよ」

アサの口の動きが止まった理由を見透かしたように、男が言った。

横でヨミは、黙々と粽を頬張っていた。少しだけ、アサは安堵する。

「あれは——生け贄になったのは、坊主の母親か？」

「……はい。彼——ヨミといいます。ヨミの母親と、兄でした。私は一人旅の途中で、たまたま行きあった旅の道づれです」

「そうか。……で、お前は？　珠海にでも向かうつもりだったのか？」

アサは驚いた。ここで聞くとは思わなかった地名である。

「どうしてわかったのです？」

目をぱちくりとさせながら問えば、男も目をぱちくりとさせた。

「知らなかったのか？　皇王陛下は華人と島人の通婚を禁じている。十八歳以下の朝児は見つけ次第殺されてた」

「え？　殺――殺されていたのですか？　朝児というだけで？」

　さすがに、耳を疑った。

　生け贄も驚くべき蛮習だが、朝児殺しも輪をかけて恐ろしい習慣だ。

「そうだ。逃げる先は珠海しかない。――あそこは、昔から商人たちが自治を保ってきた土地だ。辰の則も届かないし、朝児も珍しくないからな」

　アサは十九歳だが、外見で十八か十九かなど判断できないだろう。

　危ういところだった。西海道か西山道を通っていれば、関所で殺されていたかもしれない。アサの生死を分けたものは、絹糸ほどの細いなにかであったようだ。

「神々に感謝せねば。……すみません、お名前をうかがってもよろしいですか？」

　アサは、親切な大男に尋ねた。

「オレの名は士元(しげん)だ。晋(しん)士元。そっちはヨミだな。お前は？」

「アサ、と申します」

「いいか、アサ。内竪ってのは、名誉ある仕事だ。お前のお仕えする皇女様は、皇王陛下――崩御されたが、葬祭(そうさい)が終わるまでは先王とは呼ばん――その妃(きさき)であり、王巫(おうふ)である、偉大なる先王のご息女・祥姫(しょうき)様だ。この国で最も高位のお方だからな」

　真剣に聞いていたアサは、首を傾(かし)げた。

「葬祭が終わるまで先王とお呼びしないのであれば、皇女様は先王のご息女ではなく、今の皇王陛下のご息女なのではありませんか？」

皇女、とは皇王の娘を指すものだとアサは思っている。

「違う。──説明が面倒だな。辰が海を渡った時の偉大なる先王の弟が、さっき死んだ皇王で、さっき死んだ皇王の妃が皇女様だ。皇妃様、とお呼びしないのは、死んだ皇王の妃であるよりも、偉大な先王のご息女である方が、遥かに尊いからだ」

皇女を基準にすれば、叔父の妻よりも、偉大な父の娘の方が価値ある称号だ──という話になる。考えをまとめる途中で「ん？」とアサは再び首を傾げた。

「それでは──崩御された皇王陛下と皇女様は、叔父と姪のご関係になってしまいます」

叔父と姪、それも同姓である。

「そうだ。間違ってない」

あっさりと士元は、アサの言葉を認めた。

アサは、華人の父に育てられた。島人の感覚よりも、華人の感覚の方が身近だ。

十津島では、叔父姪婚ばかりか、どちらかの親が違えば兄妹の通婚も珍しくはない。父はそうした習慣を忌んでいた。中原では同姓不婚が常識である。

「……ご無礼を」

中原から渡ってきた彼らが、禁忌と知らずに婚姻を行ったはずもない。なにかしらの事情があったのだろう。部外者が口をはさむ事柄ではなさそうだ。

「問題ない。王巫になられた皇女様が、最初に告げた父祖の声だからな。祥姫様の妹君の禎姫様も、死んだ皇王の末の弟御、西征公の公妃となった」

士元の説明をまとめると、以下のようになる。

皇女は、王巫の地位にある。これは父祖の声を聞く者のみが就く位だそうだ。父から聞いた話とあわせて判断すれば、卜占の類を行う人であるのだろう。十分、尊い。

それでも、皇女は『皇女』と呼ばれる。

偉大なる先王――蘇王というそうだ――の娘であることこそが、最も尊いがゆえに。

その偉大なる蘇王の後を継いだ次弟が、この度崩御した。

皇王が守っていたこの環は、央環と呼ばれている。

士元の説明には出てこなかったが、央、と名がつくからには、この環は桂都の中にあるのだろう。

辰には央環の外に四つ環があり、それぞれ王族が守っているそうだ。その面々が、葬祭のために集まってくる。士元は「あとで、政殿の女に聞くといい」と言いつつも、大まかなことを教えてくれた。

西環を守る西征公が、蘇王の末弟。皇王の弟。

南環を守る南守公が、西征公の長男。

北環を守る北定公が、皇王と皇女の長男。

東環を守る東護公が、皇王と皇女の次男。

覚えきれずに難渋しつつも、アサの頭の中には小さな驚きがあった。

（てっきり皇女様は三十歳にも届かぬ年齢だと思っていた）

皇女の息子たちが、環の主が務まる年齢なのは意外であった。

しかし、皇女の若さへの興味は、すぐに薄れる。

「士元様、いろいろとありがとうございました。明日からよろしくお願いいたします」

「おう。明日からすぐに仕事だ、と坊主に伝えてくれ」

アサがヨミに伝えると、ヨミは「スー」と士元に向かって答える。士元は、傷で欠けた眉をくいと上げ、少しだけ笑んで出ていった。

狭い部屋だが、士元が出ていくと、存外広く感じられる。

食事を終えた二人のところに、この宿舎の長だと名乗る者がやってきた。なかば白い檜皮の髪の男である。

「お前らが逃げ出せば、この宿舎の半分の首が飛ぶ。忘れるな」

必要最低限の情報と、棍棒（こんぼう）をちらつかせた恫喝（どうかつ）を与えたあと、男は士元が持ってきた手燭を持ち去った。

夜間の会話は、禁じられているそうだ。ヨミに言葉を教えていたアサは、廊下から怒鳴られて断念した。

今日のところは休むしかない。筵の上に横になる。それからしばらくして——

「女なら、どちらか貸せ」

囁（ささや）くような声が、廊下から聞こえてくる。

会話の意図は、おおよそ見当がつく。

（嫌だ。……絶対に嫌だ！）

息を殺して、アサは祈った。

「政殿の内竪と、晋隊の奴兵だぞ。手は出すな」

宿舎の長がそう言えば、チッと大きな舌打ちのあと、足音は遠ざかった。

（助かった……）

ひとまず難は去った。アサは、安堵の息をもらす。

――あまりに長い一日だった。同じ川に水で喉を潤したナツメやイサナは、この夜を知らない。今日という日が、彼らと自分たちを永遠に隔ててしまった。

ごろりと寝返りを打てば、腰に痛みを感じる。薄い筵だ。アサが旅の間使っていた筵の、半分ほどの厚さしかない。あの買ったばかりの筵は、寝心地がよかったのに。

（……薬箱はもう戻ってこないのだろうか……）

筵は買い直せばいい。だが、あの薬箱は唯一無二だ。

父と採取した生薬（しょうやく）や、セトで買った高額な丸薬。薬湯（やくとう）を煎（せん）じる道具だけでなく、島では手に入らない貴重な尖刀や鑷子（せっし）。父から受け継いだ暦。資料の竹簡。アサ自身が書いた診療の記録。

（珠海に着いたら、袁老師に渡すよう言われていた竹簡まで失ってしまった）

果てない絶望を噛みしめていると、背の方からすすり泣く声が聞こえてきた。

ヨミが、泣いている。気丈に振る舞っていても、彼はまだ子供だ。慰めの言葉をかけるべきかを迷い、結局はやめた。

ヨミの悲しみは、ヨミにしかわからない。

アサの絶望も、アサにしかわからない。

訪れぬ眠気の波を、目を閉じて待つことにした。

生きている。生きているからには、食事をし、眠らなくてはならない――

「――起きろ」

ハッと目が覚め、アサは自分がそれまで浅く眠っていたのに気づいた。

「仕事だ。捕らえた間諜から、話を聞きたい」

兵士が、簾の向こうで呼んでいる。

アサは目をこすりながら、まだ痛む身体を起こす。支度といっても、着の身着のままだ。袍を羽織り、外に出た。

兵士の持つ松明が眩しい。まだ、夜と呼ぶべき時間のようである。

広場に着けば、男が一人、縛られて跪いていた。髪は栗皮色。島人だろう。

宿舎の長が、たどたどしく華語を話し、兵士に突き飛ばされていた。彼らは、互いの言葉をほとんど知らずに暮らしているらしい。

「なにも知らねぇ！　助けてくれ！」

島人の男は、背を兵に踏まれている。つい先ほどのアサたちと同じだ。

そこに、士元が現れた。

「アサ、こいつは環の近くをうろついていた。いつもなら斬り捨てるところだが、時が時だ。こちらの情報は一切渡さず、目的を聞きだしたい。わかるな？」

不運な男だ。皇王が死んだばかりの時期に、たまたま環の近くを歩いていたらしい。

アサは、男の前に膝をつく。好きな花の名を問うためではない。情報を聞きだすためだ。

「私は、通辞です。教えてください。――なぜ、こんな時間に環の周辺を歩いていたのですか？」

男は涙で濡れた目でアサを見上げ「助けてくれ……なにも知らない」と繰り返した。

「本当だ。信じてくれ。ただ通りかかっただけだ」

「このままでは、殺されます。経緯を正直に話してください」

ここでやっと、男は「甥が病だと聞いて、家を飛び出した」「隣村に嫁いだ妹の子だ」「親父もお袋も死んだ。守れるのはオレだけなんだ」と説明らしきものを口にした。

アサはそのまま伝えたが「あの辺に村はない」「嘘をついている」と兵士が騒ぎだす。

「貴方の歩いていた付近に村はない、と彼らは言っています」

「なにも知らねぇ！　助けてくれ！　オレはなにも知らねぇ！」

結局、男は知らない、と繰り返すばかりで進展はない。

「埒があかんな。牢に入れとけ」

兵士は男を連れていき、士元も「ご苦労だったな」とアサに声をかけ戻っていった。

ふぅ、とアサはため息をつく。

(強情な人だ。我々とは違って、生け贄用に連れてこられたわけでもないのだから、さっさと話して、さっさと出て行けばいいのに)

まだ辺りは暗い。仕事まで、一眠りしたいところだ。

ヨミも目が覚めていたらしく、部屋に戻ると「なにがあったのです?」と尋ねてきた。

「間諜だと疑われ、運悪く捕らえられた男の通訳を頼まれました」

アサは簡単に、一連の騒ぎの説明をする。

「……皇王の死を探りに来たのでしょうか?」

ヨミは顎に手を当て、子供らしからぬ表情で推測を述べた。

「どうしてわざわざ?　じきに国中に知れ渡るでしょうに」

「そのわずかな時間を待てぬ者もいます。馬賊の王には敵が多い。特に北部四国——いや、内輪かもしれません」

アサの目には、不運な男にしか見えなかったのに、ヨミには別のものが見えている。

(王の息子と薬師の子は、見えるものが違うのかもしれない)

横になって、眠気を覚える前にガンガンと鐘(かね)を鳴らされた。奴婢の一日は早いらしい。

アサはあくびを嚙み殺し、運ばれてきた薄い粥(かゆ)を腹に流し込んだ。

島人の女に呼び出され、アサは眠い目をこすりつつ宿舎から出た。

明るい場所で見れば、いっそう宿舎のくたびれ具合が際立つ。地響き一つで崩れ落ちそうだ。辺りの建物も、流木を継ぎあわせた程度の小屋ばかり。この一角でまともな建物は厩舎だけであった。

風景が明らかに変わるのは、広場に出てからだ。

（こんなに広い場所だったのか……昨夜は暗くて、気づかなかった）

アサの住んでいた漁村がまるごと入りそうなほど、煉瓦敷きの広場は広かった。

振り返れば廃屋じみた建物しかないのに、広場の向こうの建物は、一様にまともな木造の建築物だ。配置に秩序もある。

奴婢の居住区と、辰人の居住区には、大きな格差があるらしい。

黒髪の子供たちが、広場を横切って走っていく。茶色い髪の男たちが樽を運び、黒い髪の兵士が見回りをして、茶色い髪の女が野菜の入った籠を持って歩く。

ぐるりと辺りを見渡せば、環の南には大きな門があった。

こうして見れば、この央環の巨大さがよくわかる。

「あれが、お前の勤める政殿です」

女が示したのは広場に面した階段で、アサはゆっくりと目線を上げ、

「うわ……大きい……ですね」

と驚きの声を上げていた。

昨夜は中原風の石造りの建物がないと落胆したが、落胆を補って余りある驚きだ。

これほど大きな建物は、十津島のどこでも見たことがない。

人が五人は並べる幅の階(きざはし)。高い位置にある堂――聴堂(ちょうどう)と呼ぶそうだ――皇王と重臣らが会議を行う場だと説明された。

政殿は政(まつりごと)の中心であり、皇王や皇女の住まい、そして祈りの場も兼ねているらしい。

十津島の言葉がさす環とは、王宮のことだ。

この政殿一つが、島でいうところの環の役割を果たしているらしい。すると辰の環は、人々の生活の場でもあるのだから、やはり中原の都城に近いのだろう。

(あぁ、そういえばこの建物は、南に面しているな)

中原において、天子は南面するものと決まっている。

階の上から見下ろせば、環が一望できるだろう。アサはさっそく一歩を踏み出す。

「そちらではありません！　恐れ多い！」

島人の女が、慌ててアサを止めた。この階は、重臣会議の出席者か、皇女の許しを得た者しか使えぬとのことだった。

長い石塀の外をぐるりと回り、裏屋(うらや)の入り口を案内すると女は帰っていった。たとえ裏屋でも、島人は政殿に足を踏み入れてはならぬそうだ。

塀は石だが、政殿自体は木造である。だが、殺風景な他の建物とは違っていた。黒い瓦(かわら)に、太い石の柱。窓の桟(さん)にも装飾が施されている。

(さすがは、王族の住まいだ)

扉を、コンコンと叩いてから、おそるおそる開けた。

ぎぃ、と音を立てたのは、金属製の蝶番だ。中原の文化のにおいがする。

裏屋に入ると、黒い袍を着た少女たちが、パッとこちらを見た。肩で切りそろえた、艶やかな黒い髪が躍る。

切れ長の目元や、通った鼻筋、細い頤などは華人の特徴だ。島では目立つが、華人が集まれば見分けがつかない。まして、少女たちは服装ばかりか、髪型までそろっている。

奥から白髪頭をきっちりと結い上げた女が現れた。こちらも黒装束だ。

「アサと申します。内豎としてお仕えすることになりました。よろしくお願いいたします」

拱手の礼を取れば、女は同じように礼を返してきた。眉間のシワに、気難しそうな雰囲気が表れている。

「侍女長の魏青苑です。内豎は名誉ある仕事。粗相のないよう」

簡単にされた説明によれば、侍女は寡婦で、内豎は貴族の七歳から十五歳までの女児と、宦官が務めるそうだ。宦官は最後の一人が数年前に亡くなり、今は「貴方の他にはいません」と説明を受けた。

（あぁ、皇女が、男ではないな？　と聞いたのは、宦官かどうかを尋ねられていたのか）

かつてその宦官が着ていたという着物を受け取り、隣の小部屋で着替えをした。

（よかった。かえって都合がいい）

アサは胸の布を締め直しながら「女か？」と問われなかった幸運を喜んだ。

黒い絹の着物に袍。紺色の帯の、菱模様の刺繍は見事なものである。簡素な冠まで戴けば、アサはすっかりと大陸の宦官風の姿に変わった。

「皇女様は、父祖の声を聞く、唯一の、稀なるお方です。お仕えできることを誇りとし、命をかけてお守りするように」

人を生け贄用に攫った上に、自由を奪って労働をさせておいて、なにが誇りだ——という内心の怒りは、無難な笑みの下に隠した。

さっそく仕事の説明がはじまる。

日に五度、広場に面した井戸から白い甕に水を汲み、日に二度、政殿の裏にある酒蔵から黒い甕に酒を汲む。政殿の厨は別にあり、アサが汲む水や酒は、飲用であったり、斎室での儀式に用いるものらしい。

老いた女と幼い女だけの仕事場だ。説明をしながら、青苑は手首をさすっていたので、要は力仕事を任されたのだろう、とアサは理解した。

葬祭の弔宴では、客に酒を注ぐのも内豎の大事な役割だそうだ。

だが、そうした仕事は年若い内豎が務めるもので「お前では、見栄えが悪い」と言われた。年齢のせいか、宦官だからか、朝児だからか。理由は特に確かめなかった。

「これから、廟議の時間です。廟議には茶が欠かせません。さっそく——」

ここでやっと、アサは目を輝かせた。

茶は、薬道において大きな比重を占める。六種の茶葉から、気候にあわせて複数を配合し、淹れるのだ。得意分野である。

「それでしたら、お任せを。茶は得意です」

青苑は、すでに深く刻まれたシワを、さらに深くした。

「奴僕の分際でなにを言う！　薬匠の淹れた茶しか、皇女様は召しあがりません！」

「泰鄒山の寛清上人を祖とする薬道です。大陸の方のお口にもきっとあいましょう」

ここで認められれば、薬箱も戻ってくるのではないか――という期待が、アサを食い下がらせた。茶には自信がある。

「お黙りなさい！　さっさと水を汲まないと、鞭を打たせますよ！」

ふん、と青苑は荒い鼻息を吐き、内竪たちはくすくす笑っていた。

アサは「申し訳ありません」と謝り、裏屋を出た。数歩進んで、足を止める。

（あぁ、しまった）

急ぐあまり、なにも持たずに出てきてしまった。

すぐに引き返して、壁際の木棚の黒い甕を手に取る。

間違ったと気づいて白い方を持てば、青苑の眉間はますます寄っていたし、内竪らは腹を抱えて笑っていた。

大急ぎで井戸に走って水を汲んで戻ったが「遅い」と叱られた。理不尽なものは感じたが「申し訳ありません」と謝った。こんなところで感情を波立たせても仕方ない。

「廟議がはじまります。茶器を聴堂へ」

見栄えがどうのと言われた直後だが、一緒に茶器を運ぶのは内竪ではなく侍女たちだったので、酒宴と廟議とは別種のようだ。

青苑が続けた説明によれば、廟議とは毎朝欠かさず行われる重臣会議で、文官、武官、学者らが集う場であるらしい。

（毎朝、茶を飲むのか。さすがは華人だ）

実に華人らしい習慣である。アサは列に加わり、茶器を運んだ。狭い石の階段を上がり、黒い煉瓦の敷きつめられた細い廊下を歩いていく。

長い廊下だ。出口の光が掌ほどに見える。

ぽつぽつと高いところに窓があるばかりの薄暗い廊下を進んでいると、前にいた侍女が「蛇廊というのですよ」と教えてくれた。細く長く、かつ瓦は鱗を思わせる。たしかに外から見ればそれらしく見えそうだ。

中庭に面した廊下に出て、そこから聴堂に入る。

聴堂は大きな空間だった。天井も高く、漁村の家屋が四つは入りそうに広い。

椅子に座る皇女の前には、御簾が下ろされていた。

御簾の向こう側には、椅子が右側と左側に十脚ずつ。それぞれの横に、小さな肘置き程度の卓がある。卓や椅子の脚の先は、猫の脚のように丸くなっていた。

右側の席の二つが空いており、一人の老人が聴堂の端で作業をしている。

（あの人が、薬匠か）

黒装束に、真っ白な髪は、かろうじて冠を戴いている。曲がった背。横で助手を務めているのは、まだ黒い髪の残る壮年の男だ。

小ぶりな椅子の前には卓があり、その上に立派な茶棚があった。

漆塗りの艶やかな黒に、螺鈿細工。アサはしばし見惚れる。

（……美しいな）

茶棚は、淹茶に用いる専用の器具を収めるものだ。薬師ならば誰しもが持っている。アサは薬箱の一部を茶棚として使っているが、当然、螺鈿細工など施されてはいない。

侍女の芳蓉が、膳に載せた茶釜を運んできた。

（もっと近くで見たい）

開けた茶棚の蓋を、助手が受け取り横に置く。

現れた茶壺は六つ。黒、白、青、赤、黄、緑。

アサは目を皿のようにして薬匠の動きを見つめた。

（同じ流派だ。きっと、青茶を二、白茶を一――緑茶も少し入れる）

茶葉が、大碗に入れられる。青茶――四杯。それから、白茶――二杯。緑茶が、半杯。

（あぁ、やっぱり！）

アサは、飛び上がらんばかりに喜んだ。

暑さが強まる今の時期は、脾胃を労る青茶がよい。そこに水滞を防ぐ白茶を加える。熱を散じる緑茶を足せば、完璧だ。

茶釜の湯が柄杓(ひしゃく)で注がれ、あたりに豊かな香りが立つ。

アサは、その香りを胸いっぱいに吸い込んだ。

茶葉が沈むのを待ち、大碗から杯に茶が注がれる。最初の一杯が、皇女の横にある小さな卓に置かれた。

他の侍女たちと一緒に、アサも茶杯を配りはじめる。こちらをちらりと見る者もいたが、気にはならなかった。若い朝児は見つけ次第殺されていたというのだから、彼らの目には紅い髪が珍しいのだろう。こちらの目にも大量の黒髪は珍しく映る。お互い様だ。

(老人ばかりだ)

アサが茶杯を配る左側の列からは、右の列がよく見えた。薬匠はじめ、学者が座る席らしい。山羊(やぎ)のような髭(ひげ)に、冠を戴けないほど薄い髪の者もいる。

左側は、服装から察するに文官と武官だろう。こちらはさすがに若い。

「──葬祭は続くが、努めて常と変わらぬ行いを頼む」

そのうち、皇女の一言で廟議は終わった。

皇女の左側の先頭にいた老人が「明貫二十五年六月二日の廟議を終わります」と告げる。

(二日、ずれている)

父の用いていた暦とは、二日ずれている。アサが毎日欠かさず見ていた暦によれば、今日は明貫二十五年の五月三十一日だ。

(長い年月の間に、どこかでずれていたのか)

二十余年使い続けた暦の、二日のずれは大きいのか、小さいのか。

ただ、そのずれに気づかぬまま世を去った父が、少し気の毒に思えた。

ぼんやりとしている間に、皇女は内竪の肩に手を置き、内扉の向こうに戻っていく。

……シュッ、……シュッ。独特な拍の衣擦れの音が、遠ざかっていった。

廟議の出席者たちは茶杯を干し、外扉から出て行く。

きっと、あの広場に続く階を下りるのだろう。

「水！　すぐに甕に水を！　あちらの甕には酒を！」

長い蛇廊を通って裏屋に戻るなり、休む間もなく甕を押しつけられた。

今度はのんびりと酒蔵に向かう。速足でも怒鳴られるのだから、急ぐだけ損だ。

井戸は、広場に面した場所にある。厨の近くにも井戸はあるのだが、そちらは使ってはならないらしい。そのため石塀の横を、端から端まで移動する必要がある。まったく意味はわからないが、青苑が言うには、なんとかという学者の指示だそうだ。

井戸は無意味に遠いが、政殿の裏にある酒蔵は遠くない。

政殿の東側には、文官や学者の宿舎がある。西側には兵舎があり、酒蔵があるのは兵舎寄りの西側だ。

「おい、お前！」

呼ばれて、アサは辺りを見渡した。

声のする方に近づく。兵舎の木柵の、拳一つほどの隙間から、昨夜捕まった男が見えた。

兵舎の裏が牢になっているらしい。見張りの兵は、アサに気づいていなかった。

アサが木柵に近づき「話す気になりましたか?」と話しかけた。

「家で、病の母が待ってるんだ。助けてくれ。アンタは? なんでここにいる?」

アサは、口角をぐっと下げた。この男は昨夜、両親は死んだと叫んでいたはずだ。

「我々は生け贄として、攫われてきました。端から順に首を落とされて――」

「死んだのか?」

「……生きています」

この通り、と示すために、アサは自分の首を触ってみせた。

「違う。皇王だ。――死んだのか?」

島人に多い、ぎょろりとした目が、アサを見ている。

その瞬間まで、アサはこの男を、不運で、言い訳が下手な男だと思っていた。

ふいにヨミの言葉が、頭をよぎる。――皇王の死を、探りに来たのではないか。

薄気味悪さを覚え「存じません」と答え、足早にその場を離れた。

夕に宿舎で「一日中、井戸と酒蔵を往復しています」とヨミに話せば、

「私が、手伝って差し上げられたらいいのですが」

と言っていた。ヨミの受ける訓練は過酷で、巡回も大変なようだ。

粽が出てきたのは初日だけで、あとは毎日毎食、薄い粥ばかりが続いていた。

自由を奪われ、空腹を抱え、粗末な小屋で眠る日々。身体だけではなく、心にも疲労が

溜まっている。

「ありがとう。ヨミこそ疲れたでしょう」

ヨミと過ごすわずかな時間だけが心の憩いだ。

労る言葉をかけあったあとは、薄い筵の上に寝転がる。

牢の男は気にはなったが、疲れた身体は沈むように眠りに落ちていった。


葬祭は、アサの知らないところで進んでいる。

働きはじめて五日ほどして、斎室に行くよう指示された。

「香番をなさい。香を絶やさぬように守るのです。斎室では、決して喋ってはいけません。よいですね？　喋れば皇王の冥府への旅の障りになりますから」

喪において、沈黙は最も重要である。父は、患者を看取った日など、寝るまで口を開かなかったものだ。

斎室は、政殿の中庭の真ん中にある。

黒い瓦のこぶりな建物が、ちょこんと白砂利の庭に鎮座していた。

一面の白砂利の庭には、背の低い松がぽつり、ぽつりと浮島のように置かれている。

まるで別世界だ。斎室に続く渡り廊下を、夢見心地で歩いていった。

（セトで見かけた、画軸の中に入ったみたいだ）

渡り廊下の手すりの彫刻も、見事である。きっと海の波を表しているのだろう。美しい曲線は繊細で、しかし荒々しさも感じさせた。

（美しい）

ほう、とアサはため息をもらしていた。

途中、こほん、と咳払いが聞こえ、顔を上げれば扉の前の衛兵が手招いている。表情から察するに、さっさとしろ、と言っているようだ。

（そうだ、仕事の途中だった）

アサは、ぺこりと会釈をして先を急ぐ。

衛兵が、斎室の扉を左右からギィ、と開けた。

むせかえるような香のにおいが、ぶわっと広がる。

奥に祭壇があり、壁の左右に燭台が天井から吊るされていた。高い場所に小さな窓が二つあるだけで、内部は暗い。昼だというのに、ここだけが夜をとどめている。

（冥府の入り口みたいだ）

踏み出す一歩が重くなる。

薄暗い中で、ヒラヒラと動くものがあった。内竪の小さな白い手だ。

少し目が慣れ、奥の祭壇が見えた。

キラキラと燭の灯りを弾く宝剣が、祀られている。その下の段にある布に巻かれた軀。

——あれが皇王の軀なのだろう。

内竪に手招かれるまま、中に入る。

濃い香のにおいが、いっそう強くなった。

祭壇の前の大きな火鉢や、棚に置かれた亀の甲羅や牛の骨などは、ここが卜占を行う場であろうと想像させる。

（父が言っていたな。国の違いが一番色濃く出るのは、祈りの場だと）

火を囲み、舞い踊る島の祈りと、この国の祈りは違う。

物珍しさにきょろきょろしていると、内豎が袍の袖を引っ張った。

（おっと、また仕事を忘れていた）

内豎は、名を莉華という。見分けのつきにくい内豎たちだが、一番背が高いので最初に覚えた。細く形よい眉が印象的だ。

莉華は、香炉の場所を指で示した。祭壇の左右と、燭台の間に吊られた香炉が左右あわせて八つ。火鉢の前に置かれた壺から、四角く固めた小さな香を一つずつ取り出し、香炉に入れていくものらしい。右回りに、と莉華は指で示す。

説明を理解した、とアサは手振りで示す。莉華は腹のあたりを軽く撫でた。細い眉を切なげに寄せている。空腹だと言っているらしい。

手を振って莉華を送り出せば、室内に生きた人間はアサだけになった。

静かだ。

香を手に取り、火鉢の向こうの軀の前に立つ。

（この男のせいで死にかけて、この男が死んだおかげで生き延びた）

複雑な感情がこみ上げてくる。

ナツメとイサナは、この男のせいで死んだ。

いっそ大声を出して冥府への旅を邪魔してやりたい。——そんな衝動が湧く。

その時、突然、ギィ、と扉が鳴った。

（……！）

不穏な衝動を抱いていたアサは、飛び上がるほど驚いた。その拍子に、掌の上で香が崩れてしまう。

扉のところに、人がいた。

（あぁ、びっくりした。長くかかる仕事かと思っていたのに。……もう交代か）

逆光になって見えなかった姿が、扉が閉まって明らかになる。

姿を確認した途端、アサはまた驚きを重ねた。

（え？　皇女様⁉）

皇女か——と思ったが、違う。祥姫はいつも青い袍を着ているが、この貴人の女の袍は、鮮やかな緋色であった。

瑪瑙の首飾りが眩いほどだ。王族に違いない。

（あぁ、もしや皇女様の妹君の——禎姫様だろうか）

一見した限りでは、妹というより、皇女よりいくつか年上の姉に見える。きっと皇女の容姿の若々しさが、尋常ではないせいだろう。

「――そなたか。話には聞いている。薬師だとか」

禎姫は、はっきりとした声を、なにに憚(はばか)るでもなく発した。

（呆れた人だ）

王族が、喪を知らずに声を発しているとは思えない。

砕けた香を手で払ってから、拱手をし――ふと、不可解に思った。

（どうして、私が薬師だとご存じなのだろう）

生け贄にされかけた時、薬師だ、と申告はしたが、アサは薬師として働いていない。内豎も、薬師も、薬師以外の学者も同じ黒装束なので、服装では判断できないはずだ。

「珠海から来たのか？」

また、珠海だ。

士元にも同じ問いをされている。いや、同じではない。

珠海に向かうのか？　と士元は聞き、珠海から来たのか？　と禎姫は聞いた。

（似ているが、違う）

アサは首を横に振った。

「隠さずともよい」

禎姫は、優しげな笑みを見せた。

そう言われても、違うものは違うのだ。再び、首を横に振る。

「――まぁ、いい。私は、そなたらを知っている。いつでも西に来るがいい。薬師は歓迎だ。そなたも、沈む船には乗りたくなかろう？」

　変わらず笑みを浮かべて、禎姫はアサを手招いた。

　まったく意味がわからない。誰ぞと間違っているのかもしれないが、朝児の自分と、別の誰かを見間違うとも思えなかった。

「――これを進ぜよう。香の番は長い」

　なにやら、小さな絹の袋を差し出された。

　添えられた言葉から察して、食べ物らしい。ふくらみ方は、豆のようだ。

　断るわけにもいかず、アサは禎姫に近づき、その淡い紅色の袋を受け取る。

　すると禎姫は、緋色の袍を翻し、斎室から出ていってしまった。

（なにをしに来たんだ、あの方は……）

　葬祭の礼を失してまで、内竪を労う理由がわからない。

　掌は香にまみれている。いったん絹の袋を袂にしまい、また手を払った。

（そうだ、仕事をせねば）

　アサは慌てて香を運びはじめた。

　急ぎ足で、右回りに二周した頃、莉華とは別の内竪がやってきた。莉華の妹分の睡蓮だ。まばたきをする度、風でもおきそうな睫毛が特徴である。

　睡蓮が、交代だ、と手振りで言っていた。さらに手振りで甕らしきものを持つ真似をしたので、おおよそ理解できた。香番はいいから水を汲んでこい、と青苑が言ったのだろう。

青苑の真似をしているらしい睡蓮の顔がおかしくて、思わず笑いそうになる。

空き（す）っ腹を抱えるほど拘束されるのかと思えば、あっさりと役目を解かれてしまった。

理由はわからないが、あのきつい香から早々に逃げられるのなら運がいい。

新鮮な空気を大きく吸い込み、今度こそのんびりと手すりを眺めつつ廊下を戻った。

——石塀の向こうから、声が聞こえる。

「死んだ！　牢の間諜が死んだ！」

「くそ、見張りはなにをやっていたんだ！」

声はすぐに遠ざかっていく。

もう、のんびりと手すりを眺める気分にはなれない。

アサは急ぎ足で、白砂利の中庭を抜けた。

夕にこの話をすると、ヨミは「口封じに消されたのでしょう」と事もなげに言った。

「そういえば——と言うのもおかしいですが、西征公がいらしたそうですね。私、禎姫様にお会いしました」

「——ずいぶん早い、と晋隊長が言っていました」

「よくわかりましたね。聞き取れたのですか？」

アサはヨミに「はい」「いいえ」からはじまって、皇女、皇王、隊長。数字、右左前後、東西南北。止まれ、進め、と言葉を順に教えていった。

早い、遅い、を教えたのは、アサが毎日水を汲む度に青苑が「遅い」と言うからだ。

「奴兵のほとんどは、簡単な華語しか解しませんが、こちらがある程度聞き取ってから尋ねれば、教えてくれます。推測は混じりますが、なんとか」

ヨミは笑顔で言った。

士元は、皇王の死から皇弟の到着までが早い、と言ったのだろう。

（あぁ、青苑さんもそんなことを言っていたな）

央環から西環まで、馬で三日。

単純に計算して六日かかるところを、四日とわずかで到着した。

央環からの報せを受けてから発っていれば、もっと遅くなるはず——もっと言えば、間諜なりを放って、皇王の死を独自に知ったのではないか、と。

そこに重なった、間諜の疑いのあった男の急死。なんとも不穏である。

「……皇王と西征公は、仲のいい兄弟ではなかったようですね。辰の人たちが内輪もめをしているとも聞いていますし」

「アサも気をつけて。謀のほとんどは、為政者の住まいで行われるものですから」

ヨミの助言に、アサは「そうですね」とうなずいた。

ドン！　と壁が蹴られたので、二人は互いに目を見あわせ、筵に横になった。

「いつか一緒にここを出ましょう。——門から出るのです。堂々と、誰の血も流さずに」

アサは囁き声で言った。長い旅になる。

長いだけではない。南の漁村を出た時には、想像もつかなかった過酷な旅だ。だが、まだ諦めるつもりはない。

　返事のかわりに、ヨミはアサの手をぎゅっと握った。まだ、ヨミも諦めてはいないのだ。

　一人ではない。そう思うとアサの心も励まされた。


　さて、今日も今日とて、水汲みである。

　あの薬箱を父から贈られて、十余年。これほど長く引き離されたのははじめてだ。

（もう、七日も薬箱に触れていない）

　薬道に関わるなにもかもが恋しい。井戸の前で、アサはため息をつく。甕の中の水面が、キラキラと輝いていた。

　ふっと彼の声が頭の中に蘇る。

（イサナ――）

　あの時――キラキラと輝く川面を前にして、イサナは言った。アサの瞳が綺麗だ、と。

　イサナの姿と同時に、ナツメの姿も思い出された。

（ナツメさんは、きっと気づいていた。私が父の子だと）

　あの時ナツメが問うた、姉か妹、というのは、アサ本人を指していたのだろう。

（言えばよかった。……それとも、言わずに正解だったろうか）

　ナツメが、前夫や、捨てた娘にどんな感情を持っていたかなど、知る由もない。

　もっと長く旅を続けていれば、きっといろいろなことがわかったはずだ――と考え、だがすぐに自分の思いを否定する。

(きっと私は、彼らを知ろうとはしなかった。自分のことも、話さなかっただろう)

ただの旅の道づれ。互いに詮索するべきではない、と思っていた。

今となっては、後悔ばかりが襲ってくる。

もっと話していれば。もっと打ち解けていれば。アサは、彼らの好んだ花も知らない。

あの時、川で休憩をしなければ——とめどなく後悔の波が押し寄せる。

突然、ぽろりと涙がこぼれた。川底の石が転げて、眠っていた気泡が浮くように。悲しみが、胸を締めつける。

ぽろぽろと頬の上を涙がころげていった。

「おい」

「——ッ!」

声をかけられ、アサはびくっと身体を強張らせた。

恐る恐る振り向けば、真っ先に目に飛び込んだのは鮮やかな紅色だった。

(朝児だ)

紅色の髪を結った青年がそこにいる。頭は、ずいぶんと高い位置にあった。

自分以外の朝児を、これほどの近い距離で見るのははじめてだ。アサはまじまじと——

不躾なほど見つめてしまっていた。

(見つけ次第殺される……のでは——あぁ、十八歳を越えているのか)

アサの翠色とは違う、紫に近い藍の瞳は、美しい宝石を思わせた。

綺麗だ――とアサは思った。イサナがあの時、アサに言ったように。

宝玉を見れば、誰しもが美しいと思う。イサナのあの言葉も、単純な賛辞だったのかもしれない。――そう思った途端、またぽろりと涙がこぼれた。

「水が飲みたい。終わったなら……あぁ、すまん」

朝児の青年は、アサに謝る。アサの涙に気づいたからだろう。

（まともな人もいるらしい）

この環に来てから、人に謝られたのははじめてだ。

「失礼いたしました。どうぞ」

甕の水を差しだそうとしたが、男は「自分でできる」と言って縄を手にした。

背がとても高く、腕が太い。武人だろうか。アサがかけた半分にも満たない時間で水を軽々と汲み上げ、桶から自分の木杯に注いで飲んでいた。

年の頃は、アサと変わらないようだ。涼やかな華人らしい風貌よりも、島人の彫りの深さに近しい顔立ちである。

「見ない顔だ。新しい内竪か。――古株の侍女に折檻でもされたか？」

絹の黒装束のアサは、一見して内竪とわかるのだろう。その内竪が水汲みの途中で泣いていれば、そんな筋書きが浮かぶのも無理はない。

涙を袖で押さえ、首を横に振る。

「いえ……違います」

「つらければ、東環に来るといい。誰に対しても折檻は禁じている」

アサは顔を上げて、まっすぐに男を見た。

つらいといえば、つらいに決まっている。だが、環を移ったところでなにも変わりはしないだろう。水汲みをする場所が変わるだけだ。

「私は奴婢の身だそうです。働く場所を選べるとも思えません。よしんば選べたところで、なにも変わりはしません」

「そう言うな。場所が変われば、それなりのものが変わる」

青年は、井戸端にあった樽の上に腰を下ろした。

所作に品がある。若いが、きっと人の上に立つ人だ。兵卒には見えない。そんな人に奴婢の身の鬱屈など、わかるとも思えなかった。

「檻の種類が変わるだけです」

「逃げたいのか?」

問われて、アサは「いいえ」と答えつつ甕を両手で持った。

「逃げはしません。出る時は大手を振って、堂々と——あの大門から出ます」

甕を片手に抱え直し、まっすぐに大門を指さす。

すると男は愉快そうに笑んだ。

「そうか。その暁には俺が馬を進呈しよう」

おかしな人だ。アサも、涙を忘れてくしゃりと笑む。

「では、ありがたくいただきます。お約束をお忘れなく」

「互いに目立つ。逃げ隠れのしようもなかろう。――名は？」

「アサです。内竪として皇女様にお仕えしております」

「劉季晨だ」

季晨は、大きな手を差し出した。アサは、空いていた右手で握手に応じる。

晨、とは夜明けという意味だ。

アサの名をつけた杜那国の村の長のように、季晨の両親も、その髪色を夜明けのようだと思ったのだろうか。

「島の言葉で、アサ、とは朝のことです」

くいと眉を上げて、季晨は「そうか」と嬉しそうな顔をした。

「我々は同じ名か。朝児に晨とはひねりのない名だと思っていたが、人の考えは、どこでもそう変わらないらしい」

人間らしい会話を、久しぶりにした気がした。

こんな人が、いつも央環にいてくれたら、多少は気が楽なのに。――と思って、今の会話のはじまりを思い出す。たしかに、劣悪な檻もあれば、多少はマシな檻もある。

「――では、失礼します。戻らねば。本当に折檻されてはかないません」

「次は泣く前に、葉将軍へ相談するといい。俺のところに連絡が入る」

「はい。葉将軍ですね」

笑顔で返事こそしたが、アサはここを離れるつもりはない。

東環だろうが西環だろうが、珠海でないのであれば、どこも同じだ。

それに士元は、ヨミに対して同情的である。今はこの幸運を、なにより優先したい。

それでも、その一言は胸の片隅にちょんと置かれた。ささやかな道標のように。

会釈をして、井戸を離れる。来た時よりも足取りは軽い。

「東護公、お帰りでしたか！」

「長旅お疲れ様でございました。土産話を、皆も楽しみにしております」

背の方で聞こえた声に驚き、アサは振り返った。

季晨が、辰人の兵たちに囲まれている。東護公、とは、皇女の次男のはずだ。

（皇子？　――朝児の？）

アサはわけがわからず、目をぱちくりとさせた。

あの鮮やかな髪と瞳は、朝児の証だ。

死んだ皇王――葬儀中なのでまだ現王という扱いだが――は布に包まれていたので見てはいないが、華人に決まっている。母親であるはずの皇女も華人である。

（驚いたな）

皇王が皇女以外の女との間にもうけた子なのだろうか。民には通婚を禁じておいて、ずいぶん勝手な話だ。

アサは、そんなことを考えながら、裏屋に戻った。

戻ると例によって「遅い」と青苑からお叱りを受けたが、アサはややぼんやりとそれを聞き流していた。


斎室では、埋葬の準備が進んでいるらしい。

十日続くという葬祭も、そろそろ終わりに近づいている。

辰王室の祖廟（そびょう）が、央環から馬で半日の場所にあるそうだ。夕に埋葬に先んじたなにやらという儀式を皇女が行うらしいが、説明は右耳から左耳へとすり抜けて覚えていない。

「昨日、東護公にお会いしました」

水を汲みに行った時に、たまたま士元に行きあったので、そんな話をした。

士元は「気さくなお方だろう？」と言ってきたので「はい」と答えた。交わした会話はわずかだが、清しい風を思わせる人だった。

兵士にも慕われていた様子で、表情から察するに、士元も好いているに違いない。

「大陸から戻られたところだ。もともと六月の祭りにあわせてお戻りになったのだろうが、葬祭にぎりぎり間にあったな」

「祭りが近いのですか？」

「六月十三日。我らが中原を捨て、十津島に至った恥辱（ちじょく）の日だ」

賑やかなものを一瞬期待してしまったが、田植えや収穫の時季に行う島の祭りとは、一線を画す内容のようだ。

「それにしても、皇子様は遥々大陸までなにをしに行かれたのです？」

「王家の皆々様は、中原に復する気でいるからな。大事なお役目だ。一年に一度、王族が視察に赴いてるってわけだ」

士元は水をがぶがぶと飲み、額の汗を手の甲で拭った。

「……戻る気なんですか？」

アサの問いに、士元は笑っただけで返事をしなかった。

（さっさと戻ってくれたらいいのに）

口にこそしなかったが、率直な感想としてはそこに尽きる。これは十津島に住む人々の総意に違いない。

「諸々の物資の調達も兼ねてる。――見ろよ」

士元が顎で示した先に、市のような人だかりができている。

数人の女たちが、台に乗っている。全員の髪が漆黒で、大陸から来たのだろう、と想像がつく。化粧が濃く、着物も派手なので、彼女たちの職業もおおよそ知れた。周りにいるのは兵士たちである。

（牛の競売でもあるまいし）

セトで見かける、家畜の競売の様子そのままだ。アサは眉をひそめた。

台の上の老人が、竹簡を持ってなにかを言っている。廟議で見た顔だ。学者だろう。

「あれは、なにをしているのです？」

アサは士元に尋ねた。兵士と女の間に学者が入る理由がわからなかったのだ。

「食えなくなった女を、島に連れてきてるんだ」

「さ、攫ったのですか？」

「そうじゃない。そうそう簡単に人など攫えるもんか」

ごく簡単に攫われたアサの耳には、実に不愉快な言である。

「あの方たちは、好き好んで、海を渡っていらしたわけですか」

「おう。海の向こうの檀港で、秘かに募ってる。まぁ、主に女だな。なにせこの島に逃げ
――おっと、戦略的に撤退したのは、兵士がほとんどだ」

「谷氏の乱でございましょう？」

アサが言うと、士元は「知っているのか」と眉を上げた。

島人たちは、ある日突然、大陸から馬賊がやってきた、と思っている。誰も侵略者の動機を知らないし、知ったところで納得はしないだろう。

アサは、父が口にしていたのを覚えていた。詳しい話は知らないが、二十余年前、中原で起きた政変に敗れた一団が、十津島に至った――と。

「そうだ。辰本国で政変があって、偉大なる蘇王は、皇女様に国を託した。――海を渡り、そして還れ、とな。戦のついでで逃げてきたんだから、そりゃ兵士がほとんどだ。あとは職人、学者、工人、鍛冶師――とにかく女は少なかった。それで、希望者を――暮らしに

困った女たちを年に一度連れてきては、一人ものの兵士の女房にしてるってわけだ。華人の血を保つためにな」

十津島に来て二十余年、朝児を殺し、大陸から華人の女を集めてまで、彼らは辰の血を純粋に保ってきたようだ。呆れるほどの情熱である。

「あの学者の方は、なにをしているのです？」

学者に名を呼ばれた兵士が「やった！」と喜んでいる。

「家系図を見て、学者が候補者を選んでる。そこから女が好みの相手を選んで、葬祭が終わったら、すぐに婚儀ってわけだ。来年になれば、子も生まれるだろう」

攫ってきた女を兵士に与えるのではなく、募り集めた女に夫を選ばせるのならば、蛮習、と断じるのは乱暴だろうか。十分に奇習だが。

「大陸の方は、長く喪に服すのかと思っていました」

「婚儀だけは特例だ。葬祭の翌日だろうと歓迎される」

同姓の叔父と姪とが結婚し、服喪せずに婚儀を急ぐ。よほど余裕がないらしい。

だが、孤島の十津島で血を保ち続けるなど、そもそもが無理な話ではないのか。

（浜で子供たちが作る砂の山と同じだ）

懸命なのは伝わるが、どこか虚しささえ感じる。

兵士たちの様子に、アサは興味を失った。

「――さて、戻らないと」

「そうだな、政殿の女は意地が悪い。気をつけろ」

急げ、と尻を叩かれ、アサは甕を抱えて政殿に戻った。

甕を裏屋の卓の上に置く。政殿の調度品は、どれも美しい。

これらも大陸から来た工人の作に違いない。政変から逃れて海を渡るのに、卓だの棚だのを運ぶ余裕はなかったはずだ。

調度品を眺めながらする掃除は、水汲みよりもずっと楽しい仕事だ。刷毛(はけ)を手に取ったところで「アサ」と呼ばれた。

「弔宴がはじまっています。お前が酌(しゃく)をしに行きなさい」

アサは「私がですか？」と確認したくなったが、やめておいた。

（見栄えがどうのと言っていたのに）

そういえば、内竪たちの姿が見えない。目で探せば、五人そろって裏屋の隅にうずくまっていた。

なにかに怯えているようだ。すすり泣く声さえ聞こえる。

青苑は「しっかりなさい！　そんなことで内竪が務まりますか！」と内竪たちを叱咤(しった)していた。

（これは……どうやら貧乏くじだな。よほど嫌な客でも来ているらしい）

ここは年長者のアサが盾になるしかないだろう。覚悟を決め、先に運んでおいた黒い甕を手に聴堂へと向かう。

蛇廊の小さな窓の向こうに、鳶か鷹か、猛禽が飛んでいるのが見えた。

(——鳥になりたい)

そんなことを思った矢先、飛んできたもう一羽との激しい争いがはじまった。

(……隣村の稲は実りがよい、とはよく言ったものだ)

自由の過酷さに思いをはせつつ、アサは先を急ぐ。かといって、籠の鳥が安全とも限らないのがつらいところだ。

嫌な予感が兆したのは、蛇廊の半ばまで進んだ時だ。そこから一歩進むごとに、予感は濃厚になっていく。

——男の怒鳴り声。なにかの割れる音。

(なんだ……? 酔って誰ぞが暴れているのか?)

蛇廊を抜けると中庭が見えた。——日を弾く眩い白砂利に、鮮やかな青が映える。

渡り廊下に皇女の姿がある。なんとかという儀式が終わったらしい。

皇女は、内豎の肩に手を置き、ゆったりと歩いていく。

美しい人だ。息子である季晨の年齢から推測すれば、アサの父親と変わらぬ年齢のはずだが、まったくそうは見えない。

高く複雑に結った髪は漆黒で、艶がある。感情の起伏を示さない顔は、どこか芝居の傀儡を思わせた。

皇女は、聴堂に入っていく。

この国で最も高位だという皇女を前にすれば、大抵の者は黙るのではないか、とアサは期待したのだが――

「――すぐにも兵を挙げよ！　臆病者の兄がやっと死んだのだ。今こそ好機ぞ！」

いっそう大きな声が響き渡った。

あの皇女を前に、こんな大声を出せる人間が存在することに、ひどく驚く。

「香都奪還は、一族の悲願！　忘れたわけではあるまいな！」

扉の前には立ったものの、扉を叩くための手は、固まったままである。

（これは……入りにくいな。内竪が怯えるわけだ）

アサが眉間に深いシワを寄せて悩んでいると、ぽん、と肩を叩かれた。

「……ッ！」

驚きのあまり、甕を持つ手までびくりと跳ね上がる。

「おっと。――驚かせたな」

宙に浮いた甕を支えたのは、季晨である。

昨日の井戸端での一幕の繰り返しだ。だが、もうアサは彼が謎の朝児ではないと知っている。甕を抱え直し、膝を曲げて会釈する。

季晨は「入りにくかろう」と同情を示し、アサをちょいちょいと手招いた。

（なんだ？）

聴堂の横に、扉のない部屋がある。その整った簾をひょいと上げ、季晨は中に入ってしまった。

多少迷ったが、扉の前に立つ緊張から逃れたい一心で、あとに続く。

アサがヨミと寝泊まりする部屋の、十倍ほどの広さの部屋だ。

(ここは……)

衣桁にかかっているのは、鮮やかな青い袍であった。

これほど見事な絹の袍を着る人など、この十津島に一人しかいないだろう。見惚れるほど美しい。刺繍の図案は、星辰を描いたものだ。

棚に、金属を鋳して作ったと思しき円形のものがある。アサの目は釘づけになった。

(鏡だ)

これは、中原の銅鏡に違いない。円が連なり、花弁に似た文様を描きだしていた。

両手で持たねばならぬ銅鏡など、やはり持ち主は限られるだろう。

(ここは——皇女様のお部屋だ)

焦るアサを後目に、季晨は涼しい顔で「ここで待つとしよう」と円座に腰を下ろした。

アサは勧められるまま、季晨の隣の円座に座る。

「だ、大丈夫ですか？　こんなところに勝手に入って」

「問題ない。ここは廟議の前にしか使われぬ。皇女が寝起きをするのは奥殿だ」

「なるほど。……では、雨宿りでございますね。助かります」

黒い甕を置き、ふぅ、と息をつく。

隔てるものは木の壁一つ。聴堂の声はよく聞こえる。

「私は、兄のような腰抜けとは違う！　葬祭などどうでもよい。今すぐ帰還の準備をはじめよ！　二十三年待たされた。二十三年だぞ？　これ以上、一日たりとも待てぬ！」

どうやら、怒鳴っているのは皇王の弟のようだ。皇女にこの剣幕で怒鳴れる者といえば、身内の年長者くらいのものだろう、と合点がいく。

（……ということは、あの禎姫様のご夫君か。西環を守る西征公だな）

ずいぶん猛々しい称号だと思ったが、その座に相応しい気概である。本気で今すぐ中原に戻る気でいるらしい。

「則に従い葬祭は行いまする。喪は一年。中原を離れて喪を忘れたとあれば、偽辰になんと侮られましょうか」

西征公の癇癪に対して、皇女の声は静かだ。内容は辛辣だが。

「祥姫、そなた国策を愚弄するか！」

アサはちらりと横の季晨を見た。

季晨は肩をすくめて「長雨になりそうだな」と囁いた。

アサは眉を八の字にして「雨というより嵐です」と囁き返す。

「私が愚弄しているのではございません。喪を忘れた我らの様を見れば、中原に蟠踞する偽辰が、さぞかし侮るでしょう、と申し上げておりまする」

「ふん、侮るならば侮ればよい。所詮は偽りの国。正統なる辰が中原に復せば、連中はすぐ様ひれ伏すであろう。――祥姫、日を占え！　出陣の吉日を占うのだ！」

「港も、船もございません。泳いで渡るというならばともかく」

「奪えばよい！　お前も兄と同じ腑抜けか！」

アサと季晨とは、顔を見あわせた。

季晨が「これは終わりそうにないな」と囁き、手をこちらに出してきた。

アサは「飲まれますか？」と甕を手に取る。

「甕で飲むほどの酒豪ではない」

小さく、季晨は笑った。

酒に、飲む以外の用途などあるのだろうか。中原の酒が、消毒に使われるのは知っているが、見たところ季晨には外傷もない。

「どうされるのです？」

「俺が運ぼう。この騒ぎの中に入るのは、荒海に身を投げるようなものだ」

代わりに酌をする、と言っているのだ。

アサは、首をぶんぶんと横に振って「恐れ多い」と断った。

「季晨様は、皇子様でございましょう」

「酌をしたくらいで失う名誉など持っておらん。内豎たちは、嫌がっていたのだろう？」

「……熊の巣穴ほどに恐れておりました」

「昨年の祭りで、内豎一人が鞭打ちで死んでいる。西征公の瓶子を倒したのだったか、甕を落としたのだったか」

　どうりで、内竪があれほど怯えるわけだ。

　幼い彼女たちを守れたのは幸いだが、アサとて熊の巣穴には飛び込みたくない。

「私も鞭打ちは困ります。まだ死にたくありません」

「では、決まりだ。ぐずぐずしている暇はないぞ。酒を切らせば、老人が怒りだす」

　季晨は甕を持とうとしたが、アサは「お待ちください」と拒んだ。

「ご配慮はありがたいですが……甕を渡して逃げれば、あとでお叱りを受けそうです」

　ふむ、と季晨は目を細める。瞼の影で、瞳は海の深いところの色に見えた。

「その恐れはあるな。……では、一芝居打つとしよう。そなたは扉を開け、入るだけでいい。――行け」

　季晨は、サッと身軽に立ち上がった。

（芝居？）

　アサは、芝居が炒り豆の次に好きだ。しかしながら、ここで言う芝居とは、観て楽しむものではなく、アサが傀儡となって演じる側らしい。

（ここは、乗るしかなさそうだ）

　口を一文字に引き結び、アサはスッと立ち上がった。

　仔兎(こうさぎ)のように速い心の臓の音を聞きながら、換衣(かんい)部屋を出、甕を抱えて扉の前に立つ。

　そびえ立つかのように感じられる扉を叩き――開けた。

今日の聴堂には、御簾が下りていないので見晴らしがいい。

上座には、いつものように皇女がいる。

皇女の前に立つのは、西征公らしき老人――髪は思いがけず白い。アサは見ていないが、弟がこの姿ならば、崩御したばかりの兄である皇王も老齢だったのだろう。

皇女の左側の席に、斎室で顔をあわせた禎姫がいる。夫婦は親子ほどの年齢差に見えた。

禎姫がこちらを見、にっと紅い唇をつり上げる。

若い皇子らしき青年の姿もあったが、緊張のあまり姿は確認していない。酌をするための一歩さえ強張る有様だ。

ふっと手元が暗くなり、腕がニュッと後ろから伸びてきた。

「おぉ、これはちょうどいいところに。喉が渇いて仕方なかったのだ。もらおう」

酒甕が、太い腕に奪われる。

浮いた甕を目で追っていけば、紫がかった藍の瞳にたどりついた。

ぽかん、と口を開けている間に、季晨は甕に口をつけ、酒を飲み切ってしまった。

「内竪。こんな甕など一飲みでなくなってしまう。足りん。まったく足りん。大甕だ。大甕を十は持ってきてもらおう。――行け！」

アサは「失礼いたします」と頭を下げ、脱兎の如く聴堂を出た。

長い蛇廊を駆け抜け、裏屋に戻る。内竪たちが駆け寄ってきて「よかった！」「生きてる！」とアサの無事を喜んだ。

「大甕が十、要るそうです。季晨様が、そのように」

アサは、興奮に任せて事の経緯を口早に説明した。季晨に救われたのだ、と。

青苑が何度かうなずき、

「ご配慮を無駄にしてはなりませぬ。厨の者の手も借りねば。――さ、急ぎ用意を」

と指示を出しはじめた。

速やかに大甕が用意され、それらは聴堂に運ばれていった。

持つのも二人がかりの大甕だ。内竪や侍女の出番はない。入れ替わり立ち替わり、聴堂に大甕を運んだのは、厨の男たちであった。

激昂（げきこう）の機を逸した西征公は、大甕運びの途中で聴堂を出ていったそうだ。

翌朝聞いた話によれば、季晨は「酒豪で知れた西征公がお帰りになったので、酒はもう不要だ。環の皆に振る舞ってくれ」と言ったらしい。

どうりで、夜に奴婢の宿舎にも酒が振る舞われたわけである。

酒は飲めないというヨミの分までもらって飲んだ。辰の酒は、島の酒とは違い澄んでいて、舌がぴりりと痛くなるほど強い。

こんな強い酒を、季晨もよく甕ごと飲めたものだ。アサはその日、酔いまじりに季晨の話をヨミにした。酔っていたからか、何度も「それはさっきも聞きました」と窘（たしな）められ、最後は「もう寝てください」と言われた。

今宵（こよい）ばかりは誰もの口が軽くなったようだ。宿舎はいつになく騒がしかった。

翌朝も、央環は内竪を救った季晨の話題で持ちきりであった。

——だが、葬祭はまだ続いている。引き続き、今日も夕には弔宴があると知ったアサの気持ちは、ずん、と沈んだ。

（誰ぞが死ぬ前に、さっさと終わってほしい）

昼を過ぎた頃には、裏屋全体がどんよりと暗い雰囲気になっていた。思いは、皆も同じのようだ。

「……西征公がご即位されたらどうしましょう」

内竪の睡蓮がポツリ、と言った。しん、と裏屋が静かになる。

「北定公がいらっしゃいますもの。そんな心配要らない——はず」

「本当に、ない……？　本当に？」

会話をする莉華と睡蓮の黒い目は、もう涙で潤んでいた。

西征公が皇王になる。——ぞっとする話だ。

順当に行けば、崩御した皇王の長男・北定公が即位するだろう。

中原においては、男系の血筋のみを貴ぶものだ。王と奴隷（どれい）の子が王太子となった例さえある。だが、この辰で最も高位な存在は皇女だ。その論でいけば、禎姫の地位も相当に高いはずである。

（弔宴の席も、西征公よりも、禎姫様の方が上座に近かった）

するると、北定公に対抗する存在は、西征公と禎姫の長男・南守公くらいのものだ。よそ者のアサが言うのもなんだが、朝児の季晨が皇王になるとは思えない。

アサは、昨夜ヨミとした会話を思い出していた。

——ヨミは「北定公が皇位を継ぐでしょう。議論の余地はないように見えます。しかし、高圧的な皇弟の子息を即位させる、という黙らせ方もあるでしょう。内乱は彼らも避けたいはずです」と言っていた。

アサも不安になったので「皇弟本人が即位する可能性も否定できませんよね?」と尋ねた。ヨミは「白髪頭の新王は考えにくいが……皇統を兄から弟に移すために、まず弟が即位し、早期に自身の子に譲位する手もありますね」と言っていた。

——政治的な融和を目的に、皇女が不仲の西征公を皇位に就けるのではないか。

アサや内豎たちが恐れているのは、それだ。

あの気難しい老人が即位する事態になったら、命がいくつあっても足りない。

「すべては皇女様が、父祖の声をお聞きになって決めることです」

青苑の一言で、皆は黙って仕事に戻っていった。

父祖の声の示す道こそが、辰の人々にとって正しい道なのだという。

王巫は政の場では宰相と並ぶ地位で、則の制定には王巫の承認が要るそうだ。さらには、後継の指名に至っては、王巫に一任されているらしい。

つまり、後継者を選ぶのは、皇女なのだ。

この一点で、アサには楽観がある。皇女と西征公の仲は、どう見ても険悪であった。

(皇女様が、西征公を指名するとは思えない。……いや、内乱の芽をつぶすために配慮をする可能性もあるのか……)

アサは白い甕を抱え、井戸へ向かいながら悶々としていた。

戦は嫌だ。だが、鞭打ちで死ぬのも嫌だった。

珠海にたどり着く前に、死にたくない。

薬箱を取り戻せぬまま、死にたくない。

(――季晨様が、皇王になってくだされればいいのに)

ふっと頭に浮かんだ考えは、とても素晴らしいものだった。鳩尾のあたりにずっとあった不快感が、さっと消えるほどに。

知もあれば勇もある。弱者を労る心も持ちあわせた人物こそが、人の上に立つべきだ。

(誰が、老人の癇癪に怯えながら生きたいと願うだろう)

ざばり、と甕に水を注いだ、その時だ。

――きゃあ!

小さな悲鳴が、どこかで聞こえた。

アサは手を途中で止め、耳を澄ませた。

「西征公が――」

「季晨様を――」

アサは台に甕を置き、辺りを見渡した。

（西征公と、季晨様が？　なにがあったの？）

人が、次々と広場に集まってくる。辰人の兵士ばかりではない。島人の男女もだ。

数人の集まりが、十人になり、数十人になり、人だかりができていく。

これほどこの環に人がいたのか、と驚くほどの数だ。皆が仕事を放り出して集まってい
る。それを咎める者もなかった。

アサも、甕を置いて走りだしていた。

ところが、もう人の壁ができていて、向こう側を見るのは難しい。島人の集団ならば、
頭一つ大きいアサは苦労をしないのだが、この集団は半分が華人だ。

人だかりの中から「アサ！」と名を呼ばれた。手を振りながら出てきたのはヨミだ。

「アサ、こちらへ。――大変な騒ぎになりました。危ないので、私の近くにいてください」

ヨミは、アサの手を引いて歩きだす。「危ないので、私の傍から離れないように」と言
うつもりだったのに、出鼻をくじかれた。

すいすいと器用に人混みを抜け、ヨミは政殿の、長い階の陰に立つ。

よい場所を見つけたものだ。階を支える柱の束石に上がって背伸びをすれば、広場の様
子がやっと見えた。

（季晨様は、ご無事だろうか）

もう、広場には数百人もの人が集まっている。

彼らの視線は、煉瓦敷きの広場の真ん中に注がれていた。

黒柿色の髪の少女がひれ伏している。

少女はか細い声でなにかを言っていた。聞き取れないが、こんな格好で発する言葉など、謝罪か命ごいしかないだろう。

「そこをどけ！　小僧、出しゃばるな！」

叫んでいるのは、西征公だ。

よくも毎日毎日、癇癪を起こせるものである。

「西征公。どうぞここは、穏便に。娘もこの通り、深く反省しております」

少女を庇う位置に立っているのは、季晨だ。

もう、なんの説明をされるまでもなく状況は読めた。季晨は、昨日アサを庇ったように、あの少女を庇っているに違いない。

「あの娘は、一体なにをしたのです？」

アサは、ヨミに囁き声で尋ねた。

「わかりません。ですが些細な過失でしょう」

ヨミは冷めた声で推測を述べた。辺りに、梅の実と籠が転がっている。運悪く西征公にぶつかったのか、籠を落として行く手を遮ってしまったのか。どちらにせよ、些細である。

さらに西征公は、声を張り上げる。

「国を保つために必要なのは、秩序だ！　過ち(あやま)は罰し、正すのが為政者の務めぞ！　貴様の行いは秩序を乱し、国を乱す！」

「ご容赦くださいませ。娘の上役にも、必ずや申し伝えます」

季晨が、片膝を地につけた。

広場に、静かなざわめきが起きる。

「そもそも、劉家に貴様のような朝児がいること自体が、大いなる乱れの元。誇り高き辰の恥。目に入れるのも我が身の汚れだ！」

しゃらりと金属の音がして、剣が鞘から抜かれる。

ヨミが、小さく舌打ちをした。「愚かな」と囁いたのは、西征公の態度への評であったらしい。相手が膝までついたのだ。退き時だったろう、とはアサも思う。

「皇女様だ」

誰かの声が、聞こえた。

華語で。それから島の言葉でも。

皇女様、皇女様――波のように、声が迫ってくる。

アサの位置からは、階の裏側しか見えない。しかし、広場に集まった人々の目には映っているはずだ。鮮やかな青い袍の、美しい皇女が。

「父祖の声を、これより王巫たる皇女様がお伝えになる」

響いたのは、内豎の声だ。あれは睡蓮だろう。

広場に、どよめきが起きた。そしてすぐに、静まり返る。

皇女の声を、人々は待っていた。鳥の声も、馬の嘶(いなな)きさえも聞こえない静けさの中、

「次代の皇王は――大辰国第二十七代・劉恵徳(けいとく)の子、劉季晨と定める」

その声は、広場に響いた。

「ヨミ、皇女様が次代の王を季晨様にすると……おっしゃっています」

「……まさか」

ヨミは、子供らしからぬしかめ面になった。

戸惑いは、広場に集まった人々や、アサだけのものではない。名指しされた季晨本人も、膝をついたまま動けずにいる。

「偽言(ぎげん)なり！」

鋭い声が、響いた。

（禎姫様だ）

声の位置が高い。美しい姉妹は、階の上のあたりで対峙(たいじ)しているようだ。

「私は昨夜、たしかに父祖の声を聞いております。次代の王は、西征公・劉恕徳(じょとく)の子、劉伯天(はくてん)。巫(ふ)たる者、後継の指名に偽言を弄(ろう)すなど言語道断」

アサは、急いでヨミに禎姫の言葉を訳した。

姉の祥姫が指名したのは、第二皇子の季晨。

妹の禎姫が指名したのは、西征公と禎姫の長男・南守公。

「あり得ない」

ヨミが呟くのに、アサも「そうですね」と同意した。祥姫が、長男の北定公を擁していくならば、まだしも話はわかる。互いの長男を推すのが世の常ではないのか。

衣擦れの音が、上と下とに分かれる。

（皇女様？　——いや、禎姫様だ）

アサが下りてきた貴人を皇女と見間違ったのは、禎姫が緋色の袍ではなく、鮮やかな青の袍を着ていたからだ。黒装束の内竪も連れている。

「話が違うぞ、禎姫！　なぜだ！　父祖の霊は伯天を選んだのではないのか！」

少女相手の癇癪は消え去ったようだ。西征公はずんずんと大股で階に近づいてきた。

「公、ご安心を。姉の偽言は、必ずや天が裁きます。——帰りましょう。父祖の言に背き、我らを夷の島に縛りつけた男に、葬祭など不要」

禎姫が手で合図をすれば、内竪が「馬車を！」と叫んだ。

すぐに天蓋のついた馬車が、階の前に着く。禎姫が馬車に乗り、西征公も続いた。

階の上から「お待ちください！」と青年が駆け下りてくる。あれは夫妻の息子の南守公だろうか。

馬車が去れば、今度は別の青年が「やってられるか！　朝児が皇王など！」と悪態をつきながら階を下り、去っていった。あれは、北定公のようだ。

すぐに広場は、また静かになった。

この国に来て間もないアサには、静けさの意味を判じかねる。

（朝児の皇王を、皆は受け入れるのだろうか）

当の季晨は、まだ呆然としたまま聴堂を見上げている。騒ぎの間に、島人の少女も、散らばった梅も消えていた。

「――東護公、万歳！」

どこからともなく――いや、声の出どころは、はっきりわかった。兵士たちだ。

「東護公、万歳！」

「東護公、万歳！」

島人たちの口も、動いていた。

男も、女も、子供も。辰人も、島人も。

唱和が三度重なる頃には、もう出どころはわからなくなっていた。広場すべてが揺れるほど、唱和は大きくなっていたからだ。

なにもそこに参加する義理はなかったのだが、

「東護公、万歳！」

湧き上がるものに任せ、アサも声をそろえていた。

彼の治める国は、弱者を踏みつけにはしない――そう信じさせるものが季晨にはある。

万歳、と声を上げるアサの鼓動は、口から飛び出んばかりに大きく跳ねていた。

第二幕　新しい時代

「巫の言、とはなんですか？」

とアサが井戸端で士元に尋ねたところ、

「父祖の声だ」

との答えがあった。

アサも、巫を知らないわけではない。父は中原の祭祀に詳しかった。

巫とは祭祀を司る者だ。

亀の腹甲や、牛の肩甲骨などを用いて、天の声を聞くのが卜占である。甲や骨に特殊な文字を記し、予め穿った穴に、裏から熱した杭を刺す。そのヒビの入り様で、事の吉凶を判断するのである。

辰の人々は、そうした卜占の結果を父祖の声、と呼んでいるのだろう。

則の制定や、後継者の指名に王巫が関わるのも、巫本人の意思ではなく、卜占の結果を父祖の声として重んじるがゆえに違いない。

とにかく、父祖の声は、この国においては重いものだ——というのはアサにもわかる。

「けれど巫の言葉が二つあったら、どちらが正しいかわかりません」

「生き残ってた方の言が正しい」

まだ空の甕を井戸の台に置き、アサは大いに首を傾げた。

「それでは、寿命の長い方が正しい、という話になってしまいます」

「そうだ。決まってるだろう」

「そういうものですか」

「巫の偽言には、天が死で報いる」

水を柄杓でがぶがぶと飲み、士元は口元を拭った。跳ねた水滴が、きらりと光る。今日の陽射しは、肌を焼くほど強い。

「……なるほど。だから生き残った方が正しい……と判断できるわけですか」

「だからてっとり早く、首の取りあいをするわけだ」

士元は、さも当然、とばかりの口調である。

(戦になるわけか……)

汲んだ水を、ざばりと甕に流す。ぼんやりとしていたせいか、辺りに水は飛び散った。

「あの……士元さん。私に、花の名を聞きましたよね？　覚えてらっしゃいますか？」

「おう、覚えてる。せいぜい十日前だろう。さすがに忘れやしない」

「あれは、なにか意味があるのですか？」

ずっと気にかかっていた。辰兵が仲間を見分ける暗号の類であったならば、ヨミにも教えておきたい。

「塚に供えてやろうかと思っただけだ。環の北にある、清佳の塚にな」

　生き延びるためには、なんの足しにもならぬ情報である。

　だが、多少の益はあった。無残に殺された彼らが埋葬されていたとは、思いがけない話だ。

（せめて、花なりと手向けたい）

　ヨミに教えよう。そして、いつかこの環を出て、一緒に手をあわせたい。

「そうでしたか。埋葬してもらえるものなのですね」

「そりゃそうだ。ほっときゃ疫病の元になるからな。お偉いさんは立派な棺に入れて祖廟に送る。それ以外は清佳の塚に埋めるもんだ。生け贄も、これから戦で死ぬ兵士もな」

　アサは、ふぅ、と息を吐いた。このままでは、塚に花を手向けるより先に、彼らと一緒に埋められかねない。

「やはり、戦に……なってしまいますね」

「怖いのか？」

　士元に問われ、アサは「当たり前です」と、眉を八の字にして答えた。

「怖いですよ。怖くてたまりません。――私はまだ修業中の身。ここで死んでしまえば、父から受けた教えが消えてなくなってしまいます。なにも残せません」

「そんなもん、手前の子にでも――あぁ、そうか。お前らはそうだな。そうなるか」

士元はアサの顔を見て、納得した様子だった。

なにも残さず死んでいくのが怖いなら、子をなせばいい、と士元は言いかけたのだ。そして、アサが宦官（かんがん）だと思い出したのだろう。

（子よりも、学んだ知識を残したい）

多くを学び、多くを教え、多くを救う。それが薬師（くすし）の使命である。

子を持たずとも、いつかアサが伝えた知識が、多くの弟子に受け継がれ、多くの人を救うだろう。泰鄒山（たいすうざん）の寛清上人（かんせいしょうにん）を祖とし、代々受け継がれてきた知識は、父を通してアサに、そしてアサのまだ見ぬ弟子たちにも続いていくのだ。

とはいえ、そんな話を士元にしても仕方がない。

「……戻ります。いろいろ教えてくださって、ありがとうございました」

「いいってことよ。お前さんみたいなのを、放っておけないんだ」

士元は、手をひらひらさせて去っていった。

甕を抱え、重い足取りで裏屋（うらや）に戻る。

——夜明けと共に、皇王の棺は央環（おうかん）を出て、祖廟に運ばれていった。

皇女も、つき従う青苑（せいえん）も、夕まで帰らない。

この重い足取りや、士元との会話を咎（とが）める者はいないのである。水汲みの前には、侍女と世間話までしてしまった。

（あ、莉華（りか）。……ん？　あれは薬匠（やくしょう）の助手だ）

裏屋に戻る途中で、莉華を見かけた。

莉華の横にいるのは、廟議で周薬匠の助手をしている学者だ。父娘なのだろうか。細い眉の形がそっくりだ。

(今度、莉華に話を聞かせてもらおう)

少しでもいい、薬道に触れたい。あわよくば、薬匠のもとで働かせてもらいたいところだが、さすがに簡単ではないだろう。

裏屋に戻り、窓の向こうをぼんやりと見上げた。

(毎年、この時期になると紫鈴を摘みに行っていた)

沢に群生する紫鈴の花芽は、干して生薬にすれば、秋のはじめの不調に効く。毎年、父と二人で籠を持ち、山に入ったものだ。

(帰りたい。……あの南の村に。父に会いたい)

弱音が、ついこぼれていた。

とんとん、と背を小さく叩かれた。振り返れば、内豎の睡蓮が揚げた餅を持っている。

「アサ、餅をどうぞ。廚の者がくれました。内緒ですよ？」

ふふ、と睡蓮が笑うので、アサも「ありがとう」と伝えて一緒に笑んだ。

一口嚙めば、塩気に舌が喜ぶ。嚙んでいるうちに、じわりと元気が湧いてきた。

「莉華にはあとであげるの。きっと、父上様になにかいただいているでしょうけれど」

「裏にいた学者の方ですね。廟議でお見かけします」

「そう。周薬匠のご子息だから、周小師と呼ばれてる」
莉華は小師の娘であるばかりか、薬匠の孫娘でもあるらしい。
根は、呑気にできている。揚げ餅を食べ終えた頃には、虚しさを半ば忘れていた。
(思い切って、小師に話を聞いてみよう)
皇女の留守は千載一遇の好機だ。アサは裏屋を飛び出し――その足をすぐに止めた。
人が、倒れている。
大きな黒装束と、小さな黒装束。折り重なるように倒れ、喉を押さえてもがいている。
――アサは、薬師だ。
そのように生まれ、育ってきた。どんな時でも、薬師以外の者であったためしはない。
身体は勝手に動いていた。
(窒息だ)
父娘の顔は、真っ青になっていた。
「誰か！　誰か！　手を！　手を貸してください！」
政殿の横は、兵舎だ。アサは力の限り叫んでから、莉華に駆け寄った。
莉華の上半身を起こして背から鳩尾のあたりに両腕を回し、グッと腕に力を入れる。
駆けつけた兵士も、アサがしているのを真似、周小師の背から両腕を回していた。
「鳩尾から、上へ！　突き上げるように！　窒息しています。吐き出させて！」
アサは必死に、鳩尾を何度も押し上げた。腕に、嘔吐の気配を感じる。

これで助かる——と思った瞬間、アサは我が目を疑った。

鈍い音がしたあと、ぱしゃりとそこに広がったのは鮮血であった。

続いて、周小師も血を吐き、血だまりが二つになる。

小さな身体が大きく痙攣し、また血を吐いて——動かなくなった。

胸は上下せず、鼓動も止まった。強張っていた手足もだらりと力なく垂れている。

（どうして……どうして、こんなことに……）

震える手で、アサは小さな身体をそっと横たえる。

食べ物を喉に詰まらせれば人は死ぬが、大量の吐血に至らない。

鮮血を、それも大量に吐いている。臓腑の損傷でもなければ、起こり得ない事態だ。

（——毒だ）

アサは確信した。他に考えられない。

（吉鉱？　それとも鯨墨か？）

父がいれば、その種類を尋ねただろう。だが、もう父はいない。

こんな時、父は冷静に、最良の判断をする。父は優れた薬師であった。ならば、アサも斯くあるべきである。

（毒は……どこから？）

その目に、飛び込んできたものがある。淡い紅色の——絹の袋。見覚えがある。斎室で、禎姫から手渡されたものと同じだ。

アサはその小さな袋を手に取ろうとした。が、手が震えて、取り落としてしまう。中から転げて出てきたのは、飴色の、炒り豆に似た形状のものであった。

心の臓が、口から飛び出そうだ。

「――アサ！」

呼ばれて、ハッと顔を上げる。

士元だ。あの惨劇の時と同じように、アサの前に膝をついている。

「……助けてください、士元さん。恐ろしいことが――周薬匠はどちらに？　周薬匠は？」

「祖廟だ。夕まで帰らん。なにがあった？　いや、いったん落ち着け、アサ」

「あぁ、なにからお伝えすればいいのか……」

アサは、頭を抱えた。

落ち着かねば、と思えば思うほど、伝えるべき言葉が散り散りになっていく。

「なんでもいいから、ぶちまけろ。こっちで全部引き取って判断する」

言え、と促され、アサは整理できぬまま、必死に説明した。

「毒です。周小師と、娘の莉華が毒物で死亡した疑いがございます。原因は、この袋に入っていた豆ではないかと……わかりません。調べねば。あぁ、……私、これと同じものを……ええと、豆らしきものが入った袋を、ある方からいただいているのです。部屋に置いてあって……誰かが間違って口にしては大変です。すぐに取りに行かねば――」

「よし、ヨミ！　今すぐ袋を取ってこい！」

士元が、身振り手振りを交えて出した指示で、一人の兵士が動く。

（……ヨミ？）

先ほどまで、周小師を抱えていた兵士だ。まったく気づかなかったが、走り出す後ろ姿は、たしかにヨミだった。

ヨミの姿を認識できたことで、やや頭は落ち着きを取り戻す。

「同じものを受け取った人が、他にもいるかもしれません。探してください！」

今、急ぎ伝えるべきことを、なんとか言い切れた。

士元は「任せろ」と言って、立ち上がる。

「袋だ！　環中に報せろ！　葬祭の間に絹袋を受け取った者は、すぐさま差し出せ！　走れ！　急げ！」

士元が、指示を出しながら走っていく。

集まっていた兵士たちも、それぞれ動きだす。侍女や内豎も「政殿の全員に伝えろ！　急げ！」と兵士に急かされ、裏屋に走っていく。

父娘の亡骸は、島人の男たちによって運ばれていった。

政殿で働きはじめて、まだ十日にもならない。莉華との縁は、決して深くなかった。だが、アサは莉華の笑った顔を知っている。表情豊かな細い眉を、愛らしいとも思った。斎室では、身振り手振りで、香の扱いを教えてくれた。

（あの時だ――）

斎室で、香番をしていた莉華と交代した。

禎姫が来たのは、その直後である。

（毒を禎姫様が、莉華に渡した……？　私にも？　なぜ？）

禎姫が自身の言の正しさを示すために、殺すとすれば皇女だろう。十歳にも満たない少女。そして十日前に環に来たばかりのアサ。なぜ禎姫は内豎を狙ったのか。

（明らかにせねば）

あらゆる病を、あらゆる傷を、糧にするのが薬師である。

アサは、亡骸の消えた方に手をあわせると、絹の袋を手に裏屋に戻った。


その夕、アサは聴堂に呼ばれた。

御簾の向こうに、皇女の鮮やかな青い袍が見えている。

アサは皇女の正面に座った。右側には季晨と士元が並んでおり、左側には周薬匠がいる。

その曲がった背からは、深い憔悴が見えた。息子と孫娘とを一度に奪われたのだ。その絶望は、想像を絶する。

「それが毒だな？」

皇女が、静かに問うてきた。

アサの前の卓には、膳がある。膳の碗には砕いた豆が二粒分。「はい」と答え、そこに竹筒から水を注いだ。

「毒には、臓腑を即座に焼くものや、経絡を侵すもの——様々な種類がございます。この度用いられた毒は、口に入れてから短時間で死に至り、吐血も見られました。胃の腑を破る鯨墨かと推測されます。——ご覧いただけますでしょうか？」

　御簾から青苑が出てきて、膳に近づく。

「毒物を、菓子の素材でくるんだようです。このように、砕き、水に触れると墨のように溶け出て参ります」

　じわり、と豆の欠片から染み出た黒い液は、さぁっと碗を濃い黒に染めた。

　青苑は御簾の中に戻り「たしかに、墨のようでございました」と皇女に報告する。

「周薬匠。たしかか？」

　アサは、膳を周薬匠の前に運んだ。季晨と士元も、席を立って膳をのぞき込んでいる。

「たしかに——第二代玄王の暗殺にも用いられた、鯨墨でございましょう」

　周薬匠は、弱々しい声で答えた。その顔は青ざめ、今にも倒れそうだ。

　皇女は「ご苦労だった。下がってよい」と周薬匠に退出を促した。

　士元が扉を叩くと、黒装束の青年たちが入ってくる。一人は周薬匠を抱え、一人は膳を運ぼうとしだした。アサが「危険です」と慌てて止めると、一人が「我々は周薬匠の門人でございます」と言った。

（任せてよさそうだ。毒物の扱いにも慣れているだろう。——むしろ最初から、彼らを頼

るべきだったのかもしれない）

周薬匠は留守。周小師は死亡。自分が明らかにせねばと必死になったが、落ち着いて考えれば、空回りだったような気もしてくる。

周薬匠と門人たちが去るのを待ち、アサも退出するつもりでいたが、ここで内竪が酒器の載った膳を運んでくる。

季晨と士元も、席に戻っていた。

膳は、四つ。――恐らく、アサの分もある。

「話が聞きたい」

皇女にそう言われては、断れるはずもない。侍女も内竪も、下がってしまった。不安を感じ、季晨の方をちらりと見る。

「すまないな、アサ。手酌で悪いが、どうか遠慮なく飲んでくれ」

季晨に勧められるまま「では、いただきます」と会釈をして、酒を杯に注ぐ。ちびり、と口をつけると、舌がぴりりと痺れた。

（もう、見聞きしたことは報告したのに）

禎姫が内竪二人に毒を渡した――という恐るべき事実まで、アサは伝えている。この上、なにを伝えればよいのだろう。

皇女が「士元」と名を呼べば、士元が小さく咳払いをした。

「禎姫様は、莉華と接触していない。見張りの衛兵が二人、確認している」

「え？　あの、でも――」

「朝児の内竪が、のんびり鼻歌を歌いながら渡り廊下を歩いてきて、交代して出てきた別の内竪が、さっさと走って出ていったから、よく覚えてるとさ。渡り廊下から蛇廊に入るまでの通路は、兵士の位置から一望できる。オレもさっき確認してきた」

アサは、複雑な表情で士元の話を聞いた。

（鼻歌までは歌っていない……はずだ）

とはいえ、夢心地で美しい庭を眺めていたのは事実である。反論の余地はない。

「そうでしたか。禎姫様がいらしたのが、莉華と入れ違いのように記憶していたもので、てっきりその時に手渡したのかと……憶測で物を申しました。申し訳ありません」

アサは士元に頭を下げてから、皇女の方を向き直り、改めて頭を下げた。

「言を採る採らぬはこちらが決める。そなたは、己が見聞きしたものをすべて告げるだけでよい」

皇女は、感情のない声でアサに言ってから「続けよ」と士元を促した。

「――聞きたいのは、お前が、禎姫様とどんな会話をしたかだ」

アサは、また士元の方を向いた。

「……斎室で口をきいてはならぬ、とご指導いただいております」

「人払いをした意味はわかるな？　要らん話は省いてくれ」

ここで、アサが口を開くより先に、皇女が、

「乗る船を誤るな、とでも言われたか?」

と言ったので、どきりとした。まさしくその通りである。

「……沈む船には乗りたくないだろう、と仰せで、西環に来るよう勧められました」

士元はさらに、

「素性は聞かれたか?」

とアサに尋ねた。

「いいえ。私は、斎室内で一言も言葉を発しておりません。——あぁ、いえ、これは、要らぬ話ではなく、本当です。けれど、禎姫様は私が薬師だとご存じでした」

「お前、自分が薬師だって、誰に話した? 誰なら知っている?」

「私が最初に名乗った時——五月三十日……いえ、六月一日の夜に広場にいらした方々と……政殿の、侍女の皆さんくらいでしょうか。どうして薬師とわかったのか、不思議に思ったのは覚えています。装束だけでは、薬師か否かを判断できません。にもかかわらず、禎姫様は、私を見た途端に薬師だと見抜かれました」

言い終えた時、アサは士元と目をあわせていた。

そこで、ハッと気づく。彼は、最初にアサと珠海を関連づけて認識した人だ。

些事かもしれないが、些事かどうかはこちらがする判断ではない。

「——珠海から来たのか? と聞かれました」

季晨と士元が、顔を見あわせる。

追加の報告を終えたアサは「以上です」と伝えて頭を下げた。

うっかり内扉（ないひ）に向かいそうになったが、今日は招かれた立場なので、聴堂の外扉（がいひ）から階（きざはし）を下りねばならない。

「では、俺が珠海へ――」

「季晨様、即位前に央環を離れるのは、さすがにまずいでしょう」

背の方で、季晨と士元の会話が聞こえていた。

（珠海になにがあるのだろう）

気にはなったが、盗み聞きをするわけにもいかない。

外扉から出れば、視界が開けた。すっかりと日は暮れ、あちこちで松明（たいまつ）が輝いている。

最初に階を見た時、さぞ見晴らしがよいだろうと思ったが、今は景観を楽しむ気分にはなれない。

強い疲労が、身体を重くしている。

後ろから来た士元が、アサを追い抜いていった。

「アサ！　ご苦労だったな。ゆっくり休め！」

駆けていく士元の大きな身体は、あっという間に小さくなる。

（珠海に兵を派遣するなら、一緒に連れていってくれたらいいのに）

虚しい願いが浮かび、だがすぐに消えた。

無意味な願いだ。それが通るならば、とうにアサは解放されていただろう。

肩を落とし、とぼとぼ階を下りていく。

（あの一杯くらい、干してくれればよかった）

緊張して飲みそこなったが、今は無性に酒が飲みたい。あの強い酒をぐっと呷れば、夢も見ずに眠れるような気がする。

階の途中で「アサ！」と名を呼ばれた。

もう声でわかる。季晨だ。アサは、足を止めて並ぶのを待つ。

「季晨様。お話は、お済みでしたか？」

「一通り済んだ。――災難だったな。無事でよかった」

二人は並んでから、一緒に歩きだす。アサの向かう先は宿舎だが、季晨がどこに向かっているのかはわからなかった。

「危ういところでした」

もしあの絹の袋を持ち歩いていれば、揚げ餅の返礼として、内竪に渡していたかもしれない。宿舎でヨミと食べていれば、諸共死んでいた。

「なぜ食べなかった？」

「覚えていません。――渡されたあと、すぐに交代したので忘れていました」

香番の時間が短かった。掌に香の粉がついていた。どちらも理由のようで理由ではない。

毎日薄い粥ばかりで、常に空腹は抱えている。それでも口に入れようと思わなかったのは、死者への敬意を失した禎姫への嫌悪感が大きい。さすがに申告はしなかったが。

「周小師は、禎姫から西環へ来るよう誘われていたそうだ。薬師を求めているので、是非にと。小師は、その日のうちに薬匠へ報告もしている。――菓子は、娘の莉華ではなく、小師が受け取ったものだった」

「……そうでしたか。父親が受け取ったならば、娘と食べますね。莉華が受け取っていれば、内竪の仲間と分けあっていたような気がします」

「あれは大陸の菓子だ。珠海や、大陸の檀港でもよく見かける。甘露といってな、豆に飴がけをしたものだ。周小師の年齢ならば、大陸にいた頃、一度は口にした味だったろう」

懐かしい故郷の味を、娘に食べさせてやりたい。きっと周小師はそう思ったのだ。

（私も、父から受け取っていたら、ためらわずに食べていたに違いない）

周小師は進んで娘と共に口に入れた。心の柔らかな部分を狙うとは、悪辣に過ぎる。

「酷い……あまりに酷い話です」

莉華の笑う顔を思い出し、アサは唇を噛んだ。

「本題はここからだ。禎姫の狙いは、薬師だ――と皇女は見ている」

「なぜ……薬師を？」

「わからん。戦に備えて、こちらの力を削ごうとしたのかもしれん。士元に聞いたが、そなたは、珠海を目指していたとか」

アサは大きく目を見開いて、季晨を見上げた。

「はい。その通りです」

アサは大きく二度うなずいた。珠海の話題には飢えている。

「皇女は長年、秘かに珠海で朝児を保護していたそうだ。保護した上で、教育を授けてきた。薬師、工人、暦学や史学の学者……織工もいたらしい」

アサは、目を丸くした。

朝児は見つけ次第殺す――というのが、皇王の方針だったはずだ。

（……驚いたな。何十里も離れた場所で朝児を匿っていたなんて）

夫たる皇王の目を盗み、それも一人二人の人数ではないとすれば、よほどの強い意志でもなければなし得ないだろう。

「珠海に朝児が多いのは、大陸と縁が深いためだとばかり思っておりました」

「その通りだ。珠海と船の往来のある檀港では、朝児も珍しくない。通婚を禁じ、その子を殺せと命じる国の則の方が異常だ。しかし、辰国内で担い手の減りつつある技術を、保護した朝児に学ばせていたというのには――今日、祖廟で聞かされたのだが――驚いた」

季晨は、肩をすくめた。皇女の大規模な計画を、今日になって知らされた――そもそも、次期皇王の指名自体も唐突であった。そうした驚きやら呆れやらが、表情に出ている。

「珠海に兵をやるのは、その、珠海にいる朝児を守るためなのですね？」

「あぁ。そなたから聞いた話から推測するに、西は珠海の実態を把握しているはずだ。珠海は商人の町。自警団はいても軍と呼べるほどの規模ではない。我らが守らねば」

アサは「あ」と声を上げていた。

（禎姫様は、隠さずともよい……と言っていたな。そうか。そういうことか）

聞いた時は意味がわからなかったが、季晨の話を聞いた今ならばわかる。

アサが珠海から来た薬師だ――と勝手に判断した上で禎姫は毒を渡している。たしかに、珠海にいる薬師の朝児たちが、次の標的になっても不思議はない。

「――珠海には、父の師がいるそうです。……無事であればよいのですが……」

「彼らも危険だが、そなたの身も十分に危険だ。くれぐれも気をつけてくれ。少なくとも、禎姫はそなたが薬師だと知っている。殺害に失敗したのにも、すぐ気づくだろう。西の間諜は、我らが想像しているより多いようだ」

まだ日中の暑さは残っていたが、アサは寒気を感じて腕をさすった。

この国に来てから、気の休まる暇がない。

広場を横切り、厩舎の横を過ぎても、まだ季晨はアサの隣を歩いていた。廃屋じみた建物は、未来の皇王には似あわない。

（もしや、宿舎まで送ってくださっているのか？）

奇特な人もいたものだ。彼以外の辰の人々は、アサが死んでも、虫一匹死んだほどの痛痒も覚えないだろうに。

角を曲がれば、宿舎が見えた。このあたりは松明もまばらだ。

薄暗がりの中で、宿舎のスカスカの簾の向こうから人が出てきた。ヨミである。

「アサ！　遅いので案じていました。無事ですね？」

駆け寄ってきたヨミに、笑顔で「大丈夫です」と返す。

「そなたがヨミか。アサから聞いている」

松明は遠いが、ヨミは、アサの横にいるのが季晨だと気づいたようだ。サッと拱手の礼を示した。慣れぬ動作であるはずだが、所作には貴人らしい品がある。

「季晨様、ヨミは大陸の言葉をまだ解しません。今、学んでいる最中です」

「そうか。――いい機会だ。伝えてもらいたい。辰の領土の北限は、桂都から二十五里先にある誉江だ。以北、珠海まで続く四十里の道は、大きく三つ。そのどれもが、北部四国のうち呉伊国、あるいは新陽国の関所を通る。両国と我が国の関係は、現在、最悪だ。今も珠海に向かう兵は、関所を避けて、険しい間道を通っている」

アサがヨミに伝えるのを待って、季晨はさらに続けた。

「これも今朝知ったばかりの事実だが――中原への復権を急ぐあまり、西環は秘かに奴兵狩りを続けていたそうだ。そなたらは知るまいが、二年前から我が国では奴婢狩りを厳しく禁じている」

アサは、通訳をする口を止めてしまった。

(二年前？　私たちは十日前に連れてこられたのに？)

俄かには信じがたい。

人を餌に罠をしかけるやり方など、手慣れていた印象もある。

後で知った話だが、罠にかけた島人には、薬をかがせ、眠らせて運ぶのだそうだ。アサたちも、捕らえられてから目覚めるまでに二日半も眠らされていた、と士元に聞いた。辰の暦と、父の使っていた暦にずれがあるのかと思っていたが、問題があったのは暦ではなく、その薬のせいであったのだ。

　アサの反応から、季晨もこちらの感想を察したらしい。

「疑うのも無理はないが、奴婢狩りを禁じていたのは本当だ。今回の生け贄の件は、祇官の一人が皇王を思う一心から則を破り、独断で――いや、言い訳だな。中原では、二千年以上前から祭祀を理由に異民族を屠ってきた。今もなお続く蛮習だ」

　季晨は「すまない」とヨミとアサの目を、それぞれに見て言った。

「ともあれ、今、珠海を目指すのは危険だ。一に、ヨミが西環の奴兵狩りに狙われる。二に、北部四国も辰への攻撃の機会を狙って待ち構えている。間道も安全ではない。三に、珠海にいる薬師は危険に晒されている。アサは危険だ。四に、北部一の勢力を誇る呉伊国の王は、現在の杜那国王――ヨミの父親を殺し、王座に就いた男の娘を妻にしている。ヨミにとっては危険な選択だ。思うところはあるだろうが、時期が悪い。しばらく、おとなしくしていてくれ」

　アサは、ヨミに季晨の言葉を伝えてから、

「……わかりました」

　とその言葉を受け入れた。

島の南端を発した時、アサは北部の情勢をほとんどなにも知らなかった。いや、湖畔の小屋を出た時でさえもだ。

多少の事情がわかった今、この環を飛び出すのが危険なのは理解できる。

季晨は、奴婢のための宿舎を見、それからアサとヨミをそれぞれに見てから、

「――いずれ、必ず自由にする」

と言って、背を向けた。

辺りは暗く、その姿はすぐに闇の中に消える。

「……ヨミ、帰りましょうか。心配をかけましたね」

「最後に、季晨様はなんとおっしゃったのです?」

「必ず自由にする、と仰せでした。――戻りましょう、ヨミ」

アサは、ヨミを急かした。宿舎の長は、奴婢の自由をひたすらに憎んでいる。手に持った棍棒は、ただの脅しではないのだ。

「なぜ、季晨様は我らを気にかけてくださるのでしょう?」

「……わかりませんが……お優しい方です」

「下心か……」

ぽつり、とヨミがもらした言葉に、アサは耳を疑った。

アサを助けたのも、島人の少女を助けたのも、季晨の高潔さのなせる業だ。断じて下心などであるはずがない。

「下心? まさか。季晨様は、そんな方ではありません! 自国の習慣を、蛮習だと認め

られる為政者など、そうそういませんよ。弔宴の時とて――」

「あぁ、いえ、そうではなく。季晨様がおっしゃったように、呉伊国の王妃は、簒奪者の――父の長年の信用を裏切り、国を乗っ取ったサギリの娘。私は前王セツリの最後の息子です。首は歓迎されるでしょう。しかし……今のところ、その使い道は選ばれていません。私には、他の使い道が見えていないので、下心という表現になりました」

ヨミは涼しい顔で、ごく丁寧な弁明をした。

杜那国前王の、最後の遺児の首を差し出し、険悪な敵国との友好を図る。単純明快な作戦だ。そこを避けるからには、辰はそれ以外の使い道を考えているのではないか――と。

「そ、そうですか」

アサのつり上がった眉は、いったん元の位置に戻る。

「決して、アサにやましい思いを抱いていると勘ぐったわけではありません」

「わかりました。私こそ、妙な勘違いをしてしまったようです」

こほん、とアサは咳払いをした。

「しかし――朝児の皇王に、朝児の皇妃は似あいだ」

再び、アサは自分の耳を疑った。

聞き間違いであってほしい。いや、聞き間違いのはずだ。

「え？　ヨミ……今、なんと？」

今の会話で、朝児の皇妃というのは、アサを指していた。――つまり、女だ、と。

「さすがに、あれだけ狭い部屋で暮らせば気づきます」

「き、気づいて……嘘でしょう?」

アサは、頭を抱えた。

細心の注意を払って、行動してきたつもりでいたのに。

「あちらは、気づいていないのですか? やけに親し気でしたが」

「疑いもしていないと思います」

「では、また別の目的があるのかもしれませんね。——ともかく、その件は気づかれぬよう、引き続きご注意を。男よりも、女の使い道の方が多岐にわたりますから」

ヨミは、ひそやかな声で言うと、アサの手を引いて歩きだした。

宿舎に入ると、宿舎の長の目を盗んで部屋に戻る。

(気をつけていたつもりだったのに……なんてこと)

部屋には、ヒビの入った木の椀に粥が二つ。ヨミはアサが帰るまで、食事を待っていてくれたらしい。

冷めた粥を食べている間、二人は一言も喋らなかった。

寝る間際に、アサは皇女の推論を伝えた。「薬師を狙ったのではないか、とお考えのようです。珠海には薬道を学ぶ朝児がたくさんいるそうで、兵を派遣していました」と。

ヨミは、すぐに返事をしなかった。廊下を歩く長の足音が近かったからか、思考を巡らせていたのか。

「くれぐれも気をつけてください。……ここを出る時は一緒です」

次にヨミが声を発した時、アサはうとうととしていて、返事をした記憶がない。

強い疲労が、身体を重くしている。酒の力を借りるまでもなく、夢も見ずに眠りに落ちていた。


翌朝、祖廟に運ばれる周父娘を、広場で見送った。

弔意は、沈黙で示すべきだ。

だが、周小師の棺に続き、莉華の棺が馬車で運ばれていくのを目の当たりにすれば、誰もが嗚咽を禁じ得なかった。棺は、儚いほどに小さい。

内竪たちはすすり泣き、侍女たちも涙を袖で押さえていた。

早朝だというのに、空はどんよりと暗い。

リン、リン、と葬列の鳴らす微かな鈴の音が、少しずつ小さくなっていった。

アサは、泣き崩れそうになる睡蓮の肩を抱き、支えてやる。

(犠牲になるのは、いつも弱い者からだ)

大門が開き、閉ざされる。

鈴の音は、もう聞こえなくなった。

莉華は朝の務めから解放されたが、残された面々にはいつも通りの仕事がある。

(いっそ皇女様と禎姫様が、姉妹で取っ組みあいでもすればいい)

井戸で水を汲みながら、アサはやり場のない怒りを持て余していた。

（那宜国には、犬と犬を闘わせる神事があった。兵士同士が闘う国もある。……だいたい、大陸から女を連れてくるほど困っているのに、同族で殺しあうなど愚の骨頂ではないか。そんな当たり前の――子供にもわかる理屈が、なぜわからない？）

蛇廊を歩く間も、アサの頭は怒りでいっぱいだった。

（戦をすれば国は衰える。しわ寄せは全部、民が負うというのに。バカバカしい！）

頭の隅のあたりで、父の声がした。

――相手を愚かと罵ってはならない。人が愚かに見える時、まず己の愚かさを恥じよ。

――愚者など本来いないのだ。同じ目線に立てばわかる。薬師たる者、決して驕ってはならない。驕るな。驕りは求道の敵だ。

父は死んだが、その言葉は脳裏に刻まれ、色褪せることはない。

（驕り――なのだろうか）

アサは、まだ胸の中の憤りを抑えきれていない。

季晨は、薬師を殺して、央環の力を削ぐのが目的ではないか、と言っていた。本当ならば、周小師は、薬師であったというだけで殺されたことになる。莉華は、その巻き添えだ。アサの身も安全ではない。姉妹が対立しなければ、こんな事態は起きなかった。踏まれる側が、踏んでくる者に怒りを覚えるのは当然だろう。

父が窘める声が、聞こえてくる。

――アサ。

父の声は、こんな声だったろうか。いや、違う。もっと低く――

「アサ」

突然、現の世界が開けた。

ここは聴堂で、廟議の最中。アサを呼んだのは皇女である――という事実が認識できた。

「は、はい！」

なにかしでかしたか、と忙しく目を動かしたが、何事かが起きた様子ではない。

なぜ自分の名が呼ばれたのかわからず、アサは膳を一度置き、平伏した。

「――茶を」

パッと顔を上げる。

(茶？　淹茶を……私が？)

冷え切っていた身体が、瞬く間に熱くなった。

「かしこまりました。お任せください！」

アサは立ち上がり、茶棚の前まですり足で移動する。

美しい螺鈿細工の茶棚が、アサを待っていた。

(こんな機会が巡ってくるなんて……！)

茶には自信がある。大陸の――とりわけ北東部にある辰と、十津島とでは、水質が違う。

茶の味の違いに気づいた父は、独自の研究を進めていた。

（周薬匠は、教本どおりの淹法を変えていなかった）

震えそうになる手で蓋を開け、横に置く。

昨日は雨。今日もどんよりと雲が重い。気温も下がった。身体を温める黒茶に、気の巡りをよくする赤茶がいい。そこに水滞を防ぐ白茶を加えるとしよう。

アサは、黒の茶壺を手に取った。

「ひとまず珠海に増援を。朝児の学生らは、辰の未来の希望です」

「彭宰相の言に賛同いたします。増援を百程度出し、全員を央環へ移しましょう」

「いや、百は多い。いつ西が攻めてくるかわからぬものを。そもそも、これは西の策略。間諜はそこかしこに潜んでいる。先王の崩御も、独自に察知されていたご様子。央環が落ちれば、朝児の保護どころではなくなるぞ」

「しかしながら、こちらも寡兵ならば、あちらも寡兵。環は守るに易く、攻めるに難い」

居並ぶ諸臣が、活発に意見を交わしあっている。

アサはそれらを、川のせせらぎのように聞いていた。

茶葉を入れた鉢に、茶釜の湯を柄杓で注ぐ、とぽり、とぽり、と少しずつ。

ここで、木蓋をして蒸らす。蒸らす時間はやや短めに。十津島の水は、中原の北方のそれと比べ、抽出が速いのだ。

ここは腕の見せ所だ——と逸るアサの心に、浮かんだ言葉がある。

——驕りは求道の敵だ。

（驕りだろうか？　父上が長い年月をかけて導いた方法を、人に示すことも？）

今だ、という絶妙の機が、迫っている。アサは迷った。迷い、そして、

（驕りだ）

と自ら断じ、あえて機を逃す。

周薬匠がしていたのと同じだけ時を置き、蓋を開け、同じだけ湯を足す。

（私は代理に過ぎない。こんな時に技をひけらかそうなどと……恥ずべきことだ）

保守と革新は両璧。伝統を踏まえてこそ、新しい一歩を進め得る。二十余年、伝統を守った周薬匠。土地にあわせて最適を求めた父。若輩のアサが優劣をつけるような真似を、驕りと呼ばずになんと呼ぼうか。

高揚は去った。

合図をすれば、最初の一杯を芳蓉が持っていく。

（あ、季晨様）

皇女から見て左側の先頭に、見慣れた顔を見つける。

淹茶に夢中で、まったく気づかなかった。

（そういえば……廟議の顔ぶれもずいぶん変わっている）

学者の列に変化はないが、皇女の左に座する人たちは、ほぼ一新されている。華人の見分けが不得手なアサにもわかった。

「朝児を一斉に央環に入れれば、西はいっそう血の正統性を主張するでしょう。あちらに

流れる者も増えるのでは……」

「尊い血を保ち、中原に復する……西の旗は美しゅうございますからな」

意見が活発に交わされている。来てすぐの頃の廟議とは、明らかに様子が違う。

(あぁ、皇王の葬祭が終わったからか)

葬祭が終われば、崩御した皇王が先王になる。なんとかという諡もされたそうだ。

これまで皇王の陰に隠れていた皇女が、実権を握った——といったところか。ヨミならば、そんな言い回しをするだろう。

(若い朝児を見つけ次第殺していた人たちが、今度は保護する話をしている)

朝児のアサが茶棚の前に座り、間もなく即位する皇王も朝児の季晨だ。話しあっているのは朝児の安全。まるで別の国に来たかのようだ。

白熱する議論を終わらせたのは、皇女が手をパン、と叩く音であった。

座が静かになったところで、皇女は声を発した。

「去る者を咎めはせぬ。夷奴と交わらず、尊き血を保て——と父・蘇王は命じられた。父祖の声に従うは罪にあらず」

諸臣も、口を噤んだまま動かない。皇女の声は、朗々と続く。

「しかし、海を渡ったところで父祖の声に従ったとは言えぬ。なぜならば、偽辰は我らの百倍の兵を持つ。王宮の衛兵だけでも、我らの全軍より数が多い。無益な死を、どうして血を尊ぶと言えようか。西はそれを知りながら、父祖の声を盾に旗を振っている。聞こえはよいが、泥の舟でどうして海が渡れよう。必要なのは奴兵狩りではない。この地に根を下ろし、国を富ませ、強兵を育てることだ。朝児の学生は富国の要。必ず守れ。――我らは生き延びねばならぬ。父祖から受け継いだ血は、なによりも尊い」

皇女の言葉を受け、季晨の左横にいた髭の長い文官が、立ち上がった。

「唯一の王巫たる皇女様の言葉こそが、父祖の言葉にございますれば。我ら一同、身命を擲ってでも従います」

文官も武官も続き、最後は全員がそろって拱手した。

――この国が、大きく変わろうとしている。

波のうねりに似た圧倒的な力を、よそ者のアサでさえ感じざるを得ない。

隣の文官が、季晨に向かって礼をした。

「では――季晨様、お言葉を」

季晨は、一同を見渡してから、

「北環付近に遊軍を八十配置。東環から玄鵠軍を招き、俺が指揮を執る」

と告げた。

「しかし……季晨様は即位式を控えた大事なお身体でございます」

季晨の提案を、髭の長い文官が止める。

「彭宰相。お言葉だが――善良な商家と、悪辣な盗賊。支度が早いのは果たしてどちらか」

「それは……盗賊でございましょう。季晨様、しかしながら、やはり民心の揺らぐ時期でございます。即位式までは、せめて央環にお留まりくださいＬ」

「俺が死んだら、北定公を呼び戻してくれ。すでに西の罠は張り巡らされ、あちらの狙い通りに人が――それも皇女にほど近い者が殺されている。ここで後手に回れば、今後、より多くを失う。央環の守りは寧将軍にお任せする。――以上だ」

皇女が、御簾の向こうで手をゆったりと挙げた。季晨の決定に、異論はないらしい。

ここで廟議は解散となった。慌ただしく茶杯を空け、諸臣が出て行く。この流れでは、誰も茶の味など気にしてはいないだろう。

帰り際の季晨と、ちらりと目があった。微かな笑みに、やや安堵する。

（……代役は、無難にこなせたようだ）

片づけに合流するべく立ち上がると、片づけどころか、侍女たちは一人も動いていない。理由はすぐにわかった。皇女が、まだ御簾の向こうにいる。

「師は、誰か」

皇女の問いに、アサは素早く拱手の礼を取った。

（どちらだ？　お気に召したのか、召さなかったのか……）

皇女は西征公ではない。失敗しても殺されはしないだろうが、ひどく緊張する。

「は……師は、父でございます。大陸の出身でございました」

「……名は？」

「島ではただ薬師、と呼ばれておりました。死んだ母も、私も、父の名を知りませぬ」

アサは、頭を下げたまま、淀みなく答えた。

嘘ではない。父の名を、アサは本当に知らないのだ。

「その父は、いずれに」

「この春に世を去ってございます。……埋葬ののちは喪に服すことなく、珠海を目指せ、と申しておりました」

父と過ごした日々はかけがえのないものだ。だが、こうして他人に話す時、それらの思い出に微かな影が差す。

恐らく、どこかが歪なのだ。

常の家族とはなにかが大きく違う。歪な部分を指さされるのが、怖い。

「明日も、茶はそなたが用意せよ」

皇女は、それ以上父の件に踏み込むことなく、衣擦れの音を立てて立ち上がった。

成功した、と見てよさそうだ。――ここで、ちらりと欲が湧く。

(うまく交渉すれば、薬箱を取り戻せるだろうか？)

薬箱を取り戻したい。あれはアサの人生そのものだ。――だが、耐えた。

(ダメだ。出しゃばって不興を買う方が恐ろしい)

衣擦れの音が小さくなっていく。

「アサ、貴方、本当に薬師だったのね」

「驚いた。まるで周薬匠がそこにいるみたいだったもの」

侍女たちは、てきぱきと片づけをはじめながら、はしゃいだ声で喜んでいた。

「大目に見ていただけたようです」

アサは笑顔で応え、片づけに加わった。

(夢のような時間だった)

茶と向きあい、集中し、父の声を聞いた。あの——ぴんと張りつめた空気が忘れがたい。

うっとりと目を閉じれば、まだ感覚が身体に残っている。実に蠱惑的な時間であった。

(早く戻りたい。あの茶棚の前に。早く——)

アサはその日一日をぼんやりと過ごし、青苑に何度も怒鳴られる羽目になった。

宿舎ではヨミに案じられるほど、ふわふわと過ごし——

そうして、翌朝。

現に引き戻された。天上から、地面へ。

聴堂には、周薬匠の姿があった。いつも通り、茶棚の前に。

(もう、あの場所には行けない)

当たり前だ。あの場所は辰の薬匠だけに許された場所なのだから。

頭でわかっていても、身体は素直だ。胃の腑がぎゅっと締めつけられる。人目がなければ、その場で泣き伏していただろう。

だが、この嘆きも身勝手なものだ。いっそ、昨日の高揚さえ浅ましく思える。

(やはり辞退すべきだったのか……あれも驕りか?)

廟議は、いつの間にやら終わっていた。片づけをして、蛇廊を戻る。

ただ、薬師として生きたい。望みはそれだけだ。

（早く、ここを出なければ）

奪われた薬箱は、アサの人生だ。あの薬箱を背負って、ここを出たい。今すぐに。

アサは、棚の白い甕を勢いよく抱え、裏屋を飛び出した。

（もう限界だ。――いつ死んでも構うものか。こんな所にいたくない）

薬箱を今すぐ取り戻し、この環から出ていきたい。そうすれば、アサは薬師として生き、そして死ねる。

アサは、薬師だ。他の生き方など知らない。

人あるところに傷病あり。

世界には、薬師を必要としている人々が多くいるのだ。だから、父は草原を目指した。十津島に渡ったのちも、毎年南部を巡っては多くの人を救ってきた。

アサも父のように生きたい。

この環で水汲みをする間に、救えた人もいたはずなのだ。

（私の薬箱はどこにある？　兵舎か？　それとも薬匠が持っている？）

西の兵舎の方に数歩進み、東にある文官や学者の宿舎かもしれない、と思い直し引き返す。いや、いったん水汲みだけは済ますのが筋だろう。くるくると身体の向きを変えたのち、井戸に向かって歩きだすと――

どん、と人に正面からぶつかった。

「あッ……も、申し訳ありませ——ヨミ?」

アサはひどく驚いた。

ヨミは士元の隊にいて、この時間は外の巡回をしているはずだ。

「アサ、大丈夫ですか?」

驚くアサを後目に、ヨミはかえってこちらの心配をしている。

「貴方こそ、大丈夫ですか? 怪我は?」

「問題ありません。手で防ぎました」

ヨミは、甕の高さにある顔の前に、防いだ時の様子を再現してくれた。甕が顔に当たったわけではないらしい。

「よかった。……今日は巡回ではないのですね」

「今朝、こちらに配置換えになりました。政殿周辺の警護です。——晋隊長が、ここにいるとアサに会える、と言っていましたが、本当に会えましたね」

士元との会話は、身振り手振りも交えていたようだ。ヨミは裏屋の出入り口を指さしてから、甕を抱える仕草をした。鼻歌まで歌って。

斎室の見張りの衛兵にかけられた冤罪を、士元にまでかけられてしまった。

弁解をしかけて、やめた。今もくるくると回っていたのだから、印象としては大きくかけ離れてはいないだろう。

肩をすくめるアサに、ヨミが笑った。笑顔にだけは、まだ幼さがある。

そうだ。ヨミが――異父弟かもしれない少年が、ここにいるのだ。

薬箱を背負って環を出るだけでは、ヨミは守れない。

（……まだ死ねない）

死は易しく、生は難いものだ。アサは甕を持つ手に力をこめた。

（自棄になるには早すぎる。――季晨様は、約束してくださったのだから）

気は急くが、ここは堪えどころだ。

水を汲みながら、ヨミにいくつかの言葉を教える。そうしているうちに、粘性の衝動は消え去っていた。


今日も廟議は紛糾している。

季晨は、二日前から環を留守にしていた。廟議の中心はもっぱら、彭宰相と寧将軍の応酬だ。

「北環との交渉を、さらに強化いたしましょう。北定公に、季晨様のご即位を認めていただく代わりに、皇統の第一等をお譲りする、とお約束されてはいかがか。さすがの北定公もここまで譲歩いたせば、交渉の席に着いてくださるでしょう」

と髭の長い彭宰相が言えば、

「北定公には、まだお子がない。譲歩、譲歩と彭宰相はおっしゃるが、譲歩とはこちらの懐の痛み具合ではなく、あちらに利を示すもの。皇統の第一等で納得されるなら、そもそも北環の門を固く閉ざしはしなかったのではありますまいか。……やはり、葬祭の折に膝を幾重にでも折って、話を聞いていただくべきだったのだ」

と巨漢の寧将軍が返す。

「無論、お止めはした。せぬわけはなかろう。根回しとて進めていた。だが、北定公が、季晨様と折り合いの悪かったのは周知の事実。決裂は、予想のできた流れであろう。……予想できたのは、臍を曲げるところまでだが」

彭宰相が憤然と反論し、長い髭を撫でた。

北定公は、先王の長男だ。手に入るはずだった玉座が、弟――それも血に公然の秘密を持った者に流れた。その上、もう一つの巫の声は、禎姫の息子を示した。どちらに転んでも、皇位は手に入らない。

季晨が、皇女の宣言に呆然としたように、北定公も呆然としたはずだ。

やや気の毒にさえ思う。だが、その後の行動がまずかった。

「……たしかに、ご納得いただけないのは予想できた。しかし、葬祭を放り出したばかりか、国境の守りさえ手放そうとは思わなんだ。さすがに――」

寧将軍が、苦い顔で言ったところに、

「そこまで愚かであったとは、私にも読み切れなかった」

と皇女が起伏の少ない声で言った。

しん、と聴堂が静まり返る。

央環軍と西環軍の兵力は、数で拮抗している——らしい。

央環軍に従う北環と東環は、周辺の守備のために環から動けない。テトン湖に近い南環は早い時期に放棄され、南守公は西環軍に合流していた。数だけの話をすれば両軍に大差はない。だが、西環軍は兵力の不足を奴兵狩りで補っている。つまり、多くは歩兵だ。騎兵の数においては央環軍が勝っているそうである。

だが——予想外の事態が起きた。

辰国の防備の最重要拠点は、北部四国と接する北環にある。

この北環が、国境の警備を文字通り放り出し、門を閉ざしてしまった。北環軍指揮下の砦は半数以上が放棄され、軍の大半は環内に籠っているらしい。

暴挙である。

北部四国は、度重なる奴兵狩りを強く怨んでいる。まして辰は先王の崩御から日も浅く、内紛の火種を抱える状況だ。警備の穴を埋めねば、国境が危うい。

央環軍は北の守りに兵を割かれ、西に対し十分な備えができずにいる。

「とにかく、北を動かす——いや、せめて国境の守備だけでもしていただけるよう、粘り強く交渉を続けねばなりません」

彭宰相の言葉に、一同はうなずいた。

周薬匠の手が挙がったのを合図に、アサは侍女たちと共に茶杯を運びはじめる。

「──即位式が終わりましたら、新王のご縁談も進めさせていただきます。辰の新たな姿勢を十津島に示すためにも、早急、かつ慎重に候補者を絞りましょう」

そう言ったのは、髭の薄い関尚書である。彭宰相が「遅くはないか」と眉をひそめた。

「とうに候補者の一人や二人、名が挙がってもよいはずだ」

「は……北との交渉に供え、婚儀を急ぐのは望ましくないとの声もございまして……」

「悠長なことは言ってられんぞ。皇王陛下のお子の代は、南守公の一児の他にいないのだ。季晨様のご縁談も早々に進めねば」

「せめて、北定公妃・耀姫様のご懐妊の報までは待つべきかと──」

今度は、髭の立派な彭宰相と、儚い髭の関尚書の間で応酬がはじまる。

(季晨様は、まだ奥方をお迎えではなかったのか)

意外だ、と思い、また一方で納得もした。

血へのこだわりが、国の衰えを招いている。いかに皇王の子であっても、朝児──恐らくはもっと強烈な言葉で──を拒む娘がいてもおかしくはない。

「能ある娘を求めよ。皇妃は、我が後継者でもある」

廟議の終わりに、皇女が言っていた。

(無茶を言う)

茶器の片づけをしながら、アサは思った。

皇女の代わりなど、仙女でも捕まえてこなければ務まりはしないだろう。

その後、裏屋で侍女たちが「皇女様の代わりが務まる娘などいるものか」と目を三角にしてヒソヒソ話すのが聞こえた。白羽の矢の立つ娘が、いっそ気の毒にさえ思える。

ともあれ、茶棚も薬箱も遠くなり、落ち込むアサには関係のない話だ。茶器を運び、水を汲み、酒を運び、掃除をする。他にすべきことなどないのである。


――カンカンカンカン――

夢を見ていた。

アサは、螺鈿細工の茶棚の前にいるのに、邪魔が入る。鐘の音がうるさい。

（終わってしまう）

音もうるさいが、肩を揺する手も邪魔だ。

――敵襲――敵襲――

すぐ近くで「アサ！」と名を呼ぶヨミの声がした。

「アサ！　起きて！　敵襲です！」

夢の中の茶棚を奪われた不機嫌も、さすがに吹き飛ぶ。

小さな窓の向こうの空は、まだ暗い。松明の灯りらしきものが、揺らめいていた。

「敵……敵襲？　え？　どうして……」

「おおかた、西でしょう」

――西、というのは西征公率いる西環軍という意味だ。一拍遅れて理解する。

「どうして――」

アサは、同じ問いを繰り返していた。

「西の襲撃は当然です。皇女を殺さねば、彼らは正しさを証明できぬのですから」

「でも……このままでは、人が死にます。皇女以外の人も……私たちも」

「それが戦です。死にたくなければ、敵を殺すしかない」

ヨミが、腰を上げようとする。アサは慌てて、ヨミの手にしがみついた。

「こ、殺されてしまいます！　私たちは関係がないのに！」

「関係の有無を一々確認してから刃を振るう兵士など、どこの世界にいるのです⁉」

ヨミの言葉は妥当である。だが、アサの頭は混乱したままだ。

「――わからないのです。なぜ、私たちが死なねばならないのか」

ヨミの手が、壁をドン！　と叩いた。蛾だ。蛾が潰れて、筵の上に落ちる。

呆気にとられるアサに、

「死に理由などありません。王だろうと、薬師だろうと、馬でも虫でも同じです。終わりの時まで生き続けるだけのこと。――貴女はここにいてください」

ヨミは、簾を上げて出ていった。恐らく、兵士として戦うために。

細い悲鳴が、遠く聞こえてきた。

背伸びをし、小さな窓から外を見れば、火矢の軌跡が夜空を裂く。

アサは、オロオロと狭い部屋を移動した。

ヨミは正しい。自分の乗っている船の底に穴が開けば、ふさぐ。理屈は不要だ。

（どうしよう……私は？　私は、なにをしたらいいの？）

怪我人の介抱をしようにも、薬箱はない。

政殿へ行くべきだろうか。いや、政殿には侍女や内豎がいる。

（人手が足りないのは、周薬匠のところだ）

――まず、青苑のところに行く。お伺いを立ててから、周薬匠のところへ行く。

（よし、決まりだ）

アサは藍の袍を羽織り、ぐっと拳を握りしめた。

この時、頭の中からヨミが残した「ここにいてください」という言葉は消えている。

部屋を飛び出す。細い廊下は、ひどく静かだ。おかげで外の騒ぎがよく聞こえた。

スカスカの簾を上げ、宿舎の外に出る。鋭い馬の嘶きが、聞こえる。

足音。叫ぶ声。揺れる松明の量は、いつもより多い。――違う。建物が燃えているのだ。

広場の真ん中を、騎馬兵が駆け抜けていくのを待ち、一気に裏屋まで走る。

裏屋では、青苑がいつもの棚の前でてきぱきと指示を出していた。

「――急いで！　貴女たちは、奥殿から動かないように。あとで内豎をそちらに向かわせます！　――アサ、お前も――」

「青苑様、周薬匠のお手伝いをさせていただいても、よろしいでしょうか？　小師が亡くなられ、人手も少ないことでしょう。行かせてくださいませ。必ず、お役に立てます」

青苑は、そうでなくとも険しい表情を、より険しくした。

「お前が？　周薬匠の？　……わかりました。そのかわり、薬匠が手は要らぬとおっしゃった時は、すぐ戻ってくるのですよ？　お前の出しゃばり方は鼻につく」

「はい！　お約束します！」

アサは、裏屋を飛び出した。

（出しゃばらず、助手に徹する。驕らず、謙虚に――）

文官や学者の宿舎は、政殿の東側だ。西の兵舎と対であるからか、文舎と呼ばれている。

アサは、塀ぞいに文舎を目指す。

火は消し止められたのか、空はもう禍々しい明るさを失っている。

（あれは……周薬匠の門人だ）

黒装束の青年たちが、文舎の前でオロオロと動き回っている。

一人は、廊下で扉をドンドンと叩き「周薬匠！」と懸命に呼んでいる。

「周薬匠！　環外の負傷兵が運びこまれてきました！　なんとか、手当をお願いできませんでしょうか？　お願いいたします！」

大柄な武官も、扉を叩くのに加わっているが、反応はないようだ。

「どういたしましょう……」

「もしや、お加減でも……」

門人たちが、いっそうオロオロとしだした。

嫌な予感は伝染するものだ。離れた場所にいたアサも、つられてオロオロしてしまう。

「よし、手を貸せ！　扉を開けるぞ！」

武官が、ドン！　と扉に体当たりしだした。門人たちも続く。

ドンッ！　ドンッ！　と五度繰り返したところで、扉は壊れた。

「薬匠！　周――」

「周薬匠、兵舎へお願いいたします――」

部屋に飛び込んだ武官と門人は、急に静かになった。

他の門人たちが、顔を見あわせてから様子をうかがいに行く。アサもその後に続いた。

（あ――いらした）

最悪の事態も想像していたので、アサは、周薬匠の無事な姿に安堵する。

安堵し――だが、すぐに不安を覚えた。

周薬匠は、椅子に座っていた。眠っていたわけでもなく、倒れていたわけでもなく。ただ、座っていた。外の騒ぎが、聞こえていないはずもないのに。

部屋に入った武官も、門人たちも、戸惑っている。

「出て行け」

そして周薬匠の発した一言は、さらにその場を混乱させた。

「しかし……周薬匠、負傷兵も出ており――」

「儂は宮廷薬匠だぞ！　兵の治療などできるか！　紅髪の夷奴でも働かせておけばよかろ

う！　儂を動かしたくば、皇女に乞わせよ！」

その場の全員が、言葉を失った。

さらに「出て行け！」と怒鳴られ、門人たちも武官も、いったん退散せざるを得なくなる。扉は壊れているので、文舎の門まで移動する。

武官はいらだちを露にして、五人の門人たちを順に見た。

「この際、門人でも構わん。兵舎にも軍の医官は残っているが、数が足りんのだ」

すると門人たちは、そろって胸の前で手を横に振った。

「わ、我々は、助手に過ぎません。周薬匠の指示がなければ、なにも……」

「金創の処置ができるのは、周薬匠だけです。尖刀の手入れだけはできますが……」

武官は舌打ちをして、一番近くにいた門人の腕をつかんだ。

「いいから来い！　ここで一兵たりとも失うわけにはいかんのだ！」

門人の一人が、引きずられるように連れていかれる。残った四人も後を追ったので、アサもその後ろについていった。

頭の中で、周薬匠の言葉が何度も繰り返される。

（――紅髪の夷奴……あれは、私のことだ）

小さな蔑みには慣れているつもりだったが、あれほど鋭利な言葉で罵られたのははじめてだ。じわり、と感じた胸の疼痛に、眉を寄せる。

（あの時、淹茶を断れば、あんな蔑みは受けずに済んだ？　驕った私の咎か？）

痛い。悲しい。苦しい。

だが、今は怒りの方が、よほど強い。

（――いや、違う。周薬匠は、私がそこにいるだけで罵るだろう）

アサはキッと前を見た。

この程度のことで、負けてなるものか。

（部屋に籠るお偉い薬匠より、紅髪の薬師の方が有益だと思い知らせてやる！）

勢いこんで兵舎に入った途端、

「押さえつけろ！」

と叫ぶ声と、続く悲鳴が広間に響いた。

広間の壁には武器や防具の棚が並び、床には筵がいくつか敷かれている。

「お前たちも手伝え。矢を抜くんだ！」

武官が、門人たちの背を、バンバンと一人ずつ叩く。ひぃっと一人が悲鳴を上げた。

アサも叩かれるか、と身構えたが、武官の手が止まった。

「……お前……朝児だな。珠海から来たのか？」

ずっと視界に入る場所にいたはずだが、彼はアサの髪色に、今気づいたらしい。

「あ、いえ――」

「ちょうどいいところに来てくれた。頼んだぞ！」

武官は、アサの背を思い切り叩くと、大股で去っていった。

浅い藍の袍が二人、腿に矢の刺さった負傷兵を囲んでいる。兵舎の医官というのは彼らのようだ。

「早く！　手を貸せ！」

医官に手招かれ、門人たちが及び腰で近づく。

右手、左手、肩。右足、左足。腹。うっかり最後の一人になった門人が、矢を抜く係になったようだ。泣きだしそうな顔で、矢をつかむ。

ぐい、と引こうとした途端「よせ！　やめろ！」と負傷兵が叫び、足を押さえていた若い医官が立ち上がって、いきなり門人を殴った。

「な、なにをなさいます……！」

殴られた頬を押さえ、門人は涙目で抗議した。

「馬鹿野郎！　逆だ！　逆刺のついた鏃だぞ？　引けば肉が削がれるに決まってるだろう！　そんなこともわからんのか！　もういい！　お前は足を押さえておけ！」

若い医官が矢を握った。――押して、貫通させる気なのだ。

もう、驕るの驕らぬのと言っている場合ではない。

アサはとっさに若い医官の手を押さえ、止めていた。

「お待ちください！」

「なんだ、邪魔をするな！」

「私は薬師です！　鏃は、切開して抜きましょう！　刀で開き、絹糸で縫いあわせれば、最小限の創で済み、回復も早いです」

医官がアサの顔を見た。それから、髪を見る。

「——朝児だな。珠海から来たのか？」

医官まで、アサの髪と瞳を見て、先ほどの武官と同じことを言った。

「違いますが、薬師です」

はぁ、と医官は呆れ顔でため息をついた。

「よそ者は知らんだろうが、金創の処置は、周薬匠が、将軍にだけにするもんだ。オレたちは、鏃は貫通させて抜く。創は止血して包帯をする。それだけだ」

「私が処置します。三つの頃から、逆刺のついた銛で突かれた大魚で、尖刀の練習をして参りました。魚だけではありません。漁師の怪我の処置にも慣れています」

険しい表情のまま、医官は「できるのか？」とアサに尋ねた。

アサは「はい」と返事をした。

この環の薬匠が放棄した仕事だ。驕りと咎められる筋合いはない。

「薬は？　道具はどうする。ああいうものは、貴族様のためにあるんだろう？」

「私が持っています。えぇと……そう、あの、皇王が崩御された日、大きな薬箱を没収してはいませんか？　このくらいの——大きな、背負う形の薬箱です」

アサは、手振りで薬箱の大きさを示した。

あるとすれば、兵舎か、文舎か、どちらかだろうと踏んでいる。幸い、ここには兵士も薬匠の門人もそろっていた。

「あ！　わかります！　それなら、薬庫にあるのを見ました」

そう声を上げたのは、兵士の右手を押さえていた、華人としては小柄な門人だ。

腿に矢を受けた兵士が「なんでもいいから早くしてくれ！」と叫ぶ。

「お名前は？」

「趙（ちょう）です」

「では、趙門人。薬箱のある場所まで、案内をお願いします。そちらのお二人は、鍋の準備を。尖刀を使う度に煮沸します。そちらのお二人は、処置の際に白仙湯（はくせんとう）を飲ませますので、準備を。お二人は、馬油（ばゆ）と布を用意してください」

それぞれに指示を出し終えると、アサは趙門人と共に兵舎を出た。

政殿の階の前を走り抜け、文舎に戻る。鍵を趙門人が開けるのを待ち、薬庫の中に入った。周薬匠の部屋はすぐ隣だ。緊張を伴う。

（あ、あった！　薬箱！）

薬庫の奥に、薬箱が無造作に置かれていた。

すぐに引き出しを開けて確認する。――あった。

革の包みにくるまれた尖刀が、セトの町で砥（と）ぎから戻った時のままに残っていた。一つも欠けていない。

感動のあまり、胸に抱きしめた。

二度と会えぬかと思った、魂の一部だ。愛おしくてならない。

（これで、処置ができる。あとは――）

見渡せば、棚にはたくさんの薬が置いてある。喉から手が出るほどほしい。

（この薬を提供してもらえたら――いや、あの周薬匠の剣幕では無理か）

薬道とは、仁恵の道。

しかし、人に強いるわけにはいかない。

今は自前の薬だけで、少しでも早く、少しでも多くの処置を行うべきだ。

アサは薬箱を背負い、兵舎へ駆け戻った。

広間には、負傷者が倍に増えている。門人や医官たちは、もう用意を済ませて、アサを待っていた。

　薬箱を下ろし、手早く白仙の粉を出す。

「白仙湯は一杯一匙でお願いします。処置後の軟膏は、こちらの壺に入った練薬と馬油を混ぜておいてください」

　さっと懐から出した紐で、襷掛けにして藍の袍の袖を押さえる。

門人が、最初の負傷兵に白仙湯を飲ませている間、アサは壁の棚から矢を一本拝借した。

鏃の形を覚えておきたい。

　鉄の鏃を手に取り、その禍々しさに寒気を覚える。人が、人を、より確実に傷つけるための道具。鋭利な逆刺から伝わる意思は、いっそ純粋である。

アサが闘うのは、この道具にこもった殺傷の意思だ。

すぐに医官が、尖刀を運んできた。

「――はじめます」

アサは尖刀を構えた。

鏃の刺さった部分に当て、スッと引く。

ぷつり、と皮膚を切る感触が伝わってきて、視界に鮮やかな赤が溢れた。

一度、深呼吸をする。

兵士の腹の上に置いた鏃の形を確かめつつ、次の切開の場所の見当をつけた。

角度を変え、さらにもう一か所。傷が広がり、鏃の形が見える。

「鑷子を」

細い鑷子の先で、鏃の逆刺から、肉の繊維を傷つけぬように除けていく。

これ以上、この鏃になに一つ傷つけさせはしない。

溢れる血が目を遮る。布に吸わせ、鑷子の先の感触と、腹の上に置いた鏃を頼りに作業を進める。そして、ゆっくりと――引く。肉にからむことなく、鏃が抜けた。

「針を！」

宙に向けて差し出した手に、絹糸を通した針が渡される。

ここから縫合だ。ぷつ、と皮膚を破る感触が、手を通して頭まで響く。

父の教えを思い出しながら、アサは作業に没頭した。

——静かだ。

負傷者と自分以外、世界の中からすべてが消える。

一針、一針。

糸を結び、切ったところで——音が戻った。

「あとの手当てをお願いします。——次に行きましょう」

辺りを見れば、また一人負傷者が増えている。アサは「処置の順を指示してください」と医官に伝えた。

「わかりました、老師」

若い医官の返事に、きょとんとする。それから「名で結構です。アサ。アサと申します」と伝えておいた。そういえば、まだ互いに名乗りもしていない。

「お名前を、うかがっても？」

「姜（きょう）と申します、アサ老師」

「では、姜医官、次の処置に入りましょう。——あ……士元さん！」

移動した先の筵の上で白仙湯を飲んでいるのは、頬と額に、大きな傷がある巨漢だった。

この環に来てから、なにかと世話になっている晋士元である。

「しくじった。——安心しろ。ヨミは環の外にゃ出てない」

右の脇腹が、真っ赤に染まっている。ちょうど甲（よろい）のつなぎ目を狙われたようだ。

「ありがとうございます。——ヨミの話は後回しにしましょう」

医官らが、甲を脱がせ、上衣と短袴を脱がせる。水で洗えば、右脇腹と、左腿の創が露になった。

（出血が多い。急がねば）

まずは右脇腹からだ。姜医官は左腿の止血をはじめている。

「治るか？　こっちに渡ってくる時、親父が同じとこに傷を負って、船の上で死んだ。菰で巻いてな、捨てるんだ。そのまま海に。ひでぇ話だと思ったが、どうしようもねぇ」

白仙湯が、やんわりと効いてきたのだろう。士元の言葉も、やや不明瞭になっている。

「大丈夫ですよ。さ、布を噛んで」

「海に親父を捨てるのが、恐ろしかった。なんて不孝なんだと……オレはまだ子供で――その時、皇女様がおっしゃったんだ。――いずれ同胞が中原に復す時、必ずや彼の魂が船を守るだろう――ってな。親父は、海で待ってる。同胞が――海を――」

アサの合図で、門人が士元の口に布を噛ませた。

複雑な傷の縫合だ。だが、道ははっきりと見えている。

――アサの世界は、ひたすらに静かであった。

静寂が破られるまでの時間を、把握していない。

処置をした人数も、かかった時間も、今がいつなのかも、わからなかった。

どん、と左の肩になにかがぶつかる。

思いがけぬ勢いであったので、よろめいて床に手をついた。

広間では、人が忙しく往来している。誰ぞの足でもぶつかったのだろう、とアサは思った。切開の最中でなくて幸いだ。

「──」

誰かが、なにかを言っている。アサは手をついたまま、声のする方を見上げた。傷と血と肉の残像に、目をパチパチとさせつつ見れば──そこにいたのは、周薬匠である。

(お気が変わられたのか。あぁ、よかった)

この数の処置を一人でやり切るのは、さすがに無謀だ。白仙湯の残りも少ない。

アサは安堵し、笑みさえ浮かべていた。

「──この、盗人めが」

しかし、その笑みは、周薬匠の口から発せられた言葉で消え去った。

サッと血の気が引く。

盗人などという言葉は、断じて受け入れるわけにはいかない。

「ぬ、盗んではおりません！　用いたのは、父から譲り受けた器具と、十津島の各地で求めた薬だけでございます！」

「黙れ！　盗人め！」

この老人は、一体、なんの話をしているのか。

アサは薬庫の薬に、触れてさえいない。

「この薬箱は、私のものでございます。お疑いでしたら、どこになにが収められているか、すべて言い当てて証を立てましょう。竹簡の資料とて諳(そら)んじております」

先に薬箱を奪ったのは、この国の人だ。薬箱ばかりか、アサの自由まで奪った。

盗人はどちらだ――との言葉だけは、なんとか飲み込む。

周薬匠は顔を真っ赤にして「黙れ！」と叫び、ドン、とアサの肩を杖で突いた。

先ほどと同じ衝撃だ。

ここでやっと、アサは周薬匠が杖でアサを突くのが二度目なのだと理解する。

だが、ここまでの蔑みを受ける理由は、まったく理解できなかった。

「貴様が死ねばよかったのだ！　貴様が先に毒菓子を食べていれば――息子は死なずに済んだ。貴様のせいで、辰建国から続く周家の血が絶えるのだぞ。紅毛の夷らしく、せめて捨て石となって役立てばよいものを……！　目障(めざわ)りだ。出て行け！」

周薬匠は、杖を振り上げた。

サッと腕が伸びてきて、姜医官がアサを庇(かば)う。

「お、お待ちください！」

趙門人は、周薬匠の前に立ちはだかった。他の門人も続く。

「邪魔をするな！　この盗人を、さっさと追い出せ！　禍(わざわい)を招く、紅い疫鬼(えきき)だ！」

門人たちは、そろって周薬匠にむかって平伏した。

「恐れながら！　アサ様は薬庫の薬に、指一本触れておられません！　用いたのは、ご自身の薬箱の薬のみでございます！」

「決して……決して盗みなど働いておりませぬ！　お疑いでしたら、私がこれより薬庫を調べて参ります！」

平伏した門人たちが言えば、周薬匠はワナワナと震え、杖を振り上げた――が、杖が振り下ろされることはなかった。

後ろにいた大柄な男が、杖をつかんでいた。――あの、最初に扉を破った武官である。

「周薬匠はお疲れだ。文舎にお連れしろ！」

武官の指示に、兵士たちは忠実だった。

老人の勢いある罵声(ばせい)は次第に小さくなって、消えていく。

「大丈夫か？　アサ老師」

武官が差し出した大きな手を握れば、ぐっと引き起こされた。

「すみません……助かりました」

「礼を言うのはこっちの方だ。――ずっと、長いことアンタを待ってた」

疲れで、頭の動きが鈍い。

なぜ、長く待っていた、などと武官に言われるのか、アサは理解できなかった。

「私を……ですか？」

「皇女様がおっしゃった。いずれ珠海で技術を学んだ朝児が、環に来るってな。薬師が来れば、兵士も治療を受けられるようになる。奴兵も使い捨てにされない。――やっと来たんだ。待ち望んだ新しい世界ってのが。そうなんだろ？」

違う。

それは珠海で保護された朝児の話で、アサとは関係がない。

ややこしいが、アサは珠海から来た朝児ではなく、珠海に向かう途中の朝児なのだ。

「あ、いえ、私は――」

どう説明すればわかってもらえるだろう。なにせややこしい。

幼い頃は、十八歳になったら珠海へ行け、と父に言われていた。もし父が病を発さず健在であれば、アサは今頃珠海にいたはずだ。そこがまた、輪をかけてややこしい。

戸惑っているうちに、訂正する機会を逸してしまった。

「老師！　次の処置をお願いします！」

負傷者を前にすれば、雑音はすべて消えてしまう。

それから、どれだけ鏃を抜き続けただろう。どれだけ創を縫い、どれほど励ます言葉をかけ続けたか。

少し休みましょう、と趙門人に声をかけられたのを、微かに覚えている。

横になりたい、と思って、場所も確認せずに身体を倒す。それきり、意識は途切れた。

アサが目覚めたのは、牀（しょう）の上である。――薄い筵ではない。

「――目が覚めましたか」

牀に腰掛けているのは、ヨミだ。手の血を布で拭っている。

「ヨミ⁉　貴方、怪我を？」

アサは、バッと身体を起こした。

「違いますよ。これは貴女の手についた血を、拭いていただけです」

ヨミは笑顔で「少し、すりむきましたが」と頰のあたりを指さした。

「あぁ、よかった！　無事でなによりです」

アサは胸に手を当て、深い息を吐く。

「貴女も、無事でよかった」

「ここは……どこです？　兵舎ですか？」

牀の下には、薬箱が置いてある。

のろのろと中を確認すれば、昨夜使った器具はすべて、元の場所に戻っている。

「はい。今日から奴兵も、兵舎に部屋を与えられるようになりました。きっとアサにも、あの廃屋のような宿舎ではなく、内豎用の宿舎が用意されているはずです」

「それは……ずいぶん急ですね。ありがたい話ですけれど」

あんな黴くさい宿舎には二度と戻りたくない。国の事情はともかく、大歓迎だ。

「アサが寝ている間に、即位式が——あぁ、順に話しますと、夜明け頃に季晨様が玄鵠軍を引き連れ、央環を囲んだ兵を駆逐しました」

「よかった……勝ったのですね！　本当によかった！」

アサは「よかった」と繰り返して天を仰いだ。

処置の最中は、なにを考える余裕もなく、ひたすらに手を動かしていた。きっと央環の大門を敵に破られても、気づけなかったに違いない。

「戻られた季晨様が、朝のうちに即位されました。島の言葉がわかるという兵士に聞きましたが、奴兵は今後、丁兵と呼ぶそうです。奴婢は丁人と。島人との通婚を禁じる法もなくなったとか。この通り、報酬も出るようになりました」

ヨミは、小さな袋を懐から出し、振ってみせた。音から察して大陸の銅銭らしい。

「本当に急ですね。歓迎しますけれど」

「外に出たら驚きますよ。一夜で別の国になったかのようです。――ひとまず、食事にしましょう。冷めてしまいましたが、粽があります。戦の労いに、三つも配られました」

粽、と聞いた途端に、腹の虫が鳴る。

葦の葉に包まれた粽が、木の盆に六つ載っていた。

「ヨミ……もしかして、私が起きるまで待っていたのですか？」

「お気づかいなく。朝に粥の炊き出しがありました。粽は昼に配られたものです」

「ありがとう。では、いただきましょう」

手に取れば、微かに温かい。ということは、まだ夕には早い時間なのだろう。窓の外の空は明るかった。

（そうか。季晨様は、もう皇王になられたのか）

襲撃を知らせる鐘を聞いてから、ずっと非常の事態が続いていて、現実感がない。

　ともあれ、粽にがぶりとかぶりつく。糯米には、微かに肉の旨味がついていた。むさぼるように一つ食べ、次の一つは噛みしめて食べた。

「……貴女を、守りたかった」

　ぽつり、とヨミが言った。

「十分に、守ってもらいました。貴方にも。武器を取った者は、皆が勇者です」

　最後の粽に口もつけず、ヨミは独白に似た呟きを続けた。

「杜那国の王セツリの血を引く王子のほとんどは、簒奪者サギリによって殺されました。兄――イサナも、この環で死にましたから、私は――私だけは、死ねぬのです。血を絶やすわけにはいきません。けれど……昨日、思ったのです。貴女を守らねば……ここで剣を取らねば、誇りを失う。命を失おうとも構わないとさえ思った。兄と同じ轍を踏んではならぬのに」

　やっと、ヨミが三つめの粽に口をつけた。

　そろえる必要もなかったが、アサも小さく一口食べる。

「イサナも、勇敢でした」

「だが、死んだ。兄は選ぶべき道を間違ったのです」

「イサナは間違っていません。ヨミも間違ってはいません。薬師の子が、仁恵の道に背けないのと同じです。王の子たる誇りに背くのは難しいでしょう」

「……死んでは仇も討てません」

ヨミは、残った粽を口に放り込んだ。

アサも同じようにする。しばらく、二人はもぐもぐと口だけを動かして、それから竹筒の水を、交互にぐいと飲んだ。

「その通りです、ヨミ。死んでは元も子もない。──こう考えてください。私の生きた意味は、救った命が続く限り──ヨミが生きている限り続くのです。今度は迷わず、自分の命を守ってください。母上も、兄上も、きっとそう望んでいるでしょう」

「母も兄も、貴女を見殺しにすれば怒りますよ」

ヨミは、ふてくされたような顔になった。

「そうですね。……貴方に生きていてほしいのは、私の我儘（わがまま）です」

アサは少し笑んで「ありがとう」と礼を伝えた。

互いの手を、ぎゅっと握りあう。ヨミの手の温もりに、傷ついた心が癒（いや）される。

「……アサ。一緒にここを出ましょう。どうか、命を大事にしてください」

「約束します。きっと、一緒に環を出ましょう」

辰のなにがどれだけ変わろうと、ここはアサの居場所ではない。

ヨミを守り、共に珠海を目指す。その日まで、二人は旅の道づれだ。

遠くで、カーン、カーン……と鐘の音が聞こえる。

ヨミが立ち上がった。

「そろそろ、広場に行かないと。──夕に巡回を交代することになっています」

「お疲れ様です。私も、負傷者の様子を見に戻ります。……休めましたか？」

「大丈夫です。……不快な宿舎でしたが、一人でいられた点だけは、恵まれていましたね」

「あぁ、そうでした。もう、帰る部屋が違うのですね。言葉も教えられなくなります」

ヨミが帰るのはこの部屋で、アサが帰るのは内竪用の部屋のどこかだ。

互いの無事を確認し、言葉を教える時間だけが、日々の憩いであったのに。

急に襲ってきた寂しさに、アサは小さく吐息をもらした。

「これからは、丁兵にも言葉を習う時間が与えられるそうです。希望者だけですが」

「……本当に、別の国になったみたいです。皇女様は、果断であられる」

アサは、複雑に眉をしかめた。

廟議の様子も一変している。生け贄の首を並べて切ろうとした国とは、まったく違う精神がそこにはあった。

「古今、夫の死をきっかけに専横に走る妻は多くいます。――大抵は悪政ですが。中原も同じでしょう？」

「その後次第です。中原において史書を残すのは、後世の為政者ですから」

ヨミは、アサの言葉に「至言です」とひどく面白い冗談を聞いたような反応をした。

文字のない十津島と違い、中原の歴史のすべては文字に記されている。百年、五百年、千年前の政変さえもだ。

「なるほど。皇女のこの大胆（だいたん）に過ぎる改革の評価は、後世が決めるわけですか」

「そうなるでしょう。季晨様が維持できれば中興の祖。できなければ滅国の悪女です」

皇女の改革は、大胆だ。

どこか瀕死の病人に劇薬を飲ませるのに似た、危うささえ感じさせる。

中原で生まれた皇女ならば、当然、後の世が己を悪し様に書く未来も想像できただろう。

それでも、彼女は選んだ。己の信ずる未来のために。

「よい勉強になります」

ヨミは、やはり楽しそうに笑んでいた。薬師と王子は、別種なのだと改めて思う。

だが、そうしたヨミの強さが、こんな時には頼もしい。

「さ、行きましょうか。また、井戸端でヨミと会えるのを楽しみにしています」

アサは、薬箱を「よいしょ」と掛け声をかけて背負った。

開く扉は、もうスカスカの簾ではなく、木の扉だ。

広い廊下は煉瓦敷きになっていて、奴婢の宿舎とは様子がまったく違う。

ヨミが「こちらです」と言うのに従って、清潔な廊下を歩いていく。

「とにかく、身辺にはくれぐれも気をつけてください。昨夜、貴女は獅子奮迅の働きをした。西の薬師殺しが、収まったとも限りません。目をつけられていると思った方がいい。貴女はとても賢いが、あまり思慮深いとは言えないですから」

先を歩くヨミが、アサに説教をしだした。

「それほど考えなしではありませんよ」

「とにかく、命を大事に――」

先を歩くヨミが、こちらを振り返り――その目が、驚きに見開かれる。

「どうしたのです？　――あ……」

振り返ったアサの目も、ヨミと同じ動きをしていた。

――朝児だ。

きっとヨミの目には、アサが二人に増えたように見えただろう。

そこにいるのは、朝児の少年だ。

アサと同じように髪を高いところでまとめ、黒い布でくるんでいる。年齢は、アサよりも少し下くらいだろうか。

淡い水色の瞳や、少し暗い髪の色は、アサとは違う。だが、背格好といい、黒装束といい、遠目ならば見分けがつかないだろう。

「紅老師――でございますか？」

朝児の少年が、アサに笑顔で尋ねる。

アサの姓は、紅ではない。だが、この髪色だ。そう呼ばれている可能性もある。「いえ、違います。でも……そうかもしれません」と曖昧な返事をした。

ヨミが「彼は、なんと言っているのです？」と聞くので、アサは「紅老師か、と聞かれました。紅、というのは、紅い、という意味です」と自分の髪を指さして答えた。

アサの曖昧な返事は、ヨミに伝わっていたらしい。

「違う、と言うべきです。――アサ。アサ。アリ老師」

ヨミは、朝児の少年に向かって、アサ老師、と繰り返した。

「失礼いたしました、アサ老師。私は、珠海から参りました薬師の見習いでございます。潘慈堅。慈堅、とお呼びください」

慈堅、と名乗った少年は、優雅な拱手の礼をした。

（本物の……珠海から来た朝児か！）

アサの翠の瞳が輝いた。本物の、大陸仕込みの薬道を学んだ薬師が来たのだ。

「ヨミ、あとは大丈夫です。彼は、珠海から来た薬師だそうですよ。――ありがとう」

「……お人好しもほどほどに。では」

ヨミは相変わらず優雅な礼をして、兵舎を出て行った。

「初めまして、慈堅さん。いつこちらに？」

アサが笑顔で話しかければ、慈堅もにこりと笑んだ。

「新皇王の即位式の最中に到着いたしました。お役に立てれば幸いです」

「遠路、お疲れ様でした。さっそくで申し訳ありませんが、人手が足りず、難渋しております。力を貸してください」

「もちろんでございます。なんなりと」

兵士たちが、新しい時代が来る、と言っていた。半ば信じられずにいたが、こうして慈堅を目の前にすれば、信じるのは容易くなる。

（そうか。昨夜の兵士たちは、私を見て同じように思ったのだな）

昨夜の兵士たちの喜びようが、やっとアサにも理解できた気がする。誤解だが、少しでも気持ちの支えになったならば幸いだ。戦う者には、希望が要る。

「あぁ、紅老師！　お休みになれましたか？」

広間には、昨夜と同じ場所に負傷兵たちが並んでいた。見回っていた門人たちが、アサに気づいて近づいてくる。紅老師、と笑顔で呼んで。

咎めるべきか――と一瞬悩む。

「紅老師……実は――周薬匠が消えました」

だが、そんな悩みは趙門人からの報告で吹き飛んだ。

「消えた？　どこにです？」

慌てるあまり、無意味な質問をしてしまった。行先がわかるならば、消えた、などとは言わないだろう。

「夜明けに、周薬匠の――貴重な資料のある部屋に火がかけられたのです。鎮火ののちに皆で探しましたが、環のどこにもいらっしゃいません。杖をお使いの御老体ですから、お一人で環の外に出られたとも思えぬのです」

周薬匠が杖を用いていたのは、二度も肩を突かれているので記憶に鮮明だ。殺されたのか、連れ去られたのか。あるいは何者かを頼って出奔（しゅっぽん）したのか。

「ご無事でいらっしゃればよいのですが……」

「薬庫は無事でした。今、芭門人が調べています。なにか手がかりになるかと思いましたが……目録自体が燃やされていて、調べるのは難しそうです」

これ以上話を続けても、憶測を述べあうだけになる。「ご無事を祈りましょう」と言って、アサは話を打ち切った。

「皆さんの様子はどうですか?」

「こちらに、まとめておきました」

趙門人が、竹簡を差し出す。アサは「助かります」と礼を言って受け取った。

竹簡と見比べつつ、アサは負傷者たちの様子を一人一人見て回った。

「──もう、ダメかもしれねぇ」

荒い呼吸の合間にそう言ったのは、士元である。

触れずともわかるほど、熱が上がっている。縫合自体は成功しているものの、創の怖さはその後にこそある。悪い風が入れば、簡単に命は奪われてしまう。

「水を飲んで、よく休みましょう。治すためには、まず身体を休めねば」

「頼みがある。アサ──聞いてくれ。オレが死んだら……北の牧の女に、金を渡したい。トヨって名だ。──坊主が一人。それと──腹に──子が──」

士元の言葉は、半ば譫言になっていった。なんとか言い終えると、目を閉じ、そのまま眠ってしまったようだ。

(トヨ……島人の名だ)

辰人の士元と、牧で働く島人の女。二人の間の子供は、朝児だろう。

士元は、見つかれば殺される朝児の子を、密かにもうけていたらしい。

どうりで、最初からアサに同情的だったはずだ。アサは、士元の厚意の理由を察した。

士元の汗を拭いてから、アサは竹簡をくるくると丸めつつ立ち上がる。

「――これで全員ですね。私は、いったん政殿に戻ります」

趙門人は、サッと顔色を変えた。

「待ってください。だって、周薬匠がいない今、誰が――いえ、いても変わりませんが、とにかく、紅老師が頼りだというのに！」

「治療を手伝うだけだ、と念を押されているのです。また戻ります。では」

アサは、薬箱を背負い、兵舎をあとにした。

ひとまず、青苑に報告をする必要があるだろう。いかに尖刀を振るおうと、縫合を成功させようと、アサはあくまで手伝いに過ぎないのだ。

そして、政殿に急ぐアサは――途中で我が目を疑った。

（朝児だ――）

広場を、二人の朝児が歩いている。木材を運んでいるので、工人だろうか。

（本当に……珠海の朝児が、央環に来た）

そこに辰人がいて、島人がいて、朝児もいる。

まるきり、別の国に迷い込んだかのようだ。ヨミの言った通りである。

(新しい時代が来た)

慈堅や、あの朝児たちは、学んだ技術を活かすために珠海から招かれた。

ならば、アサも今後は薬師としての役割を与えられるのではないだろうか。

足取りは自然と軽くなる。きっとそうだ。なにせ、新しい時代が来たのだから――

――ざぁ、と甕に水を注ぐ。

はぁ、とアサは重いため息をついていた。

(……なにが新しい時代だ)

部屋は与えられた。薬箱も手元に戻った。

アサを取り巻く環境は大きく変わったが、仕事は相も変わらず水汲みである。

切開や縫合のあとの、急激な容態の変化は珍しくない。兵舎に戻り、引き続き負傷者の様子を見たいので、数日休みを――と事情を説明したにもかかわらず、だ。

ドドッ、ドドッ、と馬蹄の音が響く。

道の向こうを、騎馬兵の一団が駆け抜けていった。

(……季晨様の軍だ)

兜を被ってしまえば、誰が誰やら区別はつかない。

季晨率いる玄鵠軍は、兵の装備や、槍の穂飾りが黒でそろえられている。そこから玄鵠軍の名がついたそうである。

政殿の面々は、季晨びいきだ。兵もそうだが、若い世代ほど季晨への信頼が厚い。内竪たちは季晨の話をよくするので、自然に覚えた。

（朝児が皇王になり、薬師になり、工人になる。結構なことだ。勝手にすればいい）

やさぐれた表情で、アサは作業を続けた。

兵舎に戻りたい。けれど、あとは周薬匠の門人たちで手は足りるだろう。慈堅も来た。治療の記録もある。アサの手は必ずしも必要ではない。

（慈堅さんは、どれほどの技術を持っているのか）

会ってすぐの時は、珠海から来た薬師の力量を知りたい、と純粋に思った。袁老師を知っているか、とも尋ねたかった。

だが、今は少しだけ、感情の粘度が変わっている。

（嫌だな、この感じ）

胸の奥のあたりが、もやりとする。

父がいて、自分がいて、頂点なき薬道がある。あの単純な世界に戻りたい。

アサは、とぼとぼと裏屋に向かった。

裏屋の方から、肩で切りそろえた髪を乱して内竪が駆けてくる。

「アサ！」

「どうしました？　桜花」

「皇王陛下がお呼びです！　水汲みは、私が代わりますから！」

アサは、首を傾げた。

皇王の軀は、十日間の葬祭を経て、祖廟に運ばれたはずだ。

(まさか。冥府の王でもあるまいし)

その時——辺りが突然暗くなる。

芝居で、冥界の王が現れる時そのままの状況だ。

なんの冗談か、と振り返れば、見えたのは黒い馬の胸である。そこから視線を上に向ければ——季晨がいた。

(あぁ、そうか。もう季晨様は即位されたのだった)

今、この環において皇王といえば、祖廟に眠る軀ではない。季晨だ。

偶然に過ぎないが、まるきり冥府の王の装束である。髪だけが火の神のように紅いのがちぐはぐに見えた。

「人の耳を避けたい。至急の用だ。——つきあえ」

季晨がそう言い、桜花が白い甕を受け取り——その直後、アサの足は宙に浮いていた。

季晨が左腕一本で、アサを抱え上げたのだ。

「……ッ!」

鞍に尻が乗れば、馬が足を動かした。

ぐらりと身体が傾ぎ「うわぁ！」と叫んだアサは、季晨にしがみつく。

「馬ははじめてか？」

「は、話には聞いたことが！」

「少し慣れておくといい。馬の有無は旅の質を変える。便利なものだ。――それに美しい」

美しさが、旅と関係あるとは思えないが、言い返す余裕がない。

「どちらへ？」

「環の外だ。人の耳を避けたい。周辺の村人が環に避難してきて、誰が間諜やら、さっぱりわからん」

「耳は避けられても、目は避けられません！」

これでは、親猿にしがみつく子猿さながらだ。そうでなくとも紅い髪は目立つというのに、この様では指をさされて笑われる。

季晨は「子供を乗せる時は、こうする」と言って、横座りになっていたアサを抱え直して、前を向かせた。すがる物がなく、ますます怖い。

結局、季晨が器用に移動して、アサが背の方に回った。やはり子猿のようではあるが、やむを得ない。

そうこうするうちに、大門をくぐり、環を出ていた。

馬の上で揉めていても移動ができるのだから、便利な手段ではあるのかもしれない。

アサは季晨にしがみつきつつ、なんとか首を曲げて振り返る。環を外から見るのははじめてだ。こうして見れば、柵は高く、濠も深い。楼も多い。巨大なばかりでなく、これまでアサが見た、どの環よりも堅牢であるとわかる。

それにしても、気になるのは環の外の様子であった。

(町がない)

道は整い、馬がすれ違えるだけの幅があるのに、四方は鬱蒼とした森である。

島では、王宮にあたる環の周りに居住区がある。環に近い土地ほど高位の者が住むもので、その外円には田畑が広がるのが常だ。

アサは、これまで央環の柵の外には、貴族らの邸があるものと思っていた。さらにその向こうには、田畑が。なにせ、ここは桂都という大層な名がついているのだ。

だが、今目の前に広がっているのは、想像とは程遠い風景であった。

「央環が……森の中の孤島だとは存じませんでした」

「鍛冶場や、大規模な水田は東環の近くに多い。肥沃な平地に恵まれた北環付近は、畑が多いな。央環は、守るに易いが豊かな土地ではない。近隣の村も小さい」

あちらに、と季晨が指さす方に、開けた土地が見える。

都、と名がつきそうにない、十戸あまりの農村だ。

「つかぬことをお聞きしますが、桂都というのは、どこなのですか?」

「難しい問いだな。ないとも言えるし、央環を桂都と呼ぶ場合もある。まぁ、見栄が生んだ架空の都城だとでも思っておいてくれ。この島が十津島というのと同じだ」

十津島とは、十全たる島、という意味だ。火山とやせた土地ばかりの小さな島には、過ぎた名である。

桂都、と名づけたものの、今のところ央環以外の部分は、内実を伴っていないらしい。

「てっきり近隣に、王族や貴族の皆さんのお邸があるのだと思っていました。環の宿舎は、大きくありませんし」

「そうだな。だが、あれで足りているのだ。央環にいる辰人は、兵士を含めてさえ六百に満たない数だ。他の環は、ほとんどが兵士で、それぞれ二百程度。北の砦には別に百二十。俺の育てた玄鵠軍と天狼（てんろう）隊も、あわせて五十と六」

　ぎょっとして、アサは「それだけですか？」と思わず聞いていた。

　今の季晨の話が事実ならば、兵の数は多めに見積もっても千二百程度だ。

「五千の兵は、どこへ？　島では、大陸から五千の騎馬兵が来たと言われています」

「辰を発った総数が数千だったと聞いている。学者や工人も含んでの数だ」

　とっさに、アサは返す言葉を失った。

　北部四国の軍をあわせれば、二千に近い数になるはずだ。

　騎兵と鉄の武器があるとはいえ、圧倒的な差とまでは言えない。

「そうですか。……驚きました」

「船の転覆にはじまり、十津島での戦闘でも多くを失った。とりわけ、港に固執して北部四国にしかけた戦で、大きな損害を出している。それがちょうど十年前だな。生まれる子も少なくなった。人は減る一方だ」

「……周薬匠の使っていた文舎の部屋も、決して大きくはありません。数は足りているにせよ、家族と暮らすには手狭です」

「ここは野営地だ」

短い季晨の言葉に、アサが感じてきた数々の違和感が消えていく。

「あぁ……そういうことですか」

簡素な建物は、華美にする必要がないから。重臣らさえ家族と宿舎暮らしをしているのも、仮の暮らしだから。土地の豊かさを重視しなかったのも、居住区や市を立てないのも、いずれ捨てる土地だから。

「帰るつもりでいるのだ。二十三年、ずっと」

季晨の声色は、突き放しているようでもあり、同情しているようにも聞こえた。

海を渡った世代と、島で生まれた世代には、帰還に対する情熱に差がある——と言っていたのは士元だった。

老齢の西征公と、島生まれの季晨を比べればよくわかる。

「皇女様は、中原の辰には、百倍の兵がいるとおっしゃっていました」

「実際は二百倍に近い差だな。中原に復するなど不可能だ。子供にでもわかる。中原の辰に三十ある県一つほどの国土もなく、王宮の衛兵よりも寡兵の国を治める者が、皇王などと称しているのだから——」

季晨は、滑稽だとまでは言わず「おおげさな話だ」と呟くように言った。

「でも、皇女様は、中原に復すと主張する西征公に反対されておりました。……それでも、中原にお戻りになるおつもりなのですか?」

「港も船も要る。百年先に、と言っていた。……それまで、国があればの話だが」

気の長い話だ、とは思ったが、皇女のことだ。きっとアサの目には見えぬものが見えているのだろう。

村の前を通る。民家は、島の一般的な茅葺の建物だ。ここが辰の領土だとは、言われなければわからない。目で見える場所に、央環のものものしい柵があり、その向こうには、中原風の美しい政殿が存在しているというのに。

(どこか、ちぐはぐだ)

昨夜の襲撃のせいだろうか。村の建物の一部が焼け落ちている。

辰の兵士が、身振り手振りで数人の村人になにかを伝えようとしていた。

「季晨様、あれは――」

「央環に避難するよう伝えているのだろう。……難航しているな」

「お役に立てそうです」

辰人は島の言葉を解さず、島人は華語を解さない。

ヨミが言うには、学ぶ場はこれからできるそうだが、成果が出るのは先の話だ。

季晨が馬を寄せる。

「皇王陛下――」

季晨に気づいた兵士たちが、礼を示す。

「どうした」

「炊き出しがあるので、央環に来るよう伝えているのですが……どうにも」

村人は、結構です、遠慮します、と手振りで言っている。

季晨が先に馬を降り、こちらに腕を伸ばしてきた。受け止める気らしい。

恐る恐る腕を差し出せば、軽々と下ろされた。

（うわ……！）

さすがに、悲鳴を上げるわけにもいかず、なんとか堪えた。

高低差も怖いが、腕のつけ根あたりに季晨の腕が触れるのも恐ろしい。

（どうか、気づかれませんよう！）

祈りつつ、アサは袍の乱れをサッと直した。

紅い髪の二人組は、彼らの目にも珍しいようだ。村人は、季晨とアサを交互にじっくりと見ている。

「はじめまして、すぐそこの環から来た薬師です」

島の言葉で話しかければ、真ん中にいた若い男が「助けてください」とアサに訴えた。

「薬師様。兵隊さんは央環で奴婢になれって言うんです。でも、村はこの様だ。焼かれた家も建て直さなきゃならんし、畑だって今は収穫の時期だってのに。あんまりだ」

村人は誤解している。だが、誤解するのも無理はない。

アサは、村人の誤解について季晨に説明した。

「なるほど。——では、日に三度、炊き出しをしていると伝えてくれないか。それから、破損した家屋の修繕には、環から工人を派遣する、とも」

季晨が言うのをそのまま伝えると、村人たちは怪訝そうな顔をした。そこでアサは、炊き出しの説明をつけ足した。きっと先王の時代には、一度も炊き出しなど行われなかったに違いない。説明を終えると、村人たちはパッと表情を明るくした。

兵士たちも安堵した様子である。

「助かりました。薬師様」

「お役に立ててなによりです。では」

ぺこりと会釈し、アサは馬には乗らず歩きだす。荷のごとく馬に乗せられるところを、人に見られたくない。

察したのか、季晨もそのまま歩きだす。

「助けられたな。礼を言う。——昨夜も八面六臂の活躍だったとか。兵士らが、口をそろえて称賛していたぞ」

「周薬匠の門人の皆さんや、軍の医官の方に助けていただきました」

「礼を言う。医官不足を補わせたばかりか、見事な処置で兵士を救ってもらった」

今となっては、自分でも信じられぬほどの奮闘だった。

これまで父のもとで経験したのは、一日に一度か二度の処置がせいぜいだ。もし自分以外の誰かが、十の鏃の摘出と、二十の縫合を一晩でこなしたと聞いたら、アサも神業だ、と思うだろう。

「薬道は仁恵の道でございますれば。それに弔宴の際は、助けていただきましたし――あ！　北の牧はどちらです？　牧へ――このまま牧へ向かっていただけませんか？　遠いでしょうか？」

「そう遠くはないが……士元になにか頼まれたのか？」

「ご存じでしたか」

「用があるのは、士元の島妻のトヨだろう？」

島妻、とは、いかにも辰人らしい言葉だ、とアサは思った。

「はい。すっかり弱気になっていましたから、なにか言葉でももらってこようかと」

「それは良案だ。……なるほど、仁恵の道だな。行くとしよう」

季晨は馬に跨り、アサに手を差し出した。

辺りをきょろきょろと見渡し、人目がないのを確認してからその手を取る。

ぐい、と引き上げられたが、今度は悲鳴を上げずに済んだ。

馬は、環の周りを進み、北に向かいはじめた。

多少は馬に慣れ、余裕も出てくる。

久しぶりに聞く鳥の囀りや、葉擦れの音が心地いい。

木漏れ日の輝きに目を細め、食べ頃の杏を見つけては喜ぶ。

のんびりと馬の旅を楽しむうちに、ハッと本来の目的を思い出した。

アサはなにも通訳やら、行楽のために環を出たわけではない。

「季晨様、人の耳もなくなりました。至急のご用というのは——」

「それは帰りにしよう。トヨとの話が済んでからがいい」

察するに、よい話ではなさそうだ。

(ヨミは無事だった。……となると、珠海でなにかがあったのか?)

環での暮らしで、アサの気を滅入らせる報など限られる。

嫌な予感はするが、ここは季晨の配慮に甘えるべきだろう。自分のためにも、十元とトヨのためにも。

ゆるやかな坂が続いて、そのうち視界が開ける。

「あ……馬!」

柵の向こうの広い草原に、十数頭の馬が見えた。

草を食む馬もいれば、ゆるやかに駆ける馬もいる。毛色も様々だ。

艶やかな毛並みと、しなやかな脚の優雅な動き。

はじめて、アサは馬を美しいと思った。

「良馬をよく育てる牧だ。そなたが央環を出る時は、ここの馬を進ぜよう」

「ヨミの分もいただけますか?」

「もちろんだ。——それにしても、仲がよいのだな」

「旅の道づれです」

アサは、ヨミと出会った日の話を、ぽつぽつとした。ミシギの森での出会いから――ナツメとイサナが、自分の隣で殺されたところまで。

「残念だ。髪の色が違うだけで、なぜ人は斯くも同じ人に酷くなれるのだろうな。――着いたぞ。そちらの、左の小さな建物だ」

また、先に季晨が馬から降り、アサを馬から軽々と降ろす。

身体に触れられる度に、寿命が縮む。足がつくなり、さりげなく距離を取った。

「あ、ありがとうございます。……乗り降りも、相当に練習が要りそうです」

「そなたは幼閹にしては背が高い。すぐに慣れるだろう」

幼閹、とは、幼い頃に去勢した宦官を指す言葉だ。成人以降の去勢と違い、性別のわかりにくい姿形になるものらしい。アサがそれと申告したわけではないが、外見で判断すれば、そのように見えるのだろう。

(……よかった。気づかれてはいないみたいだ)

アサは内心の焦りを押し込め、三軒並ぶ小屋のうち、一番小さな小屋に向かった。

コンコン、と扉を叩く。

「すみません。央環から参りました、薬師です」

中で騒がしい音と「隠れて!」と声がする。

「トヨ!　マツ!　俺だ!　劉季晨だ!」

後ろで季晨が大きな声を出せば、すぐに扉が開いた。

「まぁ！　季晨様じゃないですか！　――マツ！　出ておいで！」

出てきたのは、アサよりやや年嵩の、島人の女だ。大きく腹がせり出している。

奥からトコトコと、まだ足取りのおぼつかぬ幼子も出てくる。

季晨は華語を話しており、トヨは島の言葉を話しているが、おおよそ意思の疎通はできているらしい。

「もう隠れなくていい。皇王は死んだ、と伝えてくれないか」

アサは季晨に「わかりました」と返事をして、トヨに話しかけた。

「以前の皇王陛下は、先日亡くなりました。今は季晨様が皇王陛下です。朝児を殺す則も、今はありません。もう隠れなくても大丈夫ですよ」

「まぁ！　そんな日が来るって聞いてはいたけど、まさか本当になるなんて！　じゃあ、アンタが皇女様の言っていた、珠海の薬師様かい？」

「いえ、私は違いますが……央環には、もう朝児が何人も集まっていますよ」

トヨは笑顔で「新しい世だねぇ」と言いながら、幼子を抱き上げた。

「それで……皇王様と薬師様が連れ立って、わざわざ報せにいらしたんですか？」

「実は、昨夜央環が襲われた際、士元さんが怪我をしたのです。気が弱くなっているものですから、元気づけたいと思ってうかがいました。なにか伝言でもあれば、承ります」

「あらあら、お手間を取らせましたね。じゃあ、死んだら隣村の寡を婿にする、って伝えておいてくださいな。――しかし、薬師様っていうのも大変な仕事だ。男のなりして働かなきゃならないなんて」

アサはギョッとして「それは内緒に！」と囁き声で叫んだ。

慌てた顔がおかしかったのか、トヨと一緒に、幼子まできゃっと声を上げて笑う。

振り返って確認すれば、季晨は馬に桶の水をやっていて、やや遠い場所にいた。

(助かった。……いや、そもそも季晨様は島の言葉をご存じないのだった)

動揺をすっかり収めてから、トヨと幼子に別れを告げる。

アサは、のんびりと季晨のところに戻った。

「季晨様、お待たせしました」

馬の手綱を持って、季晨は坂を下りはじめた。アサは、その横に並ぶ。

歩みの遅さから、なんとはなしに察する。――今から、恐らく悲報がもたらされるのだろう。気が重い。

「――そなたが、珠海で頼るはずだった老師の名を、聞いてもよいか？」

「袁老師です。袁梅真、と聞いております」

「……珠海に、朝児が集められていたのは話したな？」

「はい」

「薬道を教えていたのが袁梅真という薬師だった」

嫌な予感がする。――とても嫌な予感が。

――薬師だった、と季晨は言った。まるで、袁老師がもうこの世にいないかのように。

「お亡くなりに……なったのですか？」

「西征公が、珠海にいる朝児を殺害した。二十余人が首を晒され――薬道を教えていた学問所も、襲われた。袁老師も亡くなっている」

想像を、遥かに上回る惨劇だ。

信じがたい蛮行である。アサは衝撃を飲み込み切れず、呼吸を乱した。

「でも……私、朝児の薬師と会っています。珠海から来た、潘慈堅、という少年です」

「薬師は、彼が唯一の生き残りだ。工人の修練所は順に襲った最後だったようで、数人が生き延びた。他にも難を逃れた者がいないか探させている」

ぽつりと立っていた慈堅の姿が、頭に浮かぶ。

それほど過酷な体験の直後であったとは、まったく気づけなかった。

彼は笑みを浮かべていた。――いつぞやのアサと同じように、無難な笑みを。

「そんな……なぜ、そこまで……」

「朝児が皇王になるからだ。いや、違う。皇女が、朝児を皇王に選んだからだ」

皇女が、朝児の皇王を選んだ。

それゆえに、朝児は死なねばならぬ。

（そんな道理が通るものか）

アサは足を止めた。そうして西を見て、

「同じ目に――あの男も、同じ目に遭えばいい」

呪いの言葉を吐いた。

「遭わせてやる。決してこのままにはせぬ。——ここで止めねば、連中は繰り返す」

アサは季晨の横顔を見上げた。西を見る藍色の瞳に、怒りが見える。

当然だ。ここまでされて、泣き寝入りなどできるはずもない。

「季晨様、私にも、お手伝いさせてくださいませ。この戦が終わるまで。薬師として、働かせてくださいさい。きっとお役に立ちます」

アサが言えば、季晨の目がこちらを見た。

もう、彼はいつもの穏やかな表情に戻っている。いや、困り顔だ。

「アサ、ここからが至急の用だ。——殺された朝児らの中で年長の者は、俺と変わらぬ程度の年齢だった」

「……そういえば、珠海から来た慈堅さんも、私とそう変わらぬ年齢でした」

「そなた、いくつだ？」

「明貫(めいかん)六年の生まれです」

「同年の生まれか。十九歳だな。——皇女の父・蘇王が斃(たお)された谷氏(こくし)の乱(らん)が明貫二年だ。十津島に着いてから、数年以内に朝児育成の計画がはじまっていたことになる。二十年かけた計画が瓦解(がかい)したのだ。皇女の失望は深い」

新しい時代、新しい世。二十年もかけて育てたものが、酷い流血を伴って崩れ去った。失われたものは大きい。大きすぎる。想像も及ばぬ挫折(ざせつ)である。

「薬師が一人育つにも、長い年月がかかります。命は等しく尊いですが、彼らが培ってきた技術までが、暴力で奪われたのが無念でなりません」

「その通りだ。周薬匠もいない今、桂都の薬道も存続が危うい。それで――皇女が、そなたを薬匠に据えたいと言い出した」

アサは、大きく目を見開いた。

「薬匠⁉　薬匠って……え？　薬匠？　本気ですか？」

それは、国の薬道の権威たる座ではないのか。

驚きが過ぎて、アサも混乱している。

「環に戻れば、すぐにも皇女に呼び出されるだろう」

「いくらなんでも、話が急すぎます！　だいたい私は、よそ者ですし――」

朝児です、と言いかけて、やめた。

皇女が皇王に指名したのは、朝児の季晨に他ならなかったからだ。

（珠海で、朝児に教育を施していた方だ。朝児の登用に、抵抗などなくて当然か）

だが、いかに皇女の改革が大胆だからといって、限度がある。奴婢の解放は素直に歓迎するが、よそ者を一国の薬道の権威に据えようとするのは、さすがに強引だ。

「周薬匠の門人らに聞き取りをした上で、他にいない、との判断になったと聞いている」

「だからって――」

央環の危機に、ただ座していた周薬匠の姿と、彼の罵倒が脳裏をよぎる。

人あるところに傷病あり。父は、実際に多くの人をその手で救い続けた。

環でふんぞり返り、目の前の傷病者を選り好みする周薬匠の姿勢とは、まったく異質だ。

これは技術の優劣を断ずるのとはわけが違う。若輩だろうと、目指すべき道を選ぶのは、驕りでもなんでもない。

（あんな人の後釜など、なってたまるか）

アサは市井の薬師でありたい。多くを学び、多くを教え、多くを救う。

薬匠の地位など、求道の障りになるだけだ。

「そなたは肯うまい、と思ってな。こうして皇女に先んじて外に連れ出した次第だ」

「ありがとうございます！　このご恩は忘れません！」

アサは、勢いよく頭を下げ、すぐに上げた。

よもや我が身に、それほど大きな首枷が迫っていようとは、想像もしていなかった。

「なんとか根回しをしてみる。そなたが客分の薬師として、戦が終わるまで指導をしてくれるならば、話の通りも早いだろう」

「決して惜しみません、知る限りのことをお教えします」

話がまとまった。季晨とアサとは、固い握手を交わす。

また、二人はゆっくりと坂を下りていった。

さぁっと涼しい風が吹く。

「俺は――あの葦毛馬のようなものだな。毛の色だけで突如選ばれた」

季晨が言ったので、アサはその視線の先を見た。

群れの中に、一頭、白い馬がいる。

「あのような白い馬を、葦毛と呼ぶのですか？」

「あぁ。芽生えたばかりの葦になぞらえて、そう呼ぶ」

黒や茶色の毛色の馬の群れで、たしかに葦毛は目立っている。

（きっと新王に指名された季晨様も、よほど驚かれただろう）

薬匠の座を渡されかけたアサも仰天したが、皇王に指名された季晨は、その何十倍も驚いたに違いない。

今更ながら、アサは季晨に同情した。

「言い忘れていました。――ご即位おめでとうございます。私、即位式を見損ねました」

「祝辞、痛み入る。即位式は、聴堂で皇女が亀の甲羅（こうら）を示しただけで終わった。見どころなどない。実権は皇女が握っている。――ここは皇女の国だ」

本人も、皇王の座をありがたがっている様子ではない。

やはりアサは、季晨を気の毒に思った。

「皇王の指名の前に、なんのお話もなかったのですか？」

「なかった。――信じられんだろうが、俺はそもそも皇女と会話をしたことがない」

会話をしたことがない、というのはおおげさだ、とアサは思った。

出生の秘密があろうとも、形の上では母と子だ。疎（うと）んじていたならば、皇女も季晨を皇王に指名はしなかったろう。

「でも、廟議などではお話をなさいますでしょう？」

「挨拶。報告。命令。それだけだ。紅い髪だけを忌んだわけではない。北定公の扱いも、俺とまったく変わらん。彼女の夫との関係も、似たようなものだった」

常の家族を知らないアサにも、特殊な環境だと理解できる。

安易な言葉をかけたくない。きっと季晨も、感想など求めていないだろう。

アサは柵の向こうに目を戻した。

白い馬が、もう一頭遠くから駆けてくる。

「私を、珠海から来た薬師と勘違いして歓迎した兵がいました。——私も、あの馬ですね」

二頭の葦毛は並んで、ゆっくりと歩きだした。大きな一頭と、少し小さな一頭。

アサが「兄弟でしょうか」と言った。

季晨は「夫婦だろうか」と言う。

答えは特に求めていなかった。そのまま、二人は坂を下り続ける。

「士元が無事に回復すればよいが。気のいい男だ。……しかし、他の皆にもなにかしてやりたいところだな。果実でも運ばせるか」

「それはよいお考えです。あぁ、途中に杏の木がございましたよ。私、採って参ります！」

アサは、杏のあった場所まで駆けた。

馬上でがちがちに固まった足は痛むが、風を切る心地よさが勝る。

あった。あれだ。ひょいひょいと木に登る。一つもいで頬張れば、強い酸味に顔が歪む。どうぞ、と季晨に放れば、はは、と楽し気な笑い声がした。

「投果か。粋な告白だな」

中原の詩の話を、季晨はしている。一千年前の詩によれば、娘が樹上から果実を投げ渡すのが、求婚のならわしであったそうだ。美男で名高い某は、手では足りぬため、籠を背負って歩いたとか。

「皇王に求婚なぞ、いたしませんよ。ご即位のお祝いに、どうぞお納めを」

受け取った杏にかぶりつき、季晨は「酸いな」と言って顔をくしゃくしゃにした。

その顔がおかしくて、アサも笑う。

「そなたの父上は、教養がおありだ」

「なんでも知っていました。子は私一人でしたから、薬学のこと、祭祀のこと、詩のこと、史書のこと――惜しまず教えてくれました」

だが、母の話は一度もしなかった。

母の名も、父の名も、アサは知らない。

「しかし、そのように子を愛した父上が、なぜそなたの身体を傷つけることを許したのだ？　いや、すまん。立ち入った話だな」

どきり、とアサの心臓が跳ね――手足が凍った。

（無理がある）

嘘は一つが二つ、二つが四つ、四つが八つと増えていくものだ。身の上話などすべきではなかった。

貧民ならばともかく、教養ある薬師が、唯一の実子を去勢させるはずがないのだ。それらしい理由などどう頭を捻っても出てこない。

良心は痛んだが、嘘を重ねるしか道がなかった。

「け……怪我を。……子供の頃に崖から落ち、損傷したのです」

「そうか。すまなかったな、つらい話をさせた」

謝るとすれば、アサの方だ。申し訳なさのあまり、口を噤んで黙々と杏を採った。

帰りは、また馬に乗った。今度はきちんと前に座って。

馬上からの風景は、新鮮な感動に満ちていた。自分の嘘に落ち込んでいたはずが、この短い旅が終わるのが惜しいと思うほどに。

環に帰ると、まだ熱の下がらぬ士元は、酸い杏に泣き、トヨの言葉に「死んでたまるか」と奮起していた。

この日、季晨とアサが行動を共にしたのは、偶然だ。村で村人の声を聞いたのも、兵舎を見舞ったのも。

だが二人の姿は、人々の目に眩く映ったようだ。

紅い髪の王と、紅い髪の薬師。――皇女の予言した、新しい時代が来た、と。

第三幕　葦毛の馬

明貫二十五年が明け、明貫二十六年がはじまった。

冬が過ぎ、春が来て、じきに夏だ。

――皇女の改革の勢いは、衰えない。

かつて奴婢と呼ばれた人たちは、丁人と呼ばれている。彼らは賃金を得、家庭を持ち央環の外で暮らしはじめる者もあった。

昨年の西環軍急襲の際、破損した村々の建物は、すぐに補修された。

環内でも奴婢の宿舎は解体され、冬を前に、人が暮らすに足る住居へと変じた。

これらの工事を担ったのは、珠海から来た朝児の工人たちだった。薬師は慈堅以外殺されたが、工人と、暦道の学生は生き残りも多かったそうだ。惨劇ののち、山まで逃げた十人ほどが保護され、今は工官や学官として登用された。

朝児たちが央環を行き交い、丁人たちも華風の衣類を身に着け、朝児らに習った華語を覚えるようになった。

夷化を嫌った貴族らの中には、西に去った者もあれば、逆に西から移ってきた貴族もいる。兵や丁人の出入りも、冬の間に盛んに行われていたようだ。

廟議を聞く限りでは、出ていく者が二、入ってくる者が八の割合であったらしい。アサの体感としても、その程度だろうと思う。

ヨミを取り巻く環境も変化している。今や他国の王族として遇されるようになった。衛兵の見習いとして、言葉を学び、馬術も学んでいる。

アサの日常は、穏やかに過ぎていった。

薬匠の地位には、周薬匠の門人で最年長の趙が就いた。アサは客分の薬師として働いている。

廟議で茶を淹れ、終わると奥殿に赴き皇女の脈を取る。その後は兵舎を中心に回り、必要な診療を行う。文舎の庭に畑を作り、薬草を干す台も設置した。

周薬匠は死亡したとの扱いになり、年明けに廟で葬儀が行われたそうだ。貴重な器具などは門人たちで分けあい、薬庫の管理も彼らがするようになった。

趙薬匠はじめ、他の門人や慈堅も正式な薬官となって、よく働き、よく学んだ。

夕には、一つの部屋に集まって資料を読むのが日常になっていた。

「――では、今日はここまでにしましょう」

声をかけると、アサの部屋に集まっていた面々は、手を止めた。

ここは周薬匠が使っていた部屋で、今はアサの居室になっている。

部屋の中央に大きな卓があり、壁の二面に据えられた棚には、豊富な資料がびっしりと並ぶ。周薬匠は、息子の周小師以外には一切見せなかったそうだが、アサはすべてを開放していた。

それぞれの仕事が終わると、門人たちはアサの部屋に集まって、資料を読む。周薬匠の失踪の際に一部は焼失したものの、幸いに大半は無事であった。

片づけの最中に、トントン、と扉が叩かれる。

「では、紅老師、失礼いたします」

趙薬匠が慌ただしく拱手の礼を取り、他がそれに続いた。彼らを急がせているのは、扉の向こうで待つ貴人への配慮だ。

ギィ、と扉が鳴り、入ってきたのは季晨である。

「邪魔をする」

門人たちは季晨に恭しく挨拶をし、急ぎ足で出ていった。

「今、ちょうど終わったところです。どうぞ。――彭宰相とは、お話しできましたか？」

「あぁ。いったん、策は撤回してくださった」

アサは「よかった！」と笑顔で季晨に椅子を勧め、薬湯の準備をはじめた。

「夕に、皇女にも拝謁して報告できた。是だそうだ。――俺を皇王に据えたのは、島の国々との融和が急務であったからだろうに。それを諸臣はすぐに忘れる。これ以上、馬賊と誹られるのはご免だ」

ふん、と鼻息も荒く季晨は言った。

皇女が選んだ葦毛馬に過ぎない、と言う割に、季晨は諸臣らとの対話を欠かさない。廟議のあとだけでなく、時によっては酒を持参で部屋まで行き、夜が更けるまで議論を重ねるそうだ。

殊勝な人だ、とアサは思う。

真面目な性分なのか、皇王の座が性にあっているのか。季晨は唐突に負わされた役割を過不足なく果たしている。

「どうなることかと、今日一日、気が気でなかったです」

火鉢の上の鍋から、生薬の香りが強く立ちはじめる。

央環での日々は穏やかに過ぎたが——ヨミの命の危機は、思いがけない形で現れた。島の諸国との融和は、辰の課題である。急務と言っていい。連日、廟議では様々な案が出る。そのうちの一つが、今朝のアサを仰天させた。

——杜那国の王子を、呉伊国に引き渡してはいかがか、と、

北部四国のうち、呉伊国は、現在の杜那国の王——ヨミの言葉を借りれば簒奪者——の娘を妃にしている。ヨミは杜那国の先王の子で、唯一の生き残り。これを引き渡して呉伊国との国交を模索する、というのが彭宰相の策である。

アサの頭では理解しがたいが、ヨミはこの環に着いた直後に予想していた。政の世界においては、珍しくない策なのだろう。

その場で、皇女は判断をしなかった。あの沈黙の恐怖は、生々しく覚えている。

真っ先に反対したのは季晨だ。

——私は、馬賊の王になった覚えはない。

紛糾した廟議内に話は終わらず、季晨と彭宰相は夕まで議論を続けていたようだ。

杯の準備をしながら、アサは「ありがとうございました」と心からの感謝を伝えた。

「ヨミだろうと誰だろうと対応は同じだ。礼には及ばない」

とろみのついた薬湯を、とぽりと杯に注ぎ、季晨の前に置く。

「——どうぞ。夏も近いというのに、今夜は少し冷えますね」

手元の竹片を読んでいた季晨が「いつもすまないな」と微かな笑みを浮かべる。

「明日、廟議でも話すが、孟清公子は健やかに育っているそうだ」

言いながら季晨は薬湯に口をつけ「苦い」といつものように言った。

——中央と西の対立は、依然として膠着状態である。

「それはなによりです。——あぁ、孟清公子のご健康の話ですよ。薬湯が苦いのには、いい加減慣れてくださいませ」

この膠着状態を可能にしたのが、北環との交渉であった。

秋の終わりに、北定公の妻・耀姫が男子を産んだのである。

北定公は、先王と皇女の長男。耀姫は、西征公と禎姫の長女。二重の従兄妹同士にあたる夫婦の念願の第一子。王家の血を色濃く継ぐ公子は、孟清、という字を授かった。

季晨の即位に臍をまげ、北環に籠っていた北定公も、我が子はよほど可愛いかったものと見える。

西征公の長男・南守公には、今年三歳になった男子がおり、どちらも西征公にとっては孫である。だが、北定公は、岳父であり叔父でもある西征公の性格を知っていた。西が勝てば、我が子に皇位は巡ってこない。

　反して、まだ妃もいない季晨は、皇位継承権の第一位を孟清公子にする、と約束した。北定公は、髪の紅い新王への反感よりも、息子の玉座を選んだのである。

こうして北環の機能が回復し、中央は西との対峙が可能になった。

「嘆かわしい話だな。幼子一人が皇統を背負うなど……あまりに脆い。言っても詮ないが、どこもかしこも綱渡りだ」

季晨は火鉢に、竹片を入れる。文字はすぐに燃えて見えなくなった。

「それを言えば王巫も、後継者がいらっしゃらないのでございましょう？」

皇女以外の王族の女といえば西征公妃・禎姫。北定公妃・耀姫の二人だけ。皇女の娘は、南守公との婚約中に亡くなっているそうだ。青苑が言うには「この国の巫は、皇女様お一人です」とのことだった。

代々薬匠を輩出していた周家は、絶えてしまった。それでも門人の趙が後を継いでいる。きっと巫も、いざとなれば祇官の誰かが穴を埋めるのだろう。祭祀の類は、専門的な知識が要るものだ。

「頭の痛い話だな。妃と巫を兼ねる姫君が、天から降ってはこぬかと毎日思う」

「本当に、どこもかしこも綱渡りです」

アサは自分の杯にも薬湯を注ぎ、一口飲んだ。

「ここは皇女の国だ。このままでは、皇女が死んだ日に国が滅ぶ」

困り顔で季晨は薬湯を飲み、また「苦い」と言った。

「見つかるとよいですね。よいお妃様が」

「よい妃より先に、翼の生えた獅子が見つかるだろう」

あくまでも噂ながら、白羽の矢が立った貴族の娘たちは、こぞって辞退しているらしい。

──恐れ多い。私などにはとても無理でございます。

てっきり朝児の血を嫌ったものと思い込んでいたが、存外、若い世代は朝児を闇雲に忌避してはいないらしい。彼女たちは、皇女の後継者の任には堪えられぬ、と訴えているのだ。ある娘は「人は神にはなれませぬ」と言ったとか。

これも聞いた話だが、皇女は珠海育ちの朝児の娘から、皇妃を迎えるつもりでいたそうだ。酷いことに、養蚕や染織を学んでいた娘たちは、一人残らず西征公に殺されてしまっている。現状、候補者さえいない。

「さ、身体の温かいうちにお休みなさいませ。──また明日」

「そうだな。邪魔をした。──また、明日」

こうして毎日のように季晨がアサの部屋を訪ね、多少の話をして帰っていくのは、皇妃探しが難航している証でもある。

――代わりなど、見つかるはずがない。

貴族の娘が言ったという「人は神にはなれませぬ」との言には全面的に同意する。人に見えぬのだ。廟議以外では、声さえ発さない。

廟議のあと、アサは奥殿で皇女の脈を取る。その後、皇女がなにをしているのか、知る者はごく少ない。奥殿づきの二人の侍女と、青苑だけだ。内竪さえ、移動が終われば奥殿から出される。

謁見の予定があれば、夕にも聴堂に姿を現すそうだが、それ以外の時間はすべて謎に包まれていた。

誰とも会わず、誰とも喋らず。皇女のこの暮らしぶりは今にはじまったことではないそうだ。夫たる皇王とも、談笑一つせず、食事どころか寝所も長年別であったという。

季晨は、皇女と会話をしたことがない、と言っていたが、誇張した表現ではなかったらしい。

――芝居の傀儡じみている。

聴堂にいる時以外は、籠にしまわれているのではないか？　巫というのは、父祖の声の入れ物に過ぎぬのではないか？　――と脈を取りながら思ったこともある。

「父祖の声を聞く巫は、稀なるお方。稀であるがゆえに尊いのです」

そう言っていたのは青苑だ。他の侍女の話では、皇女と青苑は、同じ典賢四年の生まれだそうだ。

アサの父親が典賢七年の生まれであるから、どちらも四十をいくつか越えた年齢のはずだ。青苑は父同様に、年相応の老い方をしている。肌の質、輪郭（りんかく）のゆるみ、三割がたの白い髪。

（やはり——皇女様はお若い）

皇女は、青苑と並べば母子（おやこ）ほどの年齢差に見える。髪に白いものが一筋もなく、肌の衰えもほとんど感じられない。

人ではあるが、人とは思えない。その上、この国で最も高貴で、改革の旗手でもある。

このような存在の後釜（あとがま）など、見つかるのだろうか。

「アサ老師が女であったならば——と、人が言うのをよく耳にします」

そんなことを、薬湯を前にして言ったのは、ヨミである。

藍（あい）の着物に袍（ほう）を羽織り、髪を高く結んで布でくるんだ華風の装いも板についてきた。

この日、季晨は央環を留守にしている。東環（とうかん）に行くと言っていた。いつもならば季晨が訪ねてくる時間に、ヨミが訪ねてきた形だ。

「趣味の悪い想像ですね」

最近は、互いに多忙だ。話す機会もほとんどない。

滅多に会わないせいか、会うたび声が低くなり、背が伸びているように感じる。

「兵士たちが、よく話しています。朝児の教師も、顔をあわせる度に言ってくる。彼らは皇王だけでなく貴女のことも慕っていますから、善意からの言葉でしょう」

「皇妃になるくらいなら、死んだ方がマシです」

自由になる時間は夜だけだが、ヨミはアサの部屋を訪ねてはこない。「婦人を訪ねる時間ではない」そうだ。「夜這いでもあるまいし」と言われたことさえある。

男同士、という形になっている季晨とは、夜でも話すことができる。酒を酌み交わす夜さえあった。だが、女だと知るヨミとは話せない。なんとも不自由な話だ。今日も、薬湯を口実にせねば、部屋に入ろうともしなかった。

「わかっていますよ。馬賊の皇妃の座など、貴女が望むはずがない」

ヨミは、出された薬湯を一口飲み、唇を引き結んだ。苦いのだろう。

「……好ましい言葉ではありません。賊、と呼ばれて喜ぶ人はいませんよ」

「我らを生け贄にすべく捕らえ、奴婢と呼んだのはこの環の人たちです。貴女は絆されて、忘れてしまったかもしれませんが」

この国はもう変わった——と反論する気にはならなかった。ヨミの声は静かだが、鋭利な怒りは伝わってくる。

ヨミの隣に座れば、目があう。緑がかった灰色の瞳。ナツメも同じ色だった。

「忘れてなどいません。——決して」

「貴女が、ここに留まると言い出すのではないかと、心配になります。アサが頼るはずだった老師は、西に殺されたのでしょう？　それでもクマデを目指すのですか？」

アサは、ヨミの卓の上に置かれた手に、自分の手を重ねた。

「ええ、もちろん。薬道の発祥は大陸です。あちらに渡るのは、長年の夢でした。大陸に向かう船は、クマデからしか出ていません」

ヨミの目が、不安そうに揺らぐ。その手が、しっかりとアサの手を握り返した。

「貴女は人がいい。私の目には、貴女が皇王に――」

「絆されてはいませんよ」

アサは、ヨミの言葉を先回りして否定した。

「恋仲のように見える」

「よしてください」

「いや、もっと悪い。まるで長年連れ添った老夫婦のようです」

はぁ、とアサはおおげさにため息をついた。

「ヨミ。いかに私がお人好しでも、父の魂と引き換えに得たいものなどありません。――恋だの愛だの、夫婦だの、薬匠だの、違いは鎖の名だけ。私は、生涯、市井の薬師として生きるつもりです」

「……約束ですよ、アサ」

アサが「約束です」と返すと、ヨミは薬湯を一気に干し、曖昧な挨拶らしき言葉を口にして、出て行ってしまった。

わざわざ、それだけを伝えに来たらしい。――絆されるな、と。

（そんな心配、まったく要らないのに）

アサは、季晨を信頼し、かつ尊敬している。

訪ねてくれれば嬉しい。姿を見れば落ち着く。話をすれば楽しい。

そして、別れ際は少し寂しい。

だが、季晨の妻になどなったが最後、アサは父の魂と生きる道を閉ざされてしまうのだ。

薬師として、多くを学び、多くを教え、多くを救う。望むものは他にない。

杯を片づける手が、いつの間にやら止まっていた。

（季晨様は、別れ際になんとおっしゃるだろう）

いずれ来る別れを、アサは想像した。

どこかで期待している。彼だけは、引き止めずにいてくれるのではないか。そうであってほしい。

（よい別れ方をしたいものだ）

いつか来るその日が、互いにとって美しいものになればいい。

アサの思いは、祈りに近い。


――その日、アサは廟議に遅れた。

六月十日。亡き先王を祖廟に送ってから、一年が経っている。

睡蓮が「もうすぐ祭りです」と祭りの話をしてくれた、その翌日。

季晨不在の間、環の守備の要は寧将軍である。その寧将軍が、急な、それも脂汗を滴らせるほどの腹痛に見舞われたからだった。

将軍は老練の武人だけあって不調を口にしたがらない。まず説得し、聞き取りを行い、投薬に至った頃には、もう廟議のはじまる時間だった。

幸いに、寧将軍は薬湯を飲んだのち、穏やかな呼吸で休むに至った。

（間にあうだろうか）

アサは急ぎ足で、兵舎を出て政殿に向かう。

（趙薬匠は、茶が苦手だというし……）

周薬匠の知識の出し渋りのせいで、門人たちは茶の知識に乏しい。――茶には限らないが。まだ趙薬匠一人に任せるには、不安がある。

長い階に足をかけたところで、扉が開いた。間にあわなかったようだ。

真っ先に出てきたのは、小柄な葉将軍だった。季晨とは年齢も近く、厚い信頼関係を結んでいる人だ。アサとも親しい。

「アサ老師、寧将軍のお加減は？」

「落ち着きました。明日一日お休みになれば、回復なさるでしょう」

葉将軍が、明るい笑みを見せ「それはなによりだ」と言った。

会釈をして葉将軍と別れたところで、趙薬匠が扉から出てきた。その横に、慈堅がいる。

「あぁ、紅老師。粗相をしてはならぬので、今日は淹茶を慈堅に頼みました」

「出しゃばった真似をいたしました。申し訳ありません」

趙薬匠の報告を受け、慈堅が頭を下げる。

もやり――としたものが、胸のあたりに湧いた。

「緊張したでしょう？　お疲れ様でした」

慈堅が顔を上げる。その淡い水色の瞳に、怯えの色が浮かんでいた。

二人を見送って、アサは一段、一段、階を上っていく。

（私が、彼を怯えさせたのか……咎めたつもりはなかったのに）

慈堅は、おおよその技能において、周薬匠の門人たちを凌ぐ。だから、茶が苦手な趙薬匠が、慈堅に依頼をしたとしても不思議はない。

――私は、周薬匠の憎しみを買ったのに。

――紅髪の夷奴と罵られたのに。

どす黒い感情が、どんどん胸の中で大きくなっていく。

（彼は、私とは違う。男で――胸を潰す必要もなく――珠海で教育を受け――皇女に迎えられ、皆に歓迎された。罵られもせず受け入れられ……いっそ妬ましいと思ったのは、事実だ。でも――）

アサは階を上り切り、開いたままになっていた外扉から聴堂に入った。

御簾の向こうに、皇女の白い座がぼんやりと浮かんでいる。

「皇女様の脈を、お取りせねば」

小さな声で、アサは呟いた。日常を淡々と送りながら忘れるに限る。

わけのわからぬ感情は、日常を淡々と送りながら忘れるに限る。

(妬みなど些事だ。皇女様の口に入れるものをご用意する役割は、厳しく管理せねば)

周薬匠が消え、風通しはよくなった。なればこそ、安全の確保は喫緊の課題にすべきだろう。アサが趙薬匠を指名した以上、やはり趙薬匠がやり遂げるのが正しい。

感情の置き場が決まれば、もやりとした澱は見えなくなった。

スタスタと聴堂を突っ切り、内扉を開ける。

換衣部屋の前を過ぎ、左に曲がれば中庭が見えた。

――鮮やかな青が、目に飛び込む。

(あぁ、まだいらした)

青の袍の皇女と、黒い装束の内竪が見えた。先頭に侍女がいるはずだ。

アサは、足を速めた。気を取り直して、日常に戻ろう。

その時――青い袍がぐらりと傾いだ。

「……ッ!」

きゃあ！　と内竪の悲鳴が上がる。

ひらりと青い袍がひらめき――皇女の身体は、美しい手すりを越えて白砂利の上に、がしゃりと落ちた。

アサは皇女に駆け寄った。わずかな距離が、ひどく長い。

皇女の目は見開かれ、手足は痙攣（けいれん）している。

（脳か――？　心の臓か？）

口が動く。――その呼気に、茶から発することのない芳香がある。

百合（ゆり）の花の発する匂いに似た――

（毒――薫禍（くんか）か！）

アサは、立ち尽くす睡蓮に「水を！」と頼んだ。

「水！　甕（かめ）いっぱいの水を！　それから、人に頼んで厨（くりや）から漏斗（ろうと）を持ってこさせてください！　水と、漏斗です！」

吐かせねば。なんとしても、すぐに吐かせねばならない。

この毒は、胃の腑（ふ）を破りはしないが、経絡（けいらく）を侵す。

皇女は奥殿での起床から、換衣、廟議が終わるまでの間に、白湯（はくとう）の他は茶しか飲んでいない。空の臓腑（ぞうふ）に入ったものは、またたく間に全身を巡ってしまう。

斎室（さいしつ）の前にいた兵士に「文舎から私の薬箱を持ってきてください！　近くにいる薬官に聞けばわかります！」と伝えた。

届いた水を、皇女の口に漏斗をくわえさせて流し込み、強引に吐かせる。

何度も繰り返した。吐かれた水から、胃の腑の酸で変色した紫色が消えるまで。

必死だった。その場にいる者全員が。

人の命は誰しも尊い。しかし、この場合は話が違う。

皇女が死ねば——国は滅ぶ。

古の女神は、落ちてくる天を支え、繕い、地が裂けるのを防いだという。

国が滅ぶ恐ろしさなど、わかりようもない。だが、きっと、天が落ち、地は裂ける。

底知れぬ恐怖の中で、アサは処置を続けた。

そして——

「——お許しください、紅老師——いえ、アサ老師。なにとぞ、なにとぞ——」

趙薬匠が、震えながら平伏している。

ここは皇女の換衣部屋だ。いつぞや、季晨と一緒に西征公の癇癪をやり過ごすのに使った場所である。駆けつけた士元が、人目を避けるために皇女を運んだのだ。

衣桁の向こうには、まだ目を覚まさぬ皇女が横たわっている。

「なにがあったか、教えてください」

——アサに頼まれ、自分が淹茶をするつもりだった。

——だが、粗相をして皇女の不興を買いたくない。

——慈堅が来て「茶は得意です」と申し出てきたので、快く譲った。

——皇女が倒れたと知り、すぐに慈堅を探したが、もう姿を消していた。

趙薬匠は、それらのことを震えながら口にし、

「アサ老師、なにとぞお許しを……」

低く下げた額を床につける。この状況で、趙薬匠はアサを紅老師と呼ぶのをやめた。

（やはり——蔑んでいたのだな）

気づいていなかったわけではない。だが、見て見ぬふりを続けてきた。無難な表情に、愛想笑い。蔑みに親しみの皮を被せたものを、軽く受け流す。そうして生きることに、アサは慣れてしまっていたのだ。

「他に、被害は？」

「ございません。廟議に出席された皆様は、皇女様以外ご無事です」

「……慈堅に、変わった様子はありませんでしたか？」

「わかりません。普段から慈堅とは、ほとんど話をしませんので……」

一体、アサは彼らのなにを見てきたのだろう。

大きな後悔に、疲労した身体が押しつぶされそうだ。

教えねば——早く教えて、育てねば——その一心で、今日まで彼らと過ごしてきた。一人一人の技術は把握している。次になにを教えるべきか、こまやかに計画も立てていた。指導の手法を模索して、夜遅くまで悩む日さえあったというのに——

（私は、人を見ていなかった）

これこそ驕りだ。

偏屈な老人が出し渋った知識を、置いていかれた門人たちへ伝えることに溺れていた。善行であると疑ってさえいなかった。——今の今まで。

悔いた。だが、もう遅い。零れた酒は、杯には戻らないのだ。

「……騒ぎにはせず、速やかに調査をお願いします。私の知る限り、薫禍は文舎の薬庫にはなかったはずです」

「はい、ただちに」

趙薬匠は顔を伏せたまま、換衣部屋を出ていった。

衣擦れの音が遠ざかっていく。

アサは、立ち上がって衣桁の奥の様子を見た。芳蓉と睡蓮が、皇女の枕頭に侍っている。

二人とも身じろぎ一つせず、瞬きさえ恐れるように、皇女を見つめていた。

今、他の侍女や内竪たちは、ふだん通りの仕事をこなしている。

西の間諜の目を恐れているのだ。

――皇女の状態を、知られてはならない。

誰しもが暗黙のうちに、然るべき手を打っている。

皇女の死は、即ち禎姫の勝利。季晨は、偽りの皇王として殺されるだろう。

天が落ち、地は裂ける。

――皇王が帰ってくるまで、この事態を知られてはならない。

言葉にはしなくとも、事態を知る全員がそう思っている。

「――アサ」

簾の向こうで、囁く声がした。内竪の桜花のようだ。

「どうしました？」

「林将軍が、お目通りを願いたい、と階の下でお待ちです。至急の用事とのこと」

「こ、断れませんか？」

「しかし……皇女様は、このお時間でしたら謁見をお断りになられません」

皇女が謁見を許可する時間は、朝と夕のみ。きっと、林将軍もそれと知って待っているのだろう。

アサと、芳蓉と、睡蓮は、それぞれの顔を順に見た。

芳蓉は「背丈が足らぬ」と言った。

睡蓮も「私も、小さすぎます」と言った。

つまり——皇女になりすますには、背丈が足りない、と。

誰が敵か味方かわからない今、この場は身代わりを立ててやり過ごそう——と三人は同時に考えたのだ。

「無理ですよ、私では」

理由は言うまでもない。背丈に問題がなくとも、この髪色は、御簾ごしでも判別できる。

だが、睡蓮は目を爛々とさせて「やるしかありません」と近づいてきた。その手には、皇女の黒い帯がある。

「これで、なんとかなります」

睡蓮が懸命に背伸びをするので、アサはやむを得ず膝をついた。くるくると帯が頭に巻かれていく。

（なんと無茶なことを！　だが——天が落ちるよりましだ）

ごく早い段階で、アサは腹をくくった。

鮮やかな青の袍が、芳蓉によって着せられる。

途中「どうです？」と花紋の鏡を渡された。予想外の完成度である。さすが、皇女に長年仕えてきた侍女だけに、腕がいい。

外見を二人に任せる間、知恵を絞るのがアサの役割だ。

「——こうしましょう。睡蓮、皇女様は喉を痛めておられる。代わりに貴女が林将軍と話してください。話す内容は、私が指示します」

睡蓮は、力強くうなずいた。

アサは皇女がするように、睡蓮の右肩に左手を置いた。「逆です」と睡蓮が、アサの右手を取って、左肩に置く。

「では……将軍を、お通ししてください」

すぐに聴堂の外扉が開く、重い音がした。

アサは、今、皇女だ。皇女のように歩かねばならない。

皇女の歩き方は、一歩から次の一歩までに間は開くが、動作は速い。だから、衣擦れの音は、……シュッ、……シュッ、と独特な拍になる。

内扉が開く。——すでに林将軍は御簾の向こうにいた。

アサは皇女を真似て、ゆったりと白い椅子に腰を下ろす。

「皇女様は、喉を痛めておいでです。先ほどアサ老師から、喉を労るよう言われましたので、内豎の私が代わりにお言葉をお伝えいたします」

睡蓮が宣言すると、林将軍は顔を上げた。

「ご不調のところ、申し訳ございません。なにやら、政殿が騒がしいようで、ご遠慮申し上げたいのは山々ながら——急ぎお耳に入れたくまかり越しました。実は、北部四国が、連携に向けて動いております。新陽国の王子と、余喜国の王女の婚約が成立し、今日にも婚儀が行われているとのこと。宴には、呉伊国の王族も出席しており、さらに新陽国と呉伊国も縁談を進めているそうでございます」

不運はどこまでも重なるものだ。

アサは、天を仰いで嘆息したいところを、なんとか堪えた。

辰の国防の要は、北にある。内乱を抱えた今、北部四国にそろって攻められれば、国が傾きかねない。

北部四国は不仲で、それゆえにこれまで危急の事態は避けられてきたのだが。

(いよいよ、辰を相手に共闘の姿勢を取ってきたのだな)

すると、気になるのは北環の様子だ。

一時は国境の守りを放棄していた北定公だが、今は次期皇王の座を孟清公子に譲る約束で、役目に復している——はずである。

(皇女様は、常に北環の動きを気にしておられた)

アサは小声で「その報せ（しら）の出所を、確認してください」と睡蓮に頼んだ。

「その報せは、どちらから齎（もたら）されたものか、と皇女様がお尋（たず）ねです」

「天狼（てんろう）隊からでございます、皇女様」

それは季晨直属の、諜報（ちょうほう）部隊の名だ。

アサはさらに「北環からの連絡はないのか、聞いてください」と睡蓮に囁く。

「――皇女様は、北環からの連絡はないのか、とお尋ねです」

「残念ながら、ございません。入ってくるのは天狼隊の情報のみ。――あくまでも噂ではございますが、西征公が禎姫様の目を盗み、北環と独自に接触したとの情報もございます」

嫌な風が吹いている。

（北定公が西につけば、央環は兵数の優位を失う）

じわじわと断崖（だんがい）に追いつめられているかのようだ。

アサは、睡蓮に「将軍に、労（ねぎら）いの言葉を」と囁いた。

「大儀であった」

「は。周辺の状況も穏やかならず。政殿の警護も厚くいたします。――では、これにて失礼を。どうぞご自愛くださいませ」

林将軍は腰を上げ、拱手の礼を取った。

心の臓が、口から飛び出そうだ。

けほ、けほ、と小さな咳（せき）で一芝居打ちつつ、睡蓮の肩に手を当て立ち上がる。今度は置く手を間違いはしなかった。

……シュッ、……シュッ、と衣擦れの音を立て、内扉から出る。

扉が閉まり――カチャリと甲の音を立てて林将軍が、外扉から出ていった。

睡蓮が内扉からちらりと様子をうかがい、その場にへたりこんだ。

「お疲れ様でした、睡蓮。上手くいきましたね」

そのまま睡蓮は、泣きだしてしまった。アサは膝をついてその背を撫でてやる。

「アサが……突然質問をしろと言うから……怖かった！」

「ごめんなさい。でも、皇女様があの報告を聞いて、黙っているとも思えなかったんです」

睡蓮は、大きく円らな瞳でアサを見て、

「本物の――皇女様のようでした」

と言った。

それは、アサが廟議を毎日聞いているからだ。特に北部四国の情勢は、珠海を目指すにあたって最も重要な問題である。

（なにが幸いするか、わからないものだ）

アサの背の高さといい、睡蓮の機転といい、皇女の帯の色や、アサが廟議を聞いていたことまで、すべて偶然に救われている。

「幸運に恵まれました。――きっと、皇女様のお力でしょう」

環に来てから、アサは神々のお導き、とは言わなくなった。この国の人にしてみれば、神々よりも、よほど皇女の方が頼りになるに違いない。

アサが睡蓮の手を取り、換衣部屋へ急ぐ。その目の端に人が映った。

蛇廊を、こちらに向かってくる者がいる。

（――まずい！）

泡を食って簾をくぐった。――見られただろうか。

部屋に駆け込み、衝立の後ろで帯を解き、袍を着替える。なにせアサは、皇女の代役だけでなく、薬師の役目も果たさねばならぬのだ。

「アサ、オレだ。士元だ」

囁く声に、アサは「どうぞ」とすぐ返した。

士元は昨年の戦傷で、足を少しひきずるようになったが、変わらず隊を率いている。誰が敵やら味方やらわからない中、確実に信頼できる数少ない人だ。

「寿命が縮みましたよ、士元さん！」

帯が肩にかかった半端な状態で、衝立の陰から出る。

皇女の身代わりから、アサに戻る作業の残りは、睡蓮が丁寧にしてくれた。

「なんだその格好……そうか、人が来たんだな？」

「林将軍がいらっしゃいました」

アサは、起きたことをそのまま伝えた。

とっさの機転で、三人が力をあわせて凌ぎ、恐らくは成功したはずだ、とも。

「大した胆力だ。恐れ入った。――で、皇女様のご容態は？」

「できる限りの処置はしましたが……この毒は、十のうち八は死に至ります」

こんな悲痛な事実は、アサとて伝えたくない。

だが、言葉を濁しては、のちに障る。どれほど胸が痛んでも、伝えるしかなかった。

「……なんてこった」

士元は、頭を抱える。

「季晨様は、いつお帰りになりますか？　朝の謁見はなんとか凌げましたが、夕にも謁見があります。明日になれば、廟議、朝の謁見……身代わりには限界があります」

「明日の夜までには、お戻りになるだろう」

「『明日の夜⁉』」

アサと睡蓮は、同時に声を発していた。

「早けりゃ夕に着くかもしれん。なんとか、頼む」

今度はアサが頭を抱える番だった。

睡蓮は、また泣きだしている。明日の夜など、永遠に等しい遠さだ。

「む、無理です！　今日の夕の謁見は断り、彭宰相に報告してもらうとして……明日の廟議は――ダメです。いつも通りを装うならば、淹茶だけは行わねば。趙薬匠の関与も否定できませんから、私が行う必要があります」

皇女の身代わりと淹茶は、同時には行えない。アサの身体は一つだ。

「……わかった。彭宰相と相談しておく」

「お願いします。あの、慈堅は――見つかりましたか？」

「まだだ。今、葉将軍が、演習を装って央環一帯を捜索してる」

慈堅の凶行は、アサの理解を超えている。

彼にとって、教育を施し、仕事を与えた皇女は親も同然の存在ではなかったのか。西征公は仲間や師を殺した仇のはずだ。加担した理由がわからない。

「……わかりました。私は、こちらで手を尽くさせていただきます」

「頼んだぞ。今、皇女様のお身体を任せられるのは、お前だけだ」

士元が、簾を上げて出て行く。

「ひとまず朝の謁見は乗り切りましたから、お二人とも、交代して休んでください」

アサは、枕頭の二人に声をかけた。芳蓉は皇女を見つめたまま、強く首を横に振った。

「私は皇女様のお傍におります。とても休む気にはならぬ」

「いいえ、疲れは感覚を鈍くします。今は神経を研ぎ澄まさねばならぬ時。私の感覚が鈍った時には、皆さんの感覚だけが頼りです」

芳蓉は、アサの言に理を認めたようだ。休む皇女に深々と一礼して出ていった。

別の侍女と内竪が来て、睡蓮も換衣部屋を出ていく。

（お目覚めになるだろうか）

皇女の脈は、まだひどく速い。

アサは、皇女の足元に置いた薬箱を、ぽん、と叩いた。

(やれるだけのことはやった。……あとは、天に委ねるしかない)

十のうち八は死ぬ。とはいえ、生死を決めるのはその人自身の力だ。運と言ってもいい。あるいは、稀なるこの貴人ならば——とアサはどこかで期待している。

(どうか、戻っていらしてくださいませ)

排毒を促すために灸(きゅう)を施したあとは、脈を取り、汗を拭き、ほとんどが祈るばかりの時間になった。

「少し休みます。なにかあれば教えてください」

アサが、内豎にそう頼んで枕頭を離れたのは、夕を過ぎてからだった。

夕の謁見は、彭宰相がなんとかしてくれたようだ。明日の廟議の件で、そのうち連絡もあるだろう。

衝立の後ろに、毛皮が敷いてある。仮眠用に、用意されたようだ。

アサは、胸に巻いた布をゆるめて横になった。

少し休もう。一刻か、二刻か——

——身体を揺すぶられ、アサは思い切り眉を寄せた。

「——アサ」

ハッと目を覚ます。

目の前にいるのは、季晨だ。

（あぁ、よかった――ご無事で）
心から安堵したのは一瞬だ。サッと血の気が引く。
「え？　季晨……様？」
季晨が戻るのは、早くて明日――十一日の夕――と聞いていた。
まさか危篤の患者を放ったまま、丸一日眠っていたのか、とアサは慌てた。
窓を見れば、まだ暗い。恐らく夜だ。
頭が働かない。十日なのか、十一日なのか。
「部屋の外で待つ。準備ができたら出てきてくれ」
馬と、草、泥。政殿でつきようのないにおいがする。
きっと、季晨は環外から政殿に直行したのだろう。
季晨はすぐに出て行ったので、アサはまず髪を整え、乱れた着物を直し――
布で守られていない胸に、自分の手があたる。
その柔らかな感触に、どきりとした。
宦官の身体には、ついていないはずのものだ。
（……気づかれただろうか）
アサは慌ただしく胸の布を締め直し、黒い袍を羽織った。
いったん衝立の裏から出て、皇女の様子を見に行った。傍にいるのは青苑だ。
「皇女様のご様子は？」

アサが問えば、青苑は首を横に振った。

呼吸と脈拍は落ち着いてきたようだ。だが――まだその瞼は閉ざされたまま。

脈を取っているうちに、狼狽もおさまってきた。

さすがに、丸一日寝ていたとは思えない。今日はまだ十日。少なくとも十一日の朝にはなっていないはずだ。季晨が予定よりも早く帰ってきたのだろう。

「青苑さん、季晨様とお話をしてきます。少しでもご様子に変化がありましたら、すぐに教えてください。お願いします」

囁き声で青苑に頼んでから、換衣部屋を出る。

渡り廊下の手すりに、黒い甲を身に着けたままの季晨が腰かけていた。

予想よりずっと早く季晨が帰ってきた。本来ならば姿を見て安堵するところだが、今日ばかりは緊張が増す。

「斎室で話そう。人の耳を避けたい」

「はい」

白砂利の上の渡り廊下を、季晨の背を追って進んでいく。

皇女の容態の、今後の見通しを伝えるのはつらい。その上、女であると露見してはいまいか、と恐れてもいる。

アサの足は鉛のように重い。

季晨が衛兵を下がらせ、斎室の中に入る。

内部は、ずいぶんと明るかった。

葬祭の時につり下がっていた香炉は、すべて燭に替わっている。人もいないのに、夜通し灯しているらしい。祭壇の前の火鉢にも、赤々と火が見える。

「──皇女は、死ぬのか？」

祭壇の前で、季晨は問うた。直截な問いだ。

「わかりませぬ。手は尽くしました。あとは皇女様ご自身が、毒に勝つか、負けるか……あるいは、毒と共に生きるか。三つの道がございます」

アサは、現時点で判断できる内容を、そのまま口にした。

「毒と共に？　どういうことだ」

「解毒せねば、十のうち十が死に至る毒でございます。解毒をしても十のうち八は助かりません。ですが、眠ったまま半年ほど生き続けた例がございます」

「以前のお身体に復する見込みは？」

「昨日のうちならば、わずかな望みもございましたが──ほぼないとお考えください」

発する声は、少し震えた。

「そうか……」

「──事の経緯は、もうお耳に入っておりますでしょうか？」

「聞いている。……今思えば、西の薬師殺しも、皇女に毒を盛るための布石であったのだろうな。もっと厳重に備えるべきであった。……こちらの油断だ。そなたの責ではない」

寧将軍の診療を優先してもらいたい、と頼んだのは葉将軍だった。

アサは趙薬匠に淹茶を依頼したが、趙薬匠は依頼に反して慈堅に役目を譲った。

たしかに、アサは直接関与していない。だが、やはり後悔は残る。

「皇女様のお世話は、責任をもってさせていただきます」

いたたまれない思いで、アサは一礼して背を向けた。

「待ってくれ、アサ」

呼び止められ、アサは息を飲んだ。鼓動が跳ね上がる。

「な、なんでございましょう」

動揺が、そのまま態度に出る。声が上ずった。

「……ずっと、宦官なのだと思っていた」

——露見した。

季晨の紫がかった藍の瞳が、アサを見つめている。

「あ、あの……違うのです。これには事情が……」

「いつからだ？　——いや、最初からか」

アサも焦っているが、季晨も動揺しているらしい。いつから、と言えば母の腹の中にいる時から、アサは女だ。

もう嘘を重ねようがない。洗いざらい吐く以外、道は残っていなかった。

ふぅ、と息を吐き、季晨と正面から向きあう。

「女の一人旅は危のうございますので、常日頃から男装しておりました。皇女様が『男ではないな？』とお尋ねになったのには、正直に『はい』とお答えしております。自然と宦官と判断されました。嘘はついておりません。――ですが、女でしたら今頃――」

言いかけて、アサは言葉を止めた。

――今頃、慰み者にされていただろう。

奴婢の宿舎で聞いた言葉を、アサは忘れていない。

「咎めるつもりはない。ただ――」

「では、この件についてては、もうなにもおっしゃらないでください。――どうか……」

アサは、祈った。

自由にすると言った約束を、覆さないでほしい。

首輪をつけ、鎖に繋ごうとした他の男たちと、彼までが同じだと思いたくなかった。

「アサ、聞いてくれ。知ってしまった以上、このままにはできない」

聞きたくない。耳を塞いで、この場から逃げ――いや、いっそ消えてしまいたい。

「――知られたくなかった」

季晨との間に育まれていたものが、壊れてしまう。それがひどく悲しい。

まだ季晨は、なにも言っていない。

だが、もう先は見えている。悲しくて、悲しくて、胸が張り裂けそうだ。

涙がぱたりと床に落ちる。

「もう貴女を傷つける者などいない。皆に慕われているではないか。そなたが女人だとわかったところで――」

「皇女様は、珠海の朝児から妃を選びたがっておられました」

涙に濡れた目で季晨を見つめ、アサは己の懸念をはっきりと口にした。

「……そなたは、俺を恐れているのか」

季晨が、一歩近づく。

近づかれたのより、少しだけ大きく、アサは後ずさった。

「私は……季晨様が怖い。人が、私が女であれば都合がよかったのに――と言うのを何度も耳にしています。私は、朝児で、薬師で――女です。都合がよいとお思いになりますでしょう？」

「否定はしない。平時でさえ思うが、この非常の時とあれば、なおさら思う」

「それでも――約束を守ってくださいますか？」

藍の瞳が、アサを見つめている。

はじめて会った時から、その瞳を美しいと思っていた。

やはり悲しくなって、アサはまた涙をこぼした。

「俺は、皇女に選ばれた葦毛の馬だが、人としての矜持は失っておらぬ。馬賊の王は、それほど信ずるに足らんか？」

他の朝児すべてに会う度、新鮮な感動を覚えたわけではない。

彼はいつでも——特別だった。

この国の誰とも、彼だけは違う。この世にいる、他の誰とも。

アサは小さく、そしてすぐに大きく、首を横に振っていた。

「……いえ——いいえ。信じております」

そう口にすると、それまでの動揺が嘘のように消えていた。

泣くほど悲しいことなど、なにも起きてはいない。

季晨は季晨のまま、そこにいる。その手には、鎖など存在しなかった。

「約束は守る。西に毒を盛られて死ぬとしても、息絶えるまで守る意志は変わらん」

「それでは困ります」

アサが慌てると、季晨はくしゃりと破顔する。

つられて笑った拍子に、アサの心は落ち着きを取り戻していた。

「狼の群れに囲まれ絶体絶命だが、俺は諦めてはおらぬ。——まぁ、つきあえ」

季晨は、アサの涙を拭おうとしたらしい。だが、出てきたのは泥のついた布だけだ。

アサは自分の袖で、そっと目元を拭った。

「作戦会議でございますね」

汚れた布をしまい、祭壇の上に座った季晨は「そうだ」と言って、腹帯からさげた革の水筒と、竹筒を出した。

アサはその横に腰を下ろし、差し出された竹筒を受け取る。

「とにかく仲間がほしい。それゆえ、貴女を口説いている。——言葉が悪いか？」

「お気になさらず。私を利用しようとなさっているのでございましょう？」

竹筒に注がれた酒を、一口ちびりと飲む。久しぶりの酒は、舌をぴりりと刺した。

「そちらも言葉が悪いな」

季晨は苦笑して、革の水筒から直接酒をぐびりと飲む。

「葦毛馬で結構。好きに使ってくださいませ。婚姻以外でしたらなんでもいたしましょう。この場は武人の領分。季晨様のお知恵に頼らせていただきます」

まさしく絶体絶命の囲みから逃れるために、まず二人。

腹はくくった。今はお互いだけが、常夜の一灯だ。

「今、一つだけ、我らが敵に先んじているものがある。——時だ。西は俺の央環到着を、早くて明日の夕だと思っている」

「あぁ、やはり。おかしいと思ったのです。士元さんから聞いていたのより、ずっとお戻りが早かったものですから」

「東環にいた頃に整備した間道があるのだ。今は天狼隊のみに使わせている。——とはいえ、俺の帰還はすぐに知られるだろう。使えるのは廟議までの二刻。だが、これが我らの武器になる」

アサの目が、パッと輝いた。

敵の監視をかいくぐり、季晨が勝ち取った二刻。これで敵の虚を衝くのだ。

「なにやら、楽しくなって参りました」

ふふ、とアサは笑む。

「陰謀だぞ。楽しいか？」

季晨は片眉だけを上げ、小さく笑う。

「これまでさんざん足蹴にされて参りました。やっと一矢報いる機が巡ってきたかと思えば、愉快でたまりません。討たれる前に討つ。陰謀はこうでなければ」

「頼もしいな、薬師殿」

「薬道の神髄は、予防にございますれば」

アサが軽口を叩けば、季晨もぐいと酒を呷ってから、さわやかに笑んだ。

「さて――まず、第一の陰謀だ。そこに飾られている剣は、鼎山星辰剣という名だ」

季晨がさしているのは、祭壇に飾られた美しい剣である。

「あぁ、これが！　……父から聞いたことがございます。なんでも、天から降ってきた星で鍛造したとか。中原にあるものとばかり思っておりました。本物ですか？」

祭壇に飾るくらいだ。さぞ由緒あるものだろうとは思っていたが、まさか父から聞いた、伝説の剣だとは思わなかった。どうりで眩いばかりに美しいわけだ。

「本物だ。辰の国号も、ここから生まれた。この剣の所有者こそが辰の皇王。中原で我らの百倍の兵を持つ辰は、偽辰というわけだ」

「……なるほど。これをお持ちの季晨様こそが、今の正しい皇王陛下なのですね」

アサは立ち上がり、身を乗り出して剣を間近で見た。

「剣の所有者は皇女だ。俺ではない」

「……即位されたのに？　即位式は、とうにお済みでございましょう？」

「祇官が命がけで止めた。朝児の皇王には託せぬとな。――そもそも、この剣は偉大なる蘇王が、自身の娘・祥姫――つまり皇女に授けたものだ。剣の所有権だけで言えば、中原を離れた日から今日まで、辰の正統なる皇王は、皇女だったことになる」

この国の人たちは、皇女こそが最も尊い、と口をそろえて言う。季晨も、辰は皇女の国だと言っていたが、それは喩えではなかったようだ。

酒の入った竹筒を置き、アサは腕を組む。

「……剣の正統な所有権は、是非ともほしいところですね」

「あぁ。だが、祇官は朝児がこの剣を持つことを認めない。妥協するならば、俺が孟清公子を手元において、皇女から孟清公子に所有権を移譲する――という道もあるが……いかんせん、北は信ずるに足りぬ」

「北の動きが怪しいと、林将軍から報告を受けました」

西征公が、秘かに北定公と接触を図ったとの噂も聞いている。

「北定公の望みは、自身が皇王位に就くことだ。皇王の父親などという、半端な地位では満足すまい。隙あらば、俺を偽王と断じて存在を抹消せんと狙っている。そして祇官は俺ではなく、北定公に星辰剣の所有権を渡したい。両者の思惑は一致するわけだ。このまま放っておけば、祇官が剣を持って北に出奔しかねん」

季晨は、星辰剣を手に取った。

鞘の宝玉が、斎室の数多の灯りを弾いている。美しいが、所有に髪の色が問われる剣かと思えば、もう眩さは感じない。

「でも……まだ、彼らは皇女様の病状も、季晨様のお戻りも知らない」

「そうだ。星辰剣だけは死守せねばならん。我らの正統性を保証する、唯一のものだ」

「では、これは正統なる所有者の、皇女様の牀に隠しておきましょう」

「話が早いな。助かる」

アサは星辰剣を受け取った——途端に「あ」と声を上げた。

「重い！　これは、なんです？」

細身の剣のはずが、信じられないほどずっしりと重い。

「星の一部だからな。持てるか？」

「……なんとかなりそうです。天の星がそんなに重いとは、存じませんでした」

いったん、星辰剣を床に置く。なんでも知っていた父でも、星で作られた剣が、これほど重いとは知らなかったのではないだろうか。

「皇女が今すぐ死んだとしても、葬祭が終わるまで、その権利は十日守られる」

「これで十日の延命が叶いましたね。次の策は？」

「そなたの覚悟にかかっている」

アサは、眉をくい、と上げた。なんとなく予想はついている。

「――この際です。婚姻以外はお受けしましょう」

「そこまで嫌わんでもいいだろう」

「婚姻は、死ぬまで鎖で繋がれる牢獄と変わりません。皇妃など、その最たるものではありませんか。死んだ方がマシです」

アサが嫌悪をむきだしにした顔をすれば、季晨もムッと口を曲げた。

にらみあうように、二人は対峙している。

しばらく見つめあったあと、季晨が口を開いた。

「少なくとも、俺が果実を求めるとすれば、そなたのいる木の下に行く。この世にどれほど多くの木があったとしてもだ」

アサも、すぐ様言葉を返す。

「私とて――どうしても投げねばならなくなったら、どれほど遠くにいらしても、季晨様に投げるでしょう」

言ってから、互いに眉間にシワを寄せたまま、少し黙った。

（ん……？）

今、とんでもない発言をしてしまったような気がする。まるで求婚の応酬だ。

だが、嘘ではない。撤回するのもおかしな話である。

季晨は、「うむ」と唸って、眉間のシワを消した。

「――よし、わかった。この話はここまでにしよう」

「皇妃はなしですね？」

「なしだ。貴女には、巫になってもらいたい。王巫の座を皇女から譲り受けたことにする」

「なにが違うのです？　巫と、王巫というのは」

「巫の中で、最も優れた者が王巫として皇王に仕えるそうだ。――とはいえ、正しい巫は、俺が生まれた時から皇女一人だ。違いはよくわからん」

　辰の皇王がよくわからない、というのであれば、他の誰に聞いても同じだろう。

　あくまで陰謀だ。そう詳しく知る必要もない。

「わかりました。皇女様の不調を知られるより先に、任命なさるのですね」

「あぁ。今日の廟議の場で任命する。そなたには、皇女の、あの青い袍を着て出席してもらいたい」

　あくまでも皇女が倒れたがゆえではなく、皇女が、皇女の意思で、後継者を指名した形を装う。これで皇女の容態を知られても、衝撃は最小に抑え得るだろう。

（活路が、見えてきた）

　視界を覆っていたはずの靄が、すっかり晴れている。

　さすがは用兵に長じた武人である。アサは季晨への尊敬の念を新たにした。

「それで、私はなにをすればよろしいのですか？」

「なにもしなくていい。祇官どもは吠えるだろうが、黙らせる。平時、王巫の主な仕事は則の承認だが、この戦時に則を作る余裕はない。ただそこにいるだけで十分に助かる」

アサは、祭壇に置いた竹筒を持ち、残っていた酒を一気に呷った。

「やりましょう。やらせていただきます」

「その意気だ。――そこで、一つ聞いておきたいことがある」

「……なんでございましょう？」

「そなたの名を教えてもらいたい。ここに――祇官どもに先んじて、名を入れておく。辰の王巫は、代々ここに名を刻まれるものだそうだ」

季晨は、亀の甲羅が置かれた棚から、大きな石板を抱えてきた。

名が、三十近く連なっている。その最後には、明貫二年・劉祥春と彫られていた。皇女の通称は祥姫であるから、これが皇女の名なのだろう。

「ここに、私の名を入れるのですね」

「父上は大陸の人なのだろう？　アサの他に、名はないのか？」

――名。

その一言に、アサはひどく動揺した。

「あ……ええと……」

こんな時だ。嘘は言いたくない。

「ここに彫るだけだ。誰にも明かさぬ」

アサは、動揺と緊張のあまり、生涯口に出さぬはずだった音を、発していた。

「……旭照。劉旭照と——」

「劉？」

「ま、間違いました。違います。袁です。袁。袁旭照と入れてください！」

「今、劉と言ったか？」

「言ってません。——いえ、言うだけは言いました」

「待て、貴女は……」

「父は姓を捨てていました。名も、字もです。だから存じません。ただ、珠海の袁老師は、親族だ——と言っていたので……たぶん、袁です。劉というのは、父が倒れて、声も出なくなった時、掌にそう書いたことがあったから——そうではないかと……はっきりとそうだと言われたわけではありません。旭照という名も、父が声を失い、言葉を掌に書くようになってはじめて知りました。……その頃は朦朧として、意味をなさない字を書くこともありましたので、たしかとは言えませんが……」

「貴女の父親は……二十余年前、島に渡ったのだったな？　まさか——」

「わかりません。父は死に、袁老師も亡くなっています。確認しようがありません」

「なにか、手がかりになるようなものはないのか？」

アサは「ありません」と答えた。

「父から、袁老師に渡すようにと預かっていた竹簡がありました。そこに、私の知らない、私の素性が書かれていたはずなのです。でも、他の資料や、暦と一緒に消えていました。

生け贄として攫われた時、落としてしまったのかもしれません」

珠海に到着したのちは、袁老師を訪ね、竹簡を渡す予定だった。

その時、己が何者で、父が何者であったかを知るのだろう、と思っていた。残念ながら、その機会は失われ、アサは今も、己の名さえ正しく知らないままだ。

「――袁とすべきだ。そなたは、いかにも怪しい」

「怪しい？　なにがです？」

「市井の薬師と言いながら、宮づかえに足る所作を自然にこなす。語彙も、知識の範囲も、明らかに不自然だ。祭祀、卜占、宝剣。貴女の父は、中原の暦まで用いていた。それも、二十余年を経て、辰で用いられているものと一日の違いもなかった」

「はい。それは、本当です」

「あの薬師は、辰の貴人の子ではないのか、と推測する声は早い時期から聞こえていた。皇女が秘かに育てた王族だ、という噂もあったくらいだ。俺もそう思う。貴女は、あまりにも今の辰にとって都合がよすぎる」

季晨は、胸につかえていたものを吐き出すかのように、言葉を連ねた。

「私とて、父が中原の――恐らくは辰の貴人であったのではないか、と思ったことはあります。けれど、父は父の意思で、名を捨てました。――やはり袁でお願いします」

「そうすべきだ。これで王家の血が入った娘とわかれば、央環から一生出られなくなる。そなたの言う、牢獄だ」

季晨は、小刀で石を削りはじめた。

「もし戦に負ければ、私が偽言の責任を取らされますか？」

「天の下す罰は、発した者にしか返らない。皇女の偽言は皇女に。禎姫の偽言は禎姫に。戦の結果が、答えを出すだろう。——貴女は必ずヨミと共に逃がす。手は打ってあるゆえ、案ずるな。国の命運を託すのだ。能う限り報いたい」

ずっと世界には、父と、それ以外の人しかいなかった。

父は十津島にいる人々とは、明確に異なる容姿をしていた。そして父とアサも違っていた。父の黒い髪と、黒い瞳。アサの紅い髪と翠の瞳との違いは大きい。

季晨とアサの髪の色に、違いはない。最初は、その色彩に親しみを感じた。

だが今はもう、色彩は関係ない。

彼は会ったその日から特別で、きっとアサが死ぬ日まで特別だろうと思う。

「季晨様。この危機に貴方とご一緒できて、私は幸運です」

字の刻まれるのを待つ間、アサは呟くように言った。

——明貫二十六年・袁旭照。

彫り上がった石板を棚に戻してから、季晨は笑顔で言った。

「俺も、幸運だ。貴女といると、己が天に嘉された存在に思えてくる」

互いに強く握手をし、斎室を出た。

いよいよ、戦だ。

アサは重い剣を抱え、静かな曙光が注ぐ渡り廊下を、ずんずんと歩いていった。

——アサはその日、廟議に王巫として出席した。鮮やかな青の袍を身にまとって。

意外なことに、この発表に対し、諸臣は大きな驚きを見せなかった。

恐らく、季晨の言うように、アサが皇女の後継者候補なのでは——という推測は、すでに彼らも抱いていたようだ。あるいは、皇女の指示だ、と言えばおおよその事柄を飲む込む訓練を、重ねてきているのかもしれない。

とはいえ、軋轢が皆無だったわけではなかった。

まず——祇官の抗議がはじまった。「皇女陛下に拝謁させてくださいませ！」「朝児の王巫など認められませぬ！」と廟議の直後に抗議をしだした。

これに対し、季晨は祇官らを全員、即日、祖廟に転属させてしまった。

(季晨様は、本当に戦をする気でいらっしゃる)

敵とみなせば容赦はしない。季晨の思いがけぬ強い姿勢に、アサは驚きつつも喝采を送ったのだった。


——ちゃぷり、と湯気の立つ桶に布を浸す。

アサは布を絞り、温度をたしかめてから、皇女の手を拭いはじめた。

瘀血は万病のもとである。身体の清潔を保つためにも、清拭は不可欠だ。

「——アサ様が巫になられるならば、準備をお進めいたしましょう」

皇女の身体をはさんで反対側にいる青苑が、ぽつりと言った。

両の腕を拭き終え、片方の袖を抜く。布で身体を隠しつつ、身体をころりと横にした。

「いえ、私は巫にはなりません。この青い袍も、皇女様をお守りするための方便です。戦が終わったら、しかるべきお方が選ばれるのではないでしょうか？」

この環の辰人には、学者しか老人がいない。海を渡った時、壮年だった人たちだ。四十代が六十代になっている。先王はこの世代だろう。数はごく少ない。

皇女はじめ、青苑や寧将軍らは、二十代だったものが四十代になっている。最も数が多く、要職を占める世代だ。

当時、少年兵だった世代もわずかにおり、士元などは四十手前である。

残りは島生まれの世代で、二十歳前後の季晨や葉将軍たちから下は、先細りに数が減っていく。内豎たちの世代は、さらに少ない。

海を渡った青年たちは、谷氏の乱で親を殺された者がほとんどで、故郷に置いてきた者もいるそうだ。老いた人の世話には、馴染みがないらしい。

今後を見据え、内豎たちにも指導が要るだろう。しかし彼女たちも一定の年齢になると、政殿を出て嫁いでいく。

（竹簡に書いて、残しておくべきだな。……時間を作らねば）

甕から桶に湯を足し、また布を浸した。

特に背中は、血が滞りやすい箇所だ。放置すれば瘡に至り、大きな苦痛をもたらす。

「しかるべきお方など、おりませぬ」

青苑がやや強く言ったので、アサは、曖昧な相づちを打った。戦が終わればアサはこの国を出ている。さほど興味のない話題である。

（禎姫様も、巫としての言葉を発しておられたのに）

巫が唯一無二であれば、そもそも国を割らずに済んだ。

王巫は皇女一人でも、禎姫も巫の資格は持っているはずである。

アサとて泰鄒山の寛清上人を祖とする薬道こそが、薬道の神髄であると思っている。きっと、それと同じようなものだろう。

（触れぬが吉だ。誰しも己の信じる物を唯一と思う）

「青苑さん、次は足をお拭きしましょう」

「――準備が要ります。正しい準備が」

背を拭き終えて、腕に袖を通す。

卜占に特殊な文字が使われるのは、アサも知っている。鄒字、という文字だ。薬師と同じで、巫も一朝一夕に育つわけではないのだろう。

着物を着せ、足を拭くために移動しようとした時――

目の端で、なにかが動いた。

「あ――」

ぴくり、と手指が。微かに二度、動きを示す。

「皇女様……？」

足元に移動していた青苑が、這って皇女の胸の位置に戻る。

アサは、息を殺して皇女の顔を見つめた。瞼が動き――上がった。

その目が、虚空を見つめている。

アサは、皇女の顔の前で手を振った。――目が微かに動く。

（見えておられる）

もとより、皇女の目は物をほとんど追わない。視力はごく弱いはずだ。

耳は聞こえている。微かに手指は動く。口もわずかに。

だが――声を失っていた。

巫は、父祖の言葉を聞き、伝える者だ。

――皇女はその能力を失った。

この報は、政殿を深い悲しみの淵に叩き落とした。


その翌日、密かに聴堂に人が集められた。

折しも祭りの夜である。広場に面した階は目立つ。出入りは裏屋から、少しずつ時間をずらして行われたそうだ。

俄か王巫のアサも、鮮やかな青の、星辰の刺繍の施された袍を着て出席している。

上座に皇女の白い座だけがそのまま置かれ、他の椅子は、いつものように二列ではなく、円になっていた。

　廟議に集まる数の、ほぼ半数。皇女が集めた精鋭の、さらに粋と言ったところか。

「——これで全員だ。確実に、信頼できる者だけを集めた」

　内豎が、内の扉を閉めたところで、季晨が一同を一人一人見て言った。

「名誉の密談、というわけですな」

　彭宰相が、長い髭をスイと撫でる。

「この顔ぶれで、国難を乗り切る。事情は直接各々に説明した通りだ。俺個人への忠誠はいささかも求めぬ。公妃を討つ。そのただ一つの目的のために集まってもらった。各々、思うところもあろうが、ただ一時、国のためにその命を預けてもらいたい」

　季晨の言に、彭宰相の眉はグッと寄った。

「陛下、お言葉ながら、我らは季晨様の——」

「世辞は省こう。俺は皇女が選んだ葦毛馬。それでよい。何度も言うように、我が国は内乱に耐え得る力を備えておらぬ。戦の終結後には、国境を縮小し、いっそう周辺諸国との融和が必要になるだろう。まず、早急に公妃を討つ。討ったその足で、孟清公子に譲位しても構わん」

「お待ちを。——聞き流すわけには参りません」

　ふん、と彭宰相は髭をそよがせるほどの鼻息を吐いた。

「ご不満か、彭宰相」

「侮(あなど)られては困ります。葦毛馬と卑下(ひげ)されるが、葦毛の阿呆(あほ)になど従えませぬ。百年先に国を残せるのは陛下のみと信じ、この場におります。今一時はもちろんのこと、末永く手足としてお使いください。我らは大辰国の僕(しもべ)にございますれば」

彭宰相の言葉に、他の面々も拱手することで同意を示した。

季晨は「感謝する」と短く礼を述べ、立ち上がる。

「皇女を襲った障りは、国にとって致命傷となり得る危機だ。これを勝機に転じさせたい。——西は、皇女を殺しさえすれば、辰を掌握(しょうあく)できると思っている。それゆえ、彼らの攻撃は、常に蜂(はち)の針のごとく皇女だけを狙ってきた。薬師殺しにはじまり、珠海の朝児殺し、そしてやっと毒を盛るところまで漕(こ)ぎつけたのだ。さぞ皇女の生死が気になるところであろう」

季晨の口元に、笑みがある。

いつもの、清廉(せいれん)な笑顔とは別種の翳(かげ)を含んだ笑み。その暗い笑みは、かえってアサを安堵させた。牙をむかずして、鹿を屠(ほふ)る狼はいない。

「西は多くの間諜を央環においてきた。今や廟議の席順まで西は把握しているだろう。だが、こちらも指をくわえて見ていたわけではない。多くを泳がせてきた。今こそ使い時だ。——孫(そん)隊長、頼む」

は、と短く返事をしたのは、天狼隊の隊長だ。

「汪尚書(おうしょうしょ)と、紀(き)将軍。この二名は西と接触しております。また、宋蔵府(そうぞうふ)は、北と独自に折衝しておられます」

彭宰相は、ぽかんと口を開けている。

横にいた寧将軍が「お待ちを」と椅子から腰を浮かせた。

「汪尚書、紀将軍、宋蔵府――皆、国を憂い、新たな時代のために集められたはずではございませぬか！　西征公に従えば、北部四国に攻められるか、中原の海岸で皆殺しにされるか、いずれにせよ無残な末路が待つのみ。政に携わる彼らなら、わかっていた――わかっていて――なお……西を選んだのか」

声は勢いを失い、寧将軍は椅子に腰を下ろした。

いつもは喧々囂々のやり取りをする彭宰相が、寧将軍の背をぽんと叩く。

季晨は、さらに続けた。

「俺は、十津島で生まれた。それゆえ西に従う者の理を理解できん。辰は弱い。皆は、辰が他国より圧倒的に優れており、偉大で、尊いと言う。若輩の朝児ゆえ遠慮してきたが、諸臣らを信頼して言わせてもらおう。辰は弱い。この二十余年で弱くなり、かつ小さくなった。まず認めてくれ。諸臣らは、過酷な現実を直視できる人材だと信じている」

瞑目して聞いていた彭宰相が、カッと目を開き立ち上がる。

「皇王陛下。私は覚悟を決めましてございます。たしかに、弱者には弱者の戦い方がある。公妃を討つ。今はそれだけに注力いたしましょう」

彭宰相の言に、大きく季晨はうなずいた。

「さて、作戦の説明に入ろう。汪尚書は彭宰相。紀将軍は寧将軍。宋蔵府は関尚書。幸いに、今日は祭りだ。それぞれの相手を探し、話をし、部屋を訪ねてもらう。そこで酒を酌み交わし、偽の情報をうっかりともらしてもらいたい。まず、彭宰相は『皇女と皇王は不仲。皇王は実権を握るために御しやすい王巫を擁立。皇女は抗議のために廟議を欠席』と言ってくれ。事実とは異なる話だが、宰相ならばうまく捌けるだろう。次に寧将軍。『皇女の病は深刻で、廟議にも出られぬ。隠蔽するために俄か王巫を擁立した』。これはほぼ事実だ。演技は要らぬ。できれば、皇妃の状態を隠そうとする俺への不信感も添えてもらえるとありがたい。――関尚書は、おおよそ彭宰相と同じ方向で頼む。『皇王が皇女の死を隠し、気に入りの宦官を王巫に据えた』とな」

寧将軍が、うむ、と唸った。

「敵の首級を上げる方が、容易く思えますな」

「疑われても構わない。情報のかく乱が目的だ。気楽に頼む。今回の作戦で、野戦の主力は寧将軍にお預けする。首級はその際に」

「おう、そちらは安心してお任せあれ」

寧将軍は、逞しい自分の胸をどん、と叩いた。

「次に、北だ。北部四国は連携を強め、北定公は信ずるに足らぬ。――ここは北部四国の欲と、北定公の俺への侮りを利用することとする」

季晨がそう言うと、一同は微妙な顔になった。北定公の季晨への態度を、彼らはよく知っているのだろう。アサにも想像はつく。

「孫隊長には、北部四国の脅威を北定公に伝えてもらいたい。おおげさで構わん。一刻の猶予もならぬ、とな。これまで北定公には、辞を低くし、惜しまず情報も与えてきた。愚かな朝児に欺かれるとは夢にも思っていないだろう。――北定公を、家族諸共北環から央環に移らせ、その上で、北環に火をかけ廃棄する」

「廃棄？　いや、しかし北環を廃棄すれば、国境の守りはいかがなさいます！」

彭宰相は、ひどく慌てた様子だ。

もちろん列席した面々も、目を丸くしている。戦には疎いアサも、ぽかんと口を開けてしまった。アサばかりか、その場の全員の度肝を抜く大胆な策である。

「北環を廃棄の上、新たな国境は現在の誉江から南に三里下がった荏川とする。荏川までの撤退は、北部四国にも同時に報せよ。北部四国は三里の土地に群がり、連携は瓦解するだろう。併せて、北定公の退路を断つ」

カタリ――と壁の向こうで音がした。

アサは「失礼を」と断ってから、席を立ち、換衣部屋に向かう。

そして、すぐに席へ戻った。

「皇王陛下。羽川とは、どちらですか？」

アサが問うと、季晨は難しい顔で「荏川より一里半北にある」と答えた。

「皇女様は、国境の南退は羽川までにすべきと仰せです」

そうアサが伝えると、座にどよめきが起こった。

皇女の病は重篤で、声を発することもできない、と彼らは聞いていたからだ。

「王巫様。皇女陛下は、お言葉を失われたとうかがいましたが――」

彭宰相が、動揺する一同を代表して、アサに尋ねた。

アサは「はい」と答える。

「耳は聞こえておられます。それと、わずかに指は動かせますので、皇女様が、私の掌にお書きになった言葉をお伝えしました」

諸臣は顔を見あわせ、真偽を決めかねている様子だ。

そこに「待ってくれ」と季晨が割って入った。

「信じられんだろうが、本当にこの王巫は皇女の声を掌で聞く。誰にでもできる芸当ではないぞ。ほんのわずかな指の動きを読み取る。できるのは、この王巫ただ一人だ」

季晨は、ややいらだった表情をしている。

皇女との意思の疎通が、指文字で可能になる、とアサが説明をはじめたあたりから、季晨はずっとこんな顔をしている。

諸臣らも、やはり納得のいかぬ顔になっている。

「では――つまり、皇女様は変わらずお声を届けてくださるのでしょうか?」

また彭宰相が、一同を代表して問う。

「はい。身体の動かなくなった父と、一年ほど、指の動きだけで会話をしておりました。

慣れております。──そもそも私は羽川という地名を存じませんし」

アサの説明を聞き、密議に集まった面々も、一人、また一人と渋面を緩めていった。

新しく選ばれた精鋭たちは、皇女のかかげた旗の下に集まった人々ばかりだ。声が聞けるとわかり、心を励まされたに違いない。

「──それで、皇女は撤退を羽川までとおっしゃったのだな?」

季晨だけは、まだ納得のいかぬ様子である。

「『撒く餌(えさ)は、小さく』とも仰せでした」

「餌を小さく……つまり、一口で飲める──一日、二日で制圧できる範囲の土地にすべき、という意味だな?　たしかに、理屈はわかる。だが、茬川の付近には砦(とりで)もあり、地形的にも守るに易(やす)い。遮(さえぎ)るもののない羽川よりも、遥かに少ない兵の配置で済むのだ」

また、カタリと音が鳴った。あれは、アサが皇女の手元に置いておいた匙(さじ)である。小さな力で倒すことができる。

再びアサは換衣部屋に行き、すぐに戻った。

「皇女様は『餌は見晴らしのよい場所に置け』と」

季晨は、顎(あご)に手を置き「ふむ」と唸った。

「なるほど。……茬川は要害であるがゆえに、敵も警戒する。平地の羽川を明け渡せば、警戒を解いて食いつくだろう……ということか」

季晨は難しい顔のまま、目を閉じる。

それから、短い思案ののちに瞼を上げ、指示を出した。

「では、撤退は羽川までと北部四国に通知する。実際の我が軍の防衛線は荏川周辺とし、羽川から荏川までの空白地帯には兵を置かぬことと定める。——孫隊長はすぐに発ってくれ。明朝、俺が北定公一家を迎えに発つ。各々、頼んだ」

季晨の決定に、諸臣は同意を示した。

諸臣が立ち上がったところで、アサは「皇女様からお言葉が」と自分も立ち上がった。

「『勇と忠の士を、天が嘉す』と」

全員が、聴堂の壁に向かって拱手の礼を示した。

「大辰国に八千代の栄あれ」

彭宰相が言えば、他の全員が声をそろえた。

これから一芝居を打ちに赴く彭宰相が去り際、

「巫とは父祖の声を聞く者。——王巫様は、その素質をお持ちだ」

と言い、恭しい礼をしてから去った。

アサは、すぐに換衣部屋に戻る。皇女の様子が心配だ。

「終わりました、皇女様」

衣桁の向こうに、囁き声で声をかける。桜花が「お休みになりました」と囁きを返した。

（さぞお疲れになっただろう）

指をわずかに動かすのでさえ、今の皇女には負担が大きい。それでも、国の命運をかけた会議に際し、気力を振り絞ったのだ。

（あとは吉報だけをお届けしたいものだ。気の衰えは、体の衰えを招く）

コンコン、と壁が叩かれる。簾に近づけば、季晨であった。

「聴堂に食事を運ばせた。よければ一緒にどうだ？」

「あぁ、助かります。是非」

アサは笑顔で申し出を受けた。

「……皇女は、お休みになったのか？」

「はい。お疲れのご様子で……ご無理をさせてしまいました」

柔らかな鶏の匂いがしてくる。運ばれてきたのは卵粥だ。

内竪が小卓を用意し、膳が整った。

「夜明けに発つ。俺は北定公を央環に送り届けたあと、すぐ戦に戻る。彼は、決して友好的ではないだろう。極力、接触は避けてくれ」

一口二口食べたところで、季晨が言った。

「大丈夫です。慣れておりますから」

アサは三口目を飲み込んでから答えた。一部の人たちが向けてくる強烈な嫌悪は、天災のようなものだ、と思っている。

「いや、慣れてはならぬ。俺が声を上げていれば、そなたは井戸端で泣かずに済んだ。北の連中の非礼を許すな。許せば、別の――そなたより弱い朝児たちが泣く羽目になる」

アサは、粥を食べながら、季晨の顔を見つめていた。

この国の朝児は次々と殺されていた。きっと季晨は、自分以外の朝児をあまり知らなかったのではないだろうか。士元の子らは、まだ赤子だ。

自分への侮りには耐えてきた。

けれどきっと、井戸端で泣くアサを見て、季晨は責任を感じたのだ。

（そうか。……私が耐えれば、士元さんの子たちが、いずれ泣く）

他の朝児を知らずに生きてきたのは、アサも同じだ。

北定公の、季晨への侮りと、アサへの侮りは同根。ならば、耐える理由はない。

「わかりました。なにかあれば、すぐ彭宰相に相談させていただきます」

「そうしてくれ。今や貴女は国の要人だ。彭宰相も全力で守るだろう」

外で、わぁっと静かな歓声が上がった。

広場の方向から聞こえてくる。

ふっとアサは、閉ざされた外扉の方を見た。

「なんでございましょう。こんな時間に」

「祭りだ。――ああ、昨年は先王が崩御して、中止になっていたな。見るか？」

睡蓮から、祭りでは天に先祖の魂を送るのだ、と聞いていた。

それはもう、夢のように美しいとも。

「はい。是非」

アサは、粥の残りをかき込み、竹筒の水を飲んでから、急いで外扉に向かった。
ぎぃ、と外扉が開き――
アサは、言葉を失った。
ふわり、ふわり、と灯りが浮いている。
一つ、二つ――三つ、四つ。
次々と灯りが増えていく。十を超えたあたりで、数えるのをやめた。
まるで星空の中に迷い込んだかのようだ。
(美しい……)
なんと不思議な光景だろう。
広場で、人々が灯りをともし、空に放っている。
これがこの国の、魂を送る儀式なのだろうか。父からは聞いた記憶はない。
よく目を凝らせば、灯りの載った皿の上に、紙の幌が被せてあった。
(あぁ、なるほど。蠟燭の火の熱で、幌の中の空気を温めて浮かせているのか)
仕組みがわかれば、あとは眺めを楽しむだけだ。
憂いを一時忘れ、アサは幻想的な光景に見惚れた。
「あれを天燈と呼ぶ。先祖の魂を、海の向こうへ送る儀式だ」
天燈が浮き、夜空に向かう度、ささやかな歓声が上がっている。
そのうち、一つが環の柵を越えていく。

もう一つが、続いた。

――海など、越えられるはずもないのに。

外洋にたどり着くまで、ここから西に五十里はある。

だが、天燈に向かって手をあわせる人々の祈りは、真摯だ。

（健気すぎて、泣けてくる）

涙こそこぼさなかったが、鼻の奥が痛くなった。

西へ。海へ。中原へ。

故郷と呼ぶべきものを持たぬアサには、わかり得ぬ感情だ。

「……戻れるとよいですね」

「蠟は半刻ももたない。幼い頃、あれを追いかけたことがあるが……一番近くの村にさえ届かなかった」

アサが祈りの腰を折らぬよう気づかった配慮を、季晨はあっさりと無視した。

「気持ちの問題です」

「望郷を正当化するから、この国は弱った。ああやって、美しい祈りの皮を被せて、子の世代にまで呪いをかけているのだ」

言われてみれば、広場にいるのは、兵士や文官たちだけではない。ふだん、宿舎からあまり出てこないその家族たちの姿もある。

夫と、妻と、子と。家族がそろって天燈を飛ばし、祈る姿はたしかに美しい。

「家族で、祈るものなのですね。――あぁ、彭宰相もご家族づれでいらっしゃる」

彭宰相は天燈に手をあわせたのち、汪尚書に声をかけていた。いよいよ作戦が決行されるのだろう。

「家族で天燈を飛ばし、手をあわせる。無病息災と子孫繁栄を祈るのだ」

「では、祈りましょうか」

「……貴女とか。互いに未婚だろう」

「嫌なら別々で構いません」

「嫌ではない」

なにやら、祈りに対して、互いの認識が食い違っているような気がする。

そうでなくとも今日の――いや、皇女が目を覚ましたあたりから、季晨の態度はずっとおかしい。アサも、次第にいらだってきた。

「独り身でも、無病息災くらい祈ります。勝手にさせてください」

「同じ父祖の霊に祈るのは、投果と同じだ」

つまり――それは求婚だ、と季晨は言っている。

「なんでもかんでも、すぐ求婚に結びつけますね。この国の人は」

アサは眉を寄せつつ「別々にしましょう」と宣言して、手をあわせた。

ちらりと横を見れば、季晨も手をあわせている。

(一体なんなんだ)

落ち着いた稚気のない人だとばかり思っていたのに。まるで拗ねた子供だ。

手を下ろし、口をつきかけた苦情をぐっと飲み込む。背中を預ける相手と仲たがいはしたくない。

「話が途中だったな。――北環に向かう際、ヨミを借りたい。戦の前には戻す」

「私に断っていただかなくても構いません」

「大事な存在なのだろう？　――ただの旅の道づれ以上に」

言葉に棘を感じる。

アサは、美しい天燈に見入るのを忘れて季晨を見上げた。

「それは否定しません」

「なにか、将来の約束でもしているのか？」

問いの意味がわからず、アサは「なぜ怒っているのです？」と聞かずにはいられなかった。共闘の握手まで交わした仲だというのに、彼の態度は不当である。

「複雑なのです。いろいろと……長くなるので省きますが、深い縁があります」

「それは聞いた。貴女は、辰だけでなく、杜那国とも縁があるのか？」

妙にからんでくるものだから、アサは面倒になった。「長いですよ」と前置きして、ヨミとの縁を改めて説明した。アサの実の母親が杜那国の乳母として召され、それきり戻らなかったこと。年齢から推測してイサナが乳姉弟ならば、ナツメが生き別れた母親で、ヨミが異父弟の可能性があること。それから、どちらも本人には確認していないことも。

「旅の道づれは珠海まで。その後、恩を返すの返さぬとの話になると困るので、関係は確認していません。もう、どちらでもいいのです。ただ、守りたかった。守らねばと思った。それだけです」

「……そうか。もしや、婚約でもしているのではないかと勘繰った。すまん」

アサは、呆れ顔になった。

「婚約？　なぜ私が……！」

「忘れてくれ。なんでもない」

また、季晨は納得のいかぬとばかりの表情になった。

アサの唇も、ムッととがる。堪えるつもりだったが、もう我慢ならない。

「この際ですから、はっきりさせましょう。一体、私のなにが不服なのです？　私とて、命がけで事に挑んでおります。問題があるならおっしゃってください」

アサは勢いよく苦情を述べた。

「そんなものはない。一切ない。貴女は完璧だ」

はぁ、と季晨はため息をついた。

「嫌味ですか？」

「違う。あまりにも――あまりにも完璧で、恐ろしくなる」

季晨は、アサに不満があるわけではないらしい。

幸運に幸運が重なり、いっそ恐怖を覚えた、といったところか。それはアサにも理解できる恐怖だ。

「都合がよい、という自覚はあります」

「なにもかもを持っている。姿形さえ好ましく思う」

突然の言葉に、アサは、目を忙しなくさまよわせた。

「か、顔は関係ないでしょう」

「ないと言い切れるか？」

アサは、季晨の顔に目線を戻した。

季晨の容姿を好ましく思うのは、見分けのつきにくい華人の顔立ちよりも、島人の顔立ちに近いからだ。

季晨がアサの顔を好ましいと思うとすれば、彼の親族全員が華人で、アサも華人に近い目鼻立ちをしているからだろう。

まして、同じ朝児。好意を持つまでの障害は、ごく少なかったように思う。

「……言い切れません」

ただ一目で、その瞳を美しいと思った。

それを都合のよしあしで語れば、たしかに都合のいい話だ。

互いが、互いのために用意されたような――そんな気さえしてくる。

「貴女は――何者だ？」

自分が何者かなど、アサも知らない。

知る者がいるなら、教えてもらいたいくらいだ。

「存じません。ただ、たまたま通りかかった葦毛馬です」

「この上、皇女の声まで聞くとなれば……もう、天に遣わされた存在にしか見えん。これほど都合よく現れた者が、なぜ去っていくのか。かえって、それが不思議なくらいだ」

たしかに、アサは運命の糸とでも呼ぶべきなにかを、感じている。

だが、それは外見だけの話ではない。

「姿形が無関係だとは言いません。けれど……この国で、私を一人の人間として扱ってくださったのは、季晨様だけでした。そんな稀有な方が皇王になり、水汲みでもなく、薬匠でもなく、客分の薬師として重んじてくださった。その上、将来の自由までお約束いただいています。都合がよすぎると感じるのは、私も同じ。そもそもの話をすれば、朝児の皇子がこの国に生まれたこと自体が、本来、西から日が昇るような話ではありませんか」

季晨は、首を横に振った。

「俺は――違う。たまたま葦毛馬に生まれたわけではない。しかし、貴女は違うはずだ」

「父は、十八歳になったら珠海を目指せ、と私に言っておりました。父が病にならず、無事に珠海にたどりつき、西の襲撃も逃れていれば――私も今頃、朝児の薬師としてこの環にいたかもしれません。いずれ、お会いはしていたと思います」

言い終えて、アサは視線を季晨から外していた。

天燈は、まだいくつも宙に漂って、幻のように美しい。

「遅かれ早かれ、我らは央環で会っていたか……」

「はい。慈堅と同じように――」

その名を口にすれば、胸が苦しくなる。

アサは、漁村を旅立つ時に思っていた。――これは、誇らしい冒険の旅だ。

十津島から、外海と繫がる珠海へ。珠海から、いずれ大陸へ。

しかし、父の示した道は、珠海から大陸ではなく、この央環に伸びていたのだ。アサの願いとは裏腹に。

「――皇女は、珠海の朝児から皇妃の候補を選びたがっていたな」

ぽつり、と季晨が言った。

アサの思考は、天燈を見たまま、遠い場所に飛んでいる。

(都合がよすぎる)

父の示した道をそのまま歩いていれば、アサは皇妃候補に名を連ねていただろう。珠海に到着したのちは、男装などしていなかったはずだ。

ぞわっと背が、寒くなる。

――能ある娘を求めよ。皇妃は、我が後継者でもある。

皇女の声が、頭の中に響いた。

父は様々な知識をアサに授けた。――薬道。礼儀作法。中原の歴史。祭祀。

季晨の言うように、市井の薬師には不要の知識も多い。多すぎる。

（皇女様は、私を選んでいたかもしれない）

アサは季晨の、天燈の輝きを宿す瞳を見つめた。

季晨も、アサをまっすぐに見つめている。

（皇女様の改革が、季晨様ありきだったように――皇妃選びも、まるで私を待っていたかのような……）

アサは戸惑い、戸惑いのあまり、季晨の黒い袍の袖を握っていた。

「季晨様――」

「皇女も、俺も、理由は違えど貴女を皇妃に選んでいただろう」

皇女が能で選んだとしても。

季晨が感情で選んだとしても。

都合よく現れたアサは、皇妃に選ばれていた可能性が高い――ということだ。

（私は……何者なのだ？）

自身への問いが、ぐるぐると頭を駆け巡る。

そこに「皇王陛下」と聴堂で侍女の呼ぶ声が聞こえた。

「失礼いたします。皇王陛下、ただいま葉将軍がお戻りに――下手人を捕らえて、お戻りになられました」

――慈堅だ。

迷走していた思考は、一瞬で真っ白になった。

第四幕　巫の言

荒縄で縛られた、慈堅の姿がそこにある。

猿轡を嚙まされ、背を踏まれ、乱れた紅い髪は生き物のように震えていた。

（私だ。――私がいる）

あの広場で、生け贄にされかけたアサの姿そのままだ。

「南の村に潜伏していたところを捕縛いたしました。――手引きをした周薬匠は、踏み込んだ際、すでに自害しておりました」

葉将軍が報告する。季晨は「ご苦労だった」と労った。

「猿轡を取ってやれ。――慈堅。話がしたい。できるか？」

兵士が足をどけ、猿轡を解く。慈堅の顔は、泥と血に汚れていた。

その淡い水色の瞳と、アサの翠の瞳がひたりとあう。

「青苑さん。水を、お願いします。食事も――布と桶も」

アサは、横にいる青苑に頼んだ。

「大逆人に、情けなど無用でございましょう」

青苑の声と表情には、強い嫌悪がむきだしになっている。

季晨が「青苑」と窘める調子で名を呼べば、青苑は静かに斎室を出ていく。

斎室の中には、葉将軍と、兵士が二人。あとは季晨とアサだけになった。

「皇王陛下――」

慈堅は、縛られたまま身体を動かし、端座した。

「潘慈堅。そなたにも思うところがあろう。話せるな?」

「はい。そのためにだけ、縄目の辱めに耐えてございます」

扉が叩かれ、入ってきたのは趙薬匠だ。顔色が悪い。

これで、必要な人物がそろった。

慈堅は「長くなりますが――」と静かな口調で話しはじめた。

「私は、両親を知りませぬ。物心のつく頃には、袁老師の下で学んでおりました。私が今年十八で、兄弟子が一人。下に五人おりました。兄弟のように育ったと思います。小さな諍いもすれば、いずれ桂都でお仕えする皇女様の話をしたり、大陸で学びたいと夢を語ったり……珠海での日々は穏やかでした。――あの、殺戮の日が来るまでは」

殺戮の日。それは西征公による朝児殺しのことだ。何度思い出しても身が凍る。

「先王が崩御され、新しい時代が来る……そう信じておりました。桂都に向かうのはひとまず三人と決まり、私も選ばれました。名誉なことです。宮廷医師の周薬匠の教えを乞えるのですから。出発の前日、同じ朝児で、工人見習いの友人を訪ねましたが――夜明けに宿舎を急襲され、友人は殺されました。袁老師の庵は――全員です。私以外の全員が、命を失いました。生き残った朝児たちと、身を寄せあって央環を目指し、季晨様に保護され……兄弟子や弟弟子の分も、懸命に学ぼうと心に誓いました。ですが――桂都に着いてみれば……いや、都などどこにも存在しなかった。あるのはただの環だけ。そして――周薬匠のお姿もありませんでした」

慈堅はアサを見、小さく「お許しを」と断った。

「失望しました。そこにいたのは辰人ではなく――朝児だったのです」

アサは目を閉じ、その言葉の刃に耐えた。

「そのように教えられて育ちました。中原の文化こそが至高。辰人は尊く、島人は蛮族である、と。朝児は正しき学問を修めてこそ、亜辰――辰人に次ぐ存在になり得ると信じておりました。疑う余地などありましたでしょうか？　父を知らず、母を知らず、外の世界は薬道を通じてしか知りませぬ。宮廷医師に師事できると知り、喜ぶのが罪でございましょうか？　待っていた朝児に失望するのは、間違っておりましょうか？」

慈堅の言葉は、そのままアサの言葉だ。

父の教える知識こそが、なにより尊かった。中原は憧れの地で、文化の粋。一度として疑いもしなかった。

教本の中で腑分けされていたのは、異民族の身体だ。毒を試された数多の軀は、夷狄だの蛮だのと呼ばれた人々だった。

季晨が、慈堅の前に膝(ひざ)をついた。

「いや。俺も同じだ。いかに史書を学ぼうと、君子の言を学ぼうと、そこには己が夷だと書いてある。――夷なれども亜辰たれ。俺も同じ呪いを受けて育ってきた。そなたの思いは、痛いほどにわかる」

青苑が、斎室に戻ってきた。手に持つ膳(ぜん)には、アサが頼んだものが載っている。

アサは礼を言って膳を受け取り、青苑に退出を促した。中原から渡ってきた彼女に、慈堅の気持ちは決して理解できないだろう。

青苑が去るのを待ってから、濡らした布で、慈堅の頬(ほお)を拭(ぬぐ)ってやった。

それまで気丈に振る舞っていた慈堅も、耐えかねたのか一筋涙をこぼす。

「失望がいっそう深くなったのは、周薬匠の門人の皆様とお会いしてからです。すぐに彼らが、我々よりも劣って――階(きざはし)で喩(たと)えれば、数段下にいるとわかりました。驕(おご)りと断じられても構いませんが、単純な、技術の水準の話です。環境の差でございましょう。周薬匠は、ご子息以外の教育に積極的ではなかったとか。――私が得られるはずだったものが、なに一つこの国にはない。新しい時代は、私にとって闇(やみ)そのものでございました」

アサは慈堅の口元に、水の入った杯を運ぶ。慈堅は唇を引き結んでいたが、すぐに杯を一気に干した。

「……アサ老師には、感謝しています」

「よいのです、慈堅」

「いえ。本心から、感謝しています。兵士たちは、皆がアサ老師を慕っていて――眩(まばゆ)かった。本来ならば、我ら珠海の朝児が受けるべき称賛と尊敬を、アサ老師は一身に受けていた。当然です。アサ老師の技術の水準は高い。この環に着いてすぐにわかりました。正確で、教本に忠実な……いつまでも見ていたくなるような処置でした。――それだけではありません。私にもなに一つ惜しまず教えてくださった。きっと父君にそのように教えられたのでしょう。出し渋りなど一切せず――それも、やはり眩く思えたものです」

「慈堅――」

「ですが、朝児です」

アサは耐えきれず、床に手をつき嗚咽(おえつ)をもらした。

慈堅は、話を続ける。

「いかに知識が深くとも、朝児です。門人たちは、いつもアサ老師の陰口(かげぐち)を言っていました。謗(そし)る要素などありませんから、ただ、卑(いや)しい宦官(かんがん)だ、野蛮(やばん)な夷だ、と――しかし、皇王と親しいアサ老師に歯向かうわけにもいかなかったのでしょう。彼らの鬱憤(うっぷん)は、同じ朝児の私に向かった。罵(ののし)る、蔑(さげす)む――私が記録した竹簡を焼かれたこともあれば、薬庫に鍵をかけられ、凍(こご)えながら夜を過ごしたこともありました。……私を捕らえた兵士ならばわかるでしょう。私の胸や腹に、多くの傷があったと」

伏せていた顔を、アサは上げていた。

葉将軍が「たしかです。野戦続きの兵卒のようでございました」と証言する。

一同の視線は、趙薬匠に向かった。

趙薬匠は「申し訳ございません！」と大きな声で言うなり、その場に平伏した。

冷たい一瞥を送ったのち、慈堅は話を続ける。

「――周薬匠からの使いが、私に接触してきたのは、年が明けてすぐの頃です。皇女様に毒を盛れば、私を大陸に逃がし、ほとぼりの冷めた頃に呼び戻してご自身の後継者にする、と約束してくださいました」

「信じたのか」

季晨の問いに、慈堅は「お笑いください」と言って自分も笑った。

「さすがに後継者の話までは。大陸に渡って、人生を仕切り直そうと思いました。――そう思えば、連中に罵倒されても、殴られても耐えられました。とはいえ、私が皇女様に毒を盛る機会など来るとも思えず、薫禍は私の懐に五カ月ほど眠っていたのです」

だが、奇しくも機会は巡ってきた。

趙薬匠が震える声で「お許しを……」と繰り返している。

「趙は寧将軍の食事に、腹下しの薬を入れました。軍の要の不調には、アサ老師が対応すると踏んでいたのです。淹茶で功を上げようと目論んだ。『茶は華人のものだ』『いつまでも夷に任せていられるか』――」

「やめてくれ！　頼む……もう……やめてくれ……！」

趙薬匠が、悲鳴じみた声を上げた。

「そなたは聞くべきだ。趙薬匠。――続けてくれ、慈堅」

季晨は趙薬匠を黙らせ、慈堅を促した。

「趙は、直前になって怖気づいた。私が淹茶の代理を申し出たのではありません。彼が命じたのです。――『恥など、その髪で生まれた日から続いているだろう。ここで重ねても困るまい』――斯様にして、薫禍は皇女様のお身体に入った次第です」

慈堅が話を終えると、斎室は静かになった。アサは痛みに堪え、涙を拭った。

――恥。その言葉が胸を深く抉る。

「よく話してくれた。礼を言う。門人らには調査の上、必要な対応を約束しよう」

季晨が言えば、慈堅は「お願いいたします」と頭を下げた。

「周薬匠を殺したのは私です。間者の手引きで村に逃げ込み、そこで毒を盛られかけたので、杯を周薬匠のものとすり替えました。……あっけないものです。朝児にも知恵があるとはご存じなかったのでしょう。周薬匠は、西の援助を受けていたようです。皇女様が、自身の息子と孫を殺したと信じて疑っていませんでした。朝児の薬師を薬匠に据えるために、皇女様が殺した――と」

季晨は、慈堅の言葉に何度かうなずいた。

「狡猾な西の理屈だ。珠海の朝児殺しは、周父娘殺害の報復、とあちらは言うが、それは違う。禎姫はアサにも毒を渡している。あれは西の薬師殺しだ。皇女に毒を盛るための布石であったのだろう」

「皇女様は……」

「今は、お休みになっておられる」

慈堅は、ふっと安堵(あんど)に似た笑みを浮かべた。

「……『死すとも夷となるなかれ』。周薬匠の、最後のお言葉でした」

慈堅は小さく頭を下げ、告白を終えたと仕草で示した。

葉将軍の指示で、兵士が慈堅を立たせる。

「将軍、せめて、これを慈堅に――」

粽(ちまき)の載った皿を葉将軍に託そうとしたが、慈堅は「軀が汚れますゆえ」と断った。

謝りたい。趙薬匠に紅(こう)老師と呼ばれた時、止めるべきだった。自分のためではなく、慈堅のために。そうしていれば、門人たちの態度も違っていたかもしれない。

「あぁ、そうだ。葉将軍。あの竹簡をアサ老師にお返しいただけますか。――アサ老師、周薬匠が持っていたものです。捕らえられるまでの間、少しでも大陸の知識に近づきたくて、持ち物をあさっていた時に見つけました。なぜ、彼がこれを持っていたのかはわかりませんが、最後に、お渡しするのが筋かと思いまして」

葉将軍は、懐から竹簡を出し「これです」とアサに渡した。

いずれ捕まる。待つのは死のみ。

そんな絶望的な状況でさえ、彼は学問の道を諦(あきら)めなかった。

薬道をひたむきに歩き続けていただけなのに。朝児であるがゆえに、その道は阻(はば)まれ、絶たれてしまった。

　アサははらはらと涙を流しながら、竹簡を受け取る。

「慈堅――許してください……」

「お世話になりました、アサ老師。朝児の皇王と皇妃が治める国には、もう私のような者が現れぬものと信じております。――皇王陛下の御代に、八千代の栄を」

　慈堅は、にこりと笑んだ。

　笑みが見えたのは一瞬で、すぐに顔に布が被せられ、兵士たちに連行されていった。

　葉将軍が「そなたは謝罪すべきだ」と言って趙薬匠も連れていく。

　――季晨と、アサだけが斎室に残った。

　足音は遠ざかり、静寂が訪れる。

　アサは袖で涙を押さえ、手元の竹簡を見た。これはたしかに、父が遺したものだ。父の髪を包んでいた布を紐にして縛ってある。

「……父のものです。父が、袁老師に渡すよう言い遺した……」

　攫われた時に落ちたものと思っていたが、周薬匠が持ち去っていたらしい。薬箱から消えた資料は、暦を含め、他にもあったはずだ――が、慈堅が渡したのはこれ一つ。

　きっと、なにか意味があるのだ。

（読まねば――）

　アサが祭壇に腰を下ろすと、横に季晨も並んだ。

「俺にも見せてもらいたい。――無理にとは言わぬ」

「心強いです」

紐を解き、竹簡を開く。――父の字だ。

――明貫二年六月十三日。

奇しくも、日付は二十四年前の、今日と同じ日から始まっていた。

――祥との契約を果たすため珠海を出る。東海岸沿いに南下。

――十月十五日。杜那国に到着。夷民に処置をしたのを機に漁村に留まる。

からり、からりと竹簡を開く度、文字が父の声として頭に流れてきた。

「父上は、皇女と面識があったようだな。祥というのは、恐らく皇女だ」

「初耳です。契約、とありますが……なんのことでしょう？」

――明貫三年一月十日。村長から空き家をもらう。場所は違えど念願が一つ叶った。

「念願、というのは？」

「父は若い頃、草原を目指していたそうです。長城の向こうに行き、多くの人を救うつもりだった、と言っていました」

「夢に描いた草原ではなく、十津島で人を救う形になった、と言っているわけだな」

「はい。病に倒れるまでは、実際に島を巡っておりました。多くの人を救うという念願は、叶えていたように思えます」

――明貫五年四月八日。祥との契約に従い、夷女を娶る。

――明貫六年三月一日。朝児の娘誕生。旭照と名づける。いずれ珠海に。

「これは――そなただな？」

「私です。父は皇女様と契約をしていた。……私は、珠海を目指せと言われて育ちました。

――父は、母との結婚さえ、契約のために――」

父は、珠海に送る子を得るために、母を娶った。最初から、そのためだけに。

竹簡には、妻、との一字さえない。名も書かれていない。夷女、とあるだけだ。

――明貫七年十月四日。環より旭照戻る。夷女戻らず。杜那国を離れる。

父の書いた文字からは、母の姿が見えない。

ただ、島人の女だという事実の他に、伝わってくるものはなかった。なに一つ。

――明貫八年一月二十二日。旭照、言葉を解す。知能は人と変わらぬ模様。

――思いがけず賢い。朝児にも教育は有効と認める。契約の十八歳まで、知る限りのすべてを授けたい。

さすがは、世界の中心を自負する華人だ。

（思いがけず賢い――か。朝児の知能を、父は信じていなかったのだな）

怒るべきか、呆れるべきか、アサは見失う。そんな感想を持ちながら、父が自分に教育を施していたとは想像もしていなかった。

（愛ゆえに母と子をなし、愛ゆえに娘に教えを伝えたのだとばかり――）

アサの目に見えていたものと、父の目に見えていたものが、あまりに違う。

手の動きは、知らず止まっていた。

「読まぬという手もある。父上への敬意を失うのはつらいだろう」

「構いません」

心の波風を読まれまいとするあまり、声は硬くなった。

なにも知らぬままでは、前に進めない。

からり。アサは竹簡を持つ手を動かした。

——明貫十二年五月八日。湖畔の町で、辰に朝児の皇子がいるとの噂を耳にする。

(これは、季晨様のことだ)

春に島の南部を巡る途中、父はセトに立ち寄り、辰の情報を得たようだ。

——祥は目的を達した。同年の生まれ。奇しき縁なり。

——将来の障りにならぬよう、薬道以外の教育も施すべきと判断。

——旭照に求婚する夷多し。未来の皇妃。男装をさせ、守る。

父の思惑が、はっきりとした輪郭をとってきた。

未来の皇妃。なんとあからさまな言葉か。

(あぁ、だから慈堅はあんなことを言ったのだな)

朝児の皇王と皇妃が治める国——と。

慈堅は、この竹簡を読んだ。

読んだ上で、現状との差を看過できぬと思ったのか。それとも、よりよい未来を季晨とアサに託したかったのか。

――同姓不婚は華人の則。祥と同じ道は歩ませたくはない。

――叔父上。娘を養女とし、袁姓を名乗らせるようお願いいたします。

竹簡の最後は、袁老師への伝言で締めくくられていた。

「都合がよすぎるのも当然か。最初から、貴女は未来の皇妃として育てられていたわけだ。それと知らずに、未来の皇王として育てられた俺と同じに」

季晨は、深いため息をついた。

「でも……おかしいです。だって、父が珠海を出たのは明貫二年六月十三日。これは、海を渡り、島に上陸した恥辱の日――祭りの……今日のことではありませんか。皇女様と父はいつ契約を？　中原の政変の最中？　船の中？　二十四年も前に、朝児の皇王と、朝児の皇妃を立てる計画を企てるなど――できるとは思えません」

「しかし、我らと変わらぬ年齢の朝児が、珠海で教育を受けていたのは事実だ」

「でも……血を保つ代償として人口が減少することや……学問や技術の後継者不足まで、船の上で想像し得ますか？」

できるはずがない。――できたのだろうか。いや、あるいは――

（あの皇女ならば――）

人ならざる者を思わせる、あの貴人ならば、あるいは。

「中原の政変に敗れ、王族が他の地域に逃れた例はこれまでにもある。いずれも、その土地と同化するか、滅びるか。中原に復した例は一つもない。それらを見越して、皇女は中原を離れた時点から計画を進めていたのだと思っている」

「でも……季晨様のご誕生とて、偶然ではありませんか。亡くなった先王が——朝児を殺させていた方が、島人と子をなすなど、予見できるはずが——」

「俺は皇女の実子だ。父親は島人。父は俺が生まれた日に殺されている」

「え——」

突然の告白に、アサは息を飲んだ。

「即位の前に、聞かされた。ずっと先王が島人の女に産ませた子だと思っていたのだが」

「すみません。私も、てっきり……」

複数の妻を持つ夫は、中原だろうと十津島だろうと珍しくはない。

勝手な思い込みから、自身は婢に子を産ませておいて、他の朝児を殺させるとはなんと身勝手なのか、と腹さえ立てていた。

「ややこしいが、先王自身はそう思っていた。つまり——なんだ。話しにくいな」

季晨は、がりがりと頭をかいた。

「私は薬師でございますよ」

「……まぁ、要するに、皇女はなにがなんでも朝児の子を手に入れようとした。先王との間に一男一女をもうけたのち、央環を離れ、祖廟に一年こもって俺を手に入れた。腹に子が宿ったとわかった直後に、先王の寝所に島人の女を忍ばせたそうだ。密かに子を産んだあとは、その島人の女に自分の嬰児を抱えさせ『あの時の子です』と先王の前に立たせたとか」

「それを……信じたのですか？　先の皇王陛下は」

「信じた——のだろう。そこに皇女が祖廟から帰ってきて、夫の不義の子に見せかけた我が子を『皇子として迎える』と言う。『父祖の声に従い』くらいは言ったのではないか？　夫に恩を売りつつ、皇女は朝児の皇子を手に入れた。先王は、島人の政殿への出入りを一切禁じ、通婚禁止の則も作った。どちらも俺が生まれたのちの話だ。外から見た限りで判断すれば、先王はすべて信じていたように見える」

　アサは眉を険しく寄せた。

　そこまでして朝児の子を求めた皇女の執念も恐ろしいが、生々しい過去の話を、季晨が知り得たことも、気味が悪い。

「そのような話を、どなたから聞かされたのです？」

「青苑だ。幸いにも男児だったので、一度で済んだ、とも言っていた」

　とんでもない話だが、彼女が言うならば、嘘とも断じにくい。

「……秘されるべきことのように思えます」

「皇女に次期皇王に指名された日に、聞かされた。いや、あくまで彼女は善意で俺に伝えたのだ。『貴方は偉大なる蘇王の孫だ』——と」

　理解しがたくもあり、偉大なる蘇王こそを崇めるこの国の人らしい発想だ、とも思う。

これで、今いるこの状況が、偶然に過ぎぬと断言できる要素が消えてしまった。

「それでは……季晨様も、私も、計画通りに——生まれ、育ち、ここに至ったのですね」

この央環の中心たる政殿に。皇位に就いた朝児と、薬道を修めた朝児として。

二十四年前に皇女が立てた計画どおり、ここにいる。

信じられない。信じたくない。

(私の意思はどこにある？　すべて仕組まれていたとでもいうのか……珠海を目指したのも——いつか大陸に行きたいと思ったのも？)

大陸への憧れは、父が植えつけたものでしかない。

自分のなにもかもが信じられない。——からっぽだ。

これではまるで、傀儡ではないか。

「いえ、やはり……信じられません。生け贄にされかけました」

「だが、そなたは生きている」

「でも——」

「皇女は、目がお悪い」

「それは……はい。薄々感じておりました」

「ほとんど見えておられぬはずだ。人にそう感じさせぬのは、政殿をお出にならぬからだ。俺が知る限り、階を下りたのは、葬祭の輿に乗る時以外にない。都合よく——この点はさすがに都合がよすぎるとは思うが——先王は死んだ。朝児を守るために、必死だったのではないか？　皇女の目でも、紅い髪は見えるのだ。――結果、間にあった。偶然間にあったのか、間にあわせたのかは知らんが」

貴重な、国の未来を背負うべき朝児。

紅い髪の首さえ落とされなければ、皇女の目的は達せられる。

「皇女様は、間にあった――」

邪魔な先王は、都合よく死んだ。間にあう。そして、間にあった。――イサナの首が落ちたのも、ヨミの首が落ちなかったのも、ただの誤差に過ぎない。

「最も重要なのは、未来の王に娶せる――貴人の血を持つ朝児の娘。次に価値を持つのは、辰の文化を支える朝児の技術者だ」

だが、ここで小さく、かつ大きな誤謬が生まれる。

高いところでくるりと丸め、布で包んだ髪。裾をしぼった短袴。背はひょろりと高い。

皇女の目では、アサの性別を判別するのは難しかったはずだ。

女か、男か。女のようにも見える男を、中原の貴人であるがゆえに皇女は間違えた。

――男ではないな？

子をなせぬ宦官と判断した皇女は、次の問いに移った。

――なにができる？

その問いの順番が、今ならよくわかる。

「そういうことでしたか……」

皇女の計画は、地に在りながら星を落とすような規模だ。

だが、奇跡的に多くの疵を負いつつも、実現した。

「そこに葦毛馬がいたから選んだのではない。我らは互いに、掛けあわされ、この場に集められたのだ」

「でも――先に出会ってしまいました」

アサの出発が遅れたのは、父が病に倒れたからだ。

十八歳になったら珠海に行け。それが、自分が死んだら――と変化したのは、父の病が理由だった。一年半の遅れが、今のこの状況を生んでいる。

央環の井戸端で、アサは季晨と出会った。

皇子と宦官として。

そして、約束は交わされた。

「そうだな。だが、幸いだったと思っている。強いられる前に出会えたおかげで、そなたを自由にすると約束できた」

百年後まで国を残すべく練られた、二十四年の大計。

長い年月だ。若者が老い、若者が生んだ子らが、かつての彼らと近い年齢になっている。

己の意思で人生を選べるほどに。

「――私を自由にすれば、皇女様の計は成りません」

「つきあう義理はない。葦毛馬にも心がある」

季晨は、竹簡を火鉢に放った。

「あ――」

アサは火鉢に手を伸ばそうとして――やめた。

火が移り、糸から燃え出す。

「この竹簡さえ燃やせば、証拠は消える。貴女の首枷にはなるまい」

父の言葉が、炎になって消えていく。

埋葬はすでに済ませたはずなのに、今が本当の葬儀のように思えてくる。

アサは、手をあわせ、目を閉じた。

横で、季晨も同じ動きをしていたらしい。アサが目を開けて横を見れば、手を下ろしたのが見えた。

「飲み込むには、時間がかかりそうですが……急がぬことにいたします」

「よい判断だ。この央環を出れば、そこから貴女の人生は貴女だけのものになる」

「……はい」

父が敷いた煉瓦の道は、央環が終着だ。

たしかに、央環を出る日がアサの新しい人生のはじまりだ。

「夜明けだ。――行かねば」

季晨につられて高い窓を見れば、ほの白い明かりが差す。

長い夜であった。昨日と今日とでは、見える景色さえ変わっている。

「お気をつけて」

「そなたも、身辺にはくれぐれも気をつけてくれ」

アサはずっと、孤独だった。

父が世界のすべてで、けれど父とアサとは違っていた。あまりにも、多くが。

だが、今は違う。この世界でただ一人、同胞がいる。もうアサは孤独ではなかった。

「――季晨様」

扉に向かう季晨が、振り返る。

ここで駆け寄るのは簡単だ。駆け寄り、腕を伸ばせばいい。季晨は拒まないだろう。

けれど、そうしてしまえば、アサの首には枷がはめられる。

（あぁ、胸が苦しい）

首枷を拒むことが、これほどの苦しさを伴うと、アサは知らなかった。

知りようもない。

父と子――いや、父との関係は、薬師とその弟子に近かった。アサは、自身が薬師として築く関係以外を知らずに生きてきた。

鼻の奥が痛い。

季晨が、こちらに近づいてくる。

アサが腕を伸ばすよりも先に、強く抱きしめられていた。

「――泣くな」

泣いた覚えはない。こらえたつもりだった。

だが、こうなってしまえば同じだ。もう涙は頬を濡らしている。

「どうか……どうか、戻ってきてくださいませ」

一人にしないで。そんな言葉までこぼれそうになった。

「必ず戻る。必ず戻り――約束を果たす」

アサは季晨の身体に、すがる強さで腕を回す。

季晨を、失いたくない。この世でたった一人の同胞を。

「日毎、夜毎、ご無事を天に祈ります」

大きな手が、アサの髪をそっと撫でる。

アサ、と季晨が名を呼んだ。胸がグッと痛くなった。

もう一度呼ばれれば、また涙がこぼれる。

このまま時が止まればいい。いつか聞いた古い詩の一節が、頭をよぎった。

「必ず戻る」

身体が離れた。指先だけがその背を追ったが、季晨は気づかなかっただろう。

扉は閉まり、アサは祭壇に向かって手をあわせ――だが、すぐに手を下ろしていた。

（華人は、夷を守るまい）

実に無意味だ。アサはくるりと祭壇に背を向け、斎室を出た。――新しい一日は、もうはじまっている。

三日後、北定公が、妻子を伴い央環に到着した。

北環軍の多くは葉将軍が再編成の上、新国境の警備にあたっている。北定公の護衛はごく少数であった。

――その北定公が、聴堂にいる。

いつも皇女の座る席に北定公が座り、その左側にアサと彭宰相が並んでいた。季晨は、北定公を護衛したその足で戦場へ向かっており、不在である。

是非とも、新たな王巫様にご挨拶をさせていただきたい――と北定公が言うため、設けられた場だ。一度は断ったが、北定公は退かず、こちらが折れた。

酒食の膳を前に、アサはため息をこらえている。

（早く終わってほしい）

北定公は、目元の涼しい青年だ。端整な面立ちは皇女によく似ていた。

ただ、先王の葬祭を放り出し、役目も捨てて環にこもった人だ。整った顔に、酷薄な印象も同時に持ってしまう。

「――母上とお会いできぬのは残念だが、病とあれば仕方がない。いや、しかし新しい王巫が現れていようとは……島のどこぞの国に迷い込んだかと思ったぞ」

ははは、と北定公は笑い、杯を干した。

まるで夷の国だ、と言っているのだ。嫌味でしかない。

（幼い頃からこの調子だったならば、季晨様も、さぞ苦労されたに違いない）

　ここで彭宰相が、温和な笑みを浮かべつつ北定公に話しかけた。

「では、そろそろ。――話は尽きませぬが、王巫様は、皇女様のお傍を離れるのが難しゅうございます。ご理解ください」

　北定公は鷹揚にうなずき、内豎が注いだ酒を、またぐっと干した。

「そうだったな。聞いている。――自身の声を、あたかも母上の声であるかのように騙るのが上手いとか」

　アサは心の内の不快感を、表情に出さぬよう努める必要があった。

（案の定だ）

　敬意の欠片もそこにはない。

　アサへの蔑みは、そのまま季晨に向けられたものでもある。

「お言葉ながら、王巫様は正しく皇女様の言を伝えておられます」

　彭宰相が、杯を置いて言った。もう頬に笑みはない。

「どうだか。古来、宦官とは国を内から腐らせる元凶。その力もない者を重く用いれば、国が傾く」

「公。真実のお力の証を示すのは容易です。ですが、証を求める行為そのものが、不敬であることはご理解くださいませ」

　彭宰相は、怒りをまろやかに示している。

緊張感に耐えきれず、アサは酒をちびりと飲んだ。

（しかし、北定公も、なぜここまで強気なのか）

北環とは、同盟関係にある。

西環と密かに通じている——との噂こそあるが、まだ敵対関係にはないはずだ。

北定公の長子・孟清公子は、皇女陣営で唯一の後継者である。

切り札というべき公子は央環にいて、連れてきた兵も少数。本拠地であった北環も廃棄された。いかに朝児が憎くとも、表面上だけでも礼を尽くすのが筋だろう。少なくとも、季晨は北定公への礼を欠いていない。

「巫の言葉に、偽りは許されん」

内豎が、北定公の差し出した杯に酒を注ぐ。

「もちろんでございます、公」

彭宰相は再び杯を持ち、笑みを顔に戻した。

ここでアサは、自分の身に迫った危機を悟らざるを得なくなった。

（もしや——私を偽者と断じて処罰するつもりか？）

北は信ずるに足りぬ、と季晨が繰り返し言っていた。

嫌味程度は想定内だが、これはその範疇を超えている。明らかに——相手を排する意志を含む敵意だ。

「実はな、祇官に泣きつかれたのだ。大辰の王家に生まれた者として放置できん」

パンパン、と北定公が手を叩けば、外扉が開く。黒装束の男たちが運んできたのは、亀の腹甲だった。

さらに、諸臣らがこぞって聴堂に入ってくる。

見たことのある顔もあれば、ない顔もあった。見覚えのないのは、北定公の部下だろう。

(やられた)

アサは顔色を失う。これは、罠だ。

「彭宰相――」

「王巫様、お下がりを。皇女様のお部屋へ」

アサは酒杯を膳に戻し、狼狽を隠して内扉に向かった。

「待て、朝児！　逃げるのか！」

鋭く北定公が叫び、がしゃん、と器の割れる音がした。

癇癪を起こして怯えさせ、支配しようとする。西征公と同じ人種だ。

――相手を愚かと罵ってはならない。人が愚かに見える時、まず己の愚かさを恥じよ。

父の声が頭に蘇る。

(だが、愚かなものは愚かだ)

内乱を早期に解決し、国内の安定を図る。たったそれだけのことが、なぜできないのか。

王族ならば、国を守るべきだ。――季晨のように。あるいは、皇女のように。

アサは、この怒りを恥ずべきだとは思わなかった。

「逃げはいたしません」

　鮮やかな青の袍をふわりとなびかせ、振り返る。北定公は思いがけず間近に迫っていた。瞳の色が、はっきりとわかるだけの距離。北定公の顔に、嫌悪が浮かぶ。

「祇官が、母上にこの卜占の辞をお届けしたいと申している。妨げはすまいな？　貴様が真に母上のお声を聞くのであれば、容易いはずだ。——だが、できまい。できるはずがない。貴様は季晨が擁立した偽の王巫。すでに母上が亡くなり、その死を隠匿している……との噂も聞く。それとも、この場で証を立ててみせるか？」

　罠だ。下手にもがけば、ますます深く肉を抉る。

（隙を見せれば、殺される）

　皇女の目が、字を読み得るのかどうか、アサは知らない。刻まれた文字ならば、指で読むことはできるかもしれないが。

　なんにせよ、迂闊な発言をすれば、すぐに偽者だ、と断じられる。

　悩み、迷った。そこで——

「彭宰相。一つ、お尋ねいたします」

　アサは、外に知恵を求めた。

「は、なんなりと」

「盗賊が、子供しかおらぬ家に鉈を持って押し入りました。そこで子供に返り討ちにされた場合——盗賊に正義ありと訴える者はおりましょうか？」

「おりません。自業自得。あるいは子供と侮った愚かさを嗤われるでしょう」

アサは「ありがとうございます」と礼を言い、集められた諸臣をぐるりと見渡した。

どうして、この多くの目が、諸刃の剣になると想像しなかったのだろう。

どうして、目の前の相手が、黙って殴られると思い込んだのだろう。

(あぁ、そうか。朝児に華人と変わらぬ知恵があるとは、ご存じないのだな)

くっとアサの唇は、三日月の形に持ち上がる。

心は定まった。鉈を持って押し入った男を倒すのだ。全力で棍棒を振り下ろさねばならない。こちらは無力な子供。黙っていれば殺されるだけの弱者なのだから。

ツカツカと腹甲の前に立ち、アサは、

「選ばれた辞は……『偽王を廃し、北定公を皇王とせよ』」

と亀裂の入った方の文字を読み上げた。

その瞬間の北定公の顔を、一生忘れまいと思った。

狼狽え、目をキョロキョロと動かしている。

「お、お前……」

「正しき卜占とは、選ぶべき二つの事象を獣骨に刻み、熱して発する亀裂をもって父祖の声を聞くものでございます。一方が北定公を皇王に選ぶ道ならば、もう片方はなんと書かれておりましょうか？　念のため、選ばれなかった方も読んでおきましょう。同じ内容を並べる重辞は、父祖への冒瀆になりますゆえ」

大きなどよめきが、聴堂に満ちた。

「なぜ――」

ははは、とアサは声を上げて笑った。芝居の悪役さながらに。

「なぜ、とは異なことを仰せになる。巫たる者、鄒字（すうじ）が読めねば務まりませぬ」

「何者だ？　なぜ、鄒字が読める？」

それは、父に皇妃となるべき教育を受けたからだ。

他に理由はない。そのためだけに、アサは育てられた。

「『西征公に降り、北定公を皇王とせよ』。……おや。内容は同じでございますね」

だから、アサはもう一つの辞も、容易に読めた。

この機を彭宰相は逃がさなかった。「衛兵！」とよく通る声を張る。

「重辞ぞ！　環内にひそむ祇官を捕らえ、広場に連行せよ！」

衛兵が走り去れば、聴堂には不思議な静寂が訪れた。

この陰謀が、どこに着地するのか。緊張が、一同を沈黙させている。

北定公は不機嫌に眉を寄せ、彭宰相との距離を詰めた。

「彭宰相、この茶番は貴方の差し金か？」

「いいえ。鄒字など読めませぬ。北定公はいかがでございますか？」

「知らぬ。王家の者でも今や読める者は限られる。流れ者の宦官などに読めてたまるか！」

侮蔑（ぶべつ）が、むきだしになっている。

これから続くであろう罵倒にも、アサは耐えられる。耳を塞いでいればいい。

だが、この侮辱は、アサだけに向けられたものではなかった。季晨に。慈堅に。そして今いる朝児たち、これから生まれる朝児たちに向けられたものだ。

(負けるものか)

アサは拳を、震えるほど強く握りしめる。その途端、

「王巫様、あとはお任せください」

隣にいた彭宰相に肩を叩かれ、拳の力は抜けた。

「宰相、けれど、まだ……」

まだ、罵倒は続いている。これからも続くだろう。ずっと。

もう二度と、慈堅の悲しみを繰り返してはならない。

「王巫様は、ご自身の役目を正しく果たされた。皇女様のお部屋でお待ちください」

丁寧な拱手の礼を、彭宰相は取った。

その所作の美しさを目の前にして、アサは悟った。

(もう、朝児一人の問題ではなくなったのか)

辰という国は、宿痾と向きあい、乗り越えようとしている。

アサは、この場での役割を終えた。

あとは——政の問題だ。

「では——後ほど」

アサも、丁寧に彭宰相に礼を返した。

一度腕を下ろし、北定公にも拱手し、聴堂を去る。

「認めぬぞ！　朝児の皇王も！　朝児の王巫も！　ここは辰だ！　夷の国ではない！」

背に、北定公の叫ぶ声が聞こえた。

声が遠くなる。アサは聴堂から換衣部屋に移っただけなので、北定公が喚きながら外に出たのだろう。自分の意思でなのか、連行されてのことかはわからない。

「失礼いたします」

アサは声をかけ、衣桁の後ろに回った。皇女の枕頭には、青苑がいる。

微かに皇女の腕が動く。アサはすぐにその手を取った。

――愚。

皇女は、指でそう書いた。

一文字であったので、正確な意味はわからない。北定公の企みを指したのか、祇官の暴走を指したのか。

――父の名は？

皇女が、掌に書く。

やはり聴堂での会話は聞こえていたらしい。

皇女の耳がある。それとわかってアサは、鄒字を読んだ。わかっていて、それでもなお、引けなかった。

「……存じません。本当です。父は名を捨てておりました」

──康昌。

もう、皇女は気づいている。アサが何者であるかに。きっとそれが父の字なのだろう。

──愚。

また、そう一文字、皇女は書いた。

なにを愚かと言っているのか、やはりわからなかったが、説明は求めなかった。

(熱が高い)

そっと、皇女の腕を下ろす。

意識を取り戻しはしたものの、まだ冥府の神の手を逃れたとは言えない。

心身に負担の少ない暮らしが望ましいのだが、皇女はこの、聴堂の声が聞こえる部屋から動こうとしなかった。

天を支えんとする執念が、皇女の細い命の火を保たせているのかもしれない。

「お疲れでございましょう。──お休みなさいませ」

アサが声をかければ、皇女は目を閉じた。

コンコン、と壁が叩かれ、休息はすぐに終わってしまう。

「──皇女様」

「彭宰相、私がそちらに参ります。皇女様はお休みに──」

腰を上げかけたところで、皇女が匙を倒した。アサを呼んだのだ。

アサが「お聞きになられますか?」と問えば、人差し指が二度動く。是、の合図である。

「では、私は聴堂にてお待ちしています」

「宰相。やはり皇女様はお聞きになるそうです。——報告をお願いいたします」

彭宰相が簾を上げ、円座に座った気配がある。

「ご報告申し上げます。重辞を刻した祇官二名を捕縛いたしました。北定公の手引きで祖廟を抜け出した、と自白しております。斬首の他ございません。明朝、執行いたします」

人差し指が、とん、とん、と牀を叩く。

「皇女様は、宰相の言をお認めになりました」

感情を押し殺し、アサは彭宰相に皇女の意思を伝える。

「は。北定公は兵舎にてご謹慎いただいております。反乱の恐れのある手勢は環外に出し、耀姫様と孟清公子には、いったん奥殿にお移りいただきました」

手を求められ、アサは皇女の腕を受け止める。

——斬。

そして掌に書かれた文字に、凍りつくほどの恐怖を覚えた。

「皇女様。それは——それは、なりません」

——斬。

皇女は繰り返す。

腕を支えるアサの手の方が、恐ろしさのあまり震えだした。

「王巫様、皇女様はなんと？」

「……私が申し上げるには、憚りが……」

「お知らせください」

――斬。

三度、皇女は書いた。

躊躇った。皇女は、自身の子を殺せ、と言っている。

しかし、ここで伝えなければ、アサは皇女の言葉を伝える資格を失う。

目を閉じ、己の心を懸命に励ましながら、

「斬、と一字」

やっとの思いで伝えた。

「皇女様のお言葉、たしかに承りました。皇王陛下がお戻りになりましたら、協議の上、刑を決定いたします」

――明朝。

――祇官と共に、大逆人として斬るべし。

過酷な言葉が続く。

「皇女様は……明朝、祇官と共に大逆人として斬るべし、と」

生まれたばかりの赤子が、いつか歩き、言葉を話し、走り回り――馬に乗り、剣を振るようになる。そうして、父に代わり母を守るのだ。それが――一体、どこで道を違えてしまったのか。

——蛮婚の子。忌むべし。

続く言葉を、アサは彭宰相に伝えなかった。

夫を愛さなかった妻。子を愛さなかった母。皇女の生々しい憎悪に、身が凍る。

士元に巫になった皇女が聞いた最初の父祖の言葉は、叔父との婚姻を認めるものであった、といつぞや聞いた。

(忌んでおられたのか——そこまで)

どれほどの忍耐を強いられ、どれほどの屈辱を乗り越え、この人は天を支え続けてきたのだろう。

胸の苦しさに耐えかね、アサは皇女の手を牀の上に戻した——が、すぐにまた、皇女はアサの手を求めた。疲れているはずだ。その面には、汗が浮いている。

残る気力を振り絞って、皇女は言葉を伝えようとしていた。

(伝えねば)

強い使命感にかられ、アサは皇女の手を取った。

だが、その指は動かない。

微かに伝わった字は、『環』と『籠』の二字だけだ。

「環に籠る……ですね？　皇女様、どうかご無理をなさらず。——彭宰相、皇女様は……北定公の罪状を、述べようとしておられます。お助けください。わずかな指の動きさえ、渾身のお力が要るお身体でございます」

　悲鳴のような声が出た。

　彭宰相は、すぐ様「では、私が」と続きを引き取った。

「——一つ、環に籠り北定公としての務めを怠った。一つ、父祖の辞を騙り偽言を弄した。一つ、巫の言を軽んじ皇王に背いた。以上でよろしいでしょうか」

　人差し指が、とん、とん、と動く。

「是、と仰せです」

「承知いたしました。この彭路石、皇女様に代わりまして、大逆人の処刑を宣言し、執行を見届けて参ります」

　衣擦れの音で、彭宰相が長く平伏したのち、立ち上がったのがわかる。

　アサは、青苑に「あとをお願いします」と頼み、彭宰相を追った。

「彭宰相」

　聴堂の扉に手をかけていた彭宰相は、察したのか、蛇廊の方向を指さした。

　皇女や他の人々の耳を避けるのに、細い蛇廊は都合がいい。

「いかがされました。王巫様」

「皇女様のご命令、本当に実行なさるのですか？　やはり、季晨様のお帰りを待った方がよいのでは……いえ、僭越とはわかっております。けれど——」

「鉈を持って家に押し入った盗人です。迷う余地はございません」

アサの迷いに対し、きっぱりと彭宰相は言い切った。

「……失礼いたしました。差し出口を」

「北定公の暴挙を読み切れませんでした。季晨様がしかけた情報の攪乱は功を奏しましたが、混乱は暴発を生むもの。王巫様に同席いただいたのは私の失策です。申し訳ない。あの場で鄒字を読んでいただかなければ、どうなっていたことか。しかし、驚きました。……康昌様のご息女でございましたか」

「…………」

彭宰相が父の名を知っていたことよりも、ご息女、という言葉に肝が冷える。なぜ、露見したのか。アサは動揺のあまり、言葉を失う。

「失礼ながら、鎌をかけさせていただいた。やはり、宦官にしては線が細い」

しまった――と思った時には、もう遅い。

アサは、彭宰相に勢いよく頭を下げた。

「どうぞご内密に。なにとぞ、お願い申し上げます」

「季晨様は、ご存じで？」

頭を上げ、アサは「はい」と返事をする。

「ご存じです。その上で仮の王巫を務めるよう頼まれましたが、皇妃の座を強いられはしませんでした」

「……さすがは康昌様のご息女だ。栄誉より自由を求められたのですね」

彭宰相のアサを見つめる目が、ふっと優しく細められる。

「父が、そう言っていたのですか？」

「はい。康昌様は、蘇王の第三皇子。当時ご存命の、唯一の男子でした。皇女様と禎姫様の、腹違いの弟君でございます。望まれれば玉座もたやすく手に入ったでしょう」

父は、皇女と禎姫の、異母弟。どうりで、鄒字など知っていたわけだ。

では、アサと季晨は従姉弟同士の関係ということになる。——同じ劉姓の。

——叔父上。娘を養女とし、袁姓を名乗らせるようお願いいたします。

竹筒にそう書いた父の懸念は、今、無に帰した。

姓と字を捨ててまで、娘に気づかせまいとした配慮も、また。

「そうでしたか……もしや、とは思っていましたが……」

「船上で亡くなったとされていますが、実際は、皇女様と契約をなされていた」

「それも、ご存じだったのですね」

アサがつい数日前知った驚愕の計画は、やはり二十四年前にはじまっていたのだ。

長い年月だ、とアサは思う。父は死に、青年は髪の半ば白い壮年になり、当時は存在していなかったアサが、ここにいる。

「はい。玉座を拒むならば、せめて王巫に、と姉君が諭されたが、自由を求めて旅立っていかれた。いつか、皇妃となり得る娘を珠海に送る、と約束をなさって。——今、康昌様はどうしておいでです？」

「島を巡り、市井（しせい）の薬師として生涯（しょうがい）をまっとういたしました。昨年の春のことです。私は、父の遺言に従い、珠海を目指すところでした」

「感慨深い。ご自身の夢を正しく叶えられたのですね」

微かな笑みを浮かべ、彭宰相は髭（ひげ）を撫でた。

「皇女様と父の契約を知ったのは、この環に来てからです」

「私も皇女の夷化（いか）――言葉が悪いが、今はお許しを――夷化政策に同調し、一人朝児をもうけております。生きていれば十五歳で、珠海で暦学（れきがく）を学んでいた。死んだと聞かされたのは昨年の六月です」

昨年の六月。珠海で起きた殺戮（さつりく）の話だ。

（そうか……父や皇女様だけでなく、多くの貴族も朝児を密かに増やしていたのか）

惨殺（ざんさつ）された朝児の中には、皇女の計画に賛同した者の子供たちもいたのだろう。生きていれば、央環での対面も叶ったかもしれない。

「……お悔やみを申し上げます」

「倶（とも）に天を戴（いだ）かず。我が子を永遠に奪った賊を、許しはしません。――暴発というものは、一時的な勢いこそありますが、長くは続きません。要は自棄になって自ら罠に飛び込むようなもの。北定公の末路を見れば明らかです」

「勝てますか？　この戦」

「勝機は大いにございます。ご安心を。康昌様のご息女と、この国難に立ち向かえること、光栄に思います」

彭宰相は、拱手の礼を取り去っていった。

少し背を丸めて数歩進んだのち、しゃっきりと背筋が伸びる。そうして大股に歩き、聴堂に消えていった。

（私は――父の自由の代償か）

ははっと笑いがこぼれた。

夢を叶えるために、父は子を質に出した。

父は夢を叶え、自身が最高と信じる治療を受け、死んでいった。いい人生だ。

（これ以上、つきあう義理はない）

アサはスッと背筋を伸ばした。

大股に廊下を歩き、換衣部屋に戻る。

皇女は、アサが戻るのを待っていたようだ。弱々しく、また手を求める。

愛らしい赤子が謀反人になり、自由を得た異母弟は死に、都合よく現れた姪は男の姿をしていた。そして、今、目の前にいるというのに――真実を皇女は知らない。

「お待たせいたしました。なにか、ございましたか？」

アサは優しく、皇女に声をかけた。

――姉妹は？

皇女は、アサの掌にそう書いた。

異母弟の血を継ぐ娘はいないのか？　と聞いたのだ。

（誰もかれも、同じことを聞いてくる）

これまで何度、この問いをされてきただろう。

男装をして正解だった、とその度に思ってきた。いつも、どんな時も。

――今も。

そして、返す答えはいつも同じだ。

「皇女様、私に姉妹はおりません。父の子は私一人でございます」

アサは、微かな笑みを浮かべ、そのように答えた。


その日の浅い眠りを破ったのは、ゴン、ゴン、という重い音と、カンカンと忙しない音であった。――この音を知っている。

（敵襲だ）

アサは、のろりと身体を起こした。

皇女が倒れて以来、アサは換衣部屋の衝立の陰で寝起きしている。

どんな時でも、皇女は毛一筋乱れぬ姿を保っていた。アサも倣わねばならない。身支度を整え、青い袍に襷掛けを素早くしてから、薬箱を背負う。

（戦場は、西の方だとばかり思っていた。――戦況が変わったのか？　彭宰相の言っていた、情報の攪乱が生んだ暴発なのかもしれない）

だとすれば、ここが踏ん張りどころだ。一時の勢いさえ凌げば、勝利は近い。

廊下に出ると、蛇廊から内竪たちが走ってきた。

「アサ様！　お部屋にお戻りを！」

「いえ、私は外におります。足りぬのは、内竪よりも薬師です」

先頭にいた桜花がぽかんと口を開けた。それから、ひどく慌て出す。

「なにをおっしゃるのです。王巫様は、他におりませぬのに！」

「兵舎にいます。なにかあれば、呼んでください。――皇女様を、お願いします」

アサは青い袍を翻し、聴堂を横切り、階を下りる。

階を下りていくうちに、下で膝をついて待つ四人の黒装束が見えた。

――周薬匠の門人たちだ。先頭にいるのは芭門人である。

「アサ老師。お許しを乞うために参りました。趙薬匠は戦が終わり次第、薬匠の栄誉を辞退するそうです。後任は私に決まりました」

「趙薬匠は、いずれに？」

「兵舎で作業をしております。――アサ老師にあわす顔がないと、深く恥じておりました。私も、慈堅の件、薄々気づいていながら看過した己を恥じております。このまま環を去るべきかとも思いましたが、私は薬道の徒。恥を認め、罪は生涯かけて償います」

ここで、許す、と口にするのは簡単だ。いつもそうしてきた。愛想よく、笑顔で。

その習慣が齎したものは、慈堅の悲劇であった。

もう、繰り返しはしない。

「許しを乞う必要はありません。私は生涯、決して許さぬからです。貴方がたが発した侮りの一つ一つを、夜毎思い出し、呪うでしょう」

芭門人は、アサの言葉に呆然とし、すぐ様再び頭を下げた。

「アサ老師！　申し訳ございません！」

「しかし——十年後のこの国で、髪の色が、その生涯の障りにならぬようにするために、今一時だけ、力をあわせることはできましょう。——私が、この環で尖刀を取るのは今日が最後です。泰鄒山の薬道を絶やさぬよう、処置を見ていてください」

門人たちは、はい、とそろって返事をすると、兵舎に向かって走り出す。

ちょうど兵舎から、士元が出てきた。

「おう、王巫様か」

後ろに十名程度の兵がいる。弓を持っているので、これから楼に向かうのだろうか。

この環に来てから、一年余。よく今日まで生き延びたものだ。

今度こそ、明日にはどちらかが塚に入っているかもしれない。はじめて会った時、彼は花の名を聞いた。今はその気持ちが少しだけわかる。

「桜です。——私が好きな花は。士元さんのお好きな花は？」

「花？　——花の名前なんぞ知らねぇよ。そこらへんの花でも、適当に供えてくれ」

「胸に収めておきます。——ご武運を」

「死ぬなよ！　王巫様は、この国の希望だ！」

士元に手を振って見送ったあと、兵舎に入る。すぐに大きなざわめきが起きた。鮮やかな紅い髪に、青い袍。さぞ目立つことだろう。

「王巫様！　来ていただけるとは！」

姜医官が走り寄ってきた。彼も平時はアサの部屋で資料を読んできた仲間である。

「切開と縫合だけしかお手伝いできませんが、許してください」

「ありがたい。兵士は皆、戦傷は王巫様に処置していただけると信じて、心を奮い立たせています」

薬箱を下ろし、革の包みを出す。

今使っている器具は、東環の鍛冶官に作ってもらった新品だ。

まず、最初の一人。

若い兵士の腕に、すっぱりとついた創である。

「――つまり、西征公と北定公の接触は本当で、西征公と禎姫様の不仲説は罠で、北定公は踊らされた……わけですね？」

戦況のまったくわからずにいるアサに、若い兵士はいろいろと教えてくれた。

北定公の処刑は、襲撃の余波で延期されているそうだ。

「恐らく……イテテ、王巫様、痛いです」

「こらえてください。処置をしないと命を脅かします」

「西征公は、ご自身の甥を騙したんですよ。『南守公・伯天は我が息子ながら、王の器にあらず。共に偽王を討ちましょうぞ』とね。これは見張りをしていた兵から聞いた話ですから本当です。だから北定公は、この襲撃が自分を救出するためのものと思い込んでるそうですよ。お気の毒にも」

針を小さく動かし、丁寧に縫合していく。

――北定公は、季晨との同盟関係を、あの重辞の茶番で覆した。

(座して待てば、我が子に玉座が巡ってきたのに)

この若い兵士の言う通りだとすれば、北定公は西征公の後押しがあると信じて、あれほど大胆な作戦に出たことになる。

西征公は、禎姫との不仲の噂を自ら撒き、今すぐ皇王になれ、と北定公をそそのかした。

そして、北定公は誘いに乗った。

(なぜ、待てなかったのか)

彼は、その欲ゆえにその身を滅ぼしたのだ。

「でも、西征公が本当に甥を助けに来た可能性も否定できないのではありませんか?」

「そうだとしたら、火矢など打ち込みませんよ。ご息女の耀姫様や、孫の孟清公子もいるとわかった上で、西征公は百の火矢を放っています。数少ない身内でしょうに。人の欲とは恐ろしいですね、まったく。イテテ……痛いです」

縫合を終え、絹糸をぷつりと切る。

「終わりです。お疲れ様でした」

すぐに、控えていた芭門人が軟膏を塗り、包帯を巻く。

「ありがとうございます、王巫様。これで矢運びくらいはできそうだ」

何度も頭を下げて、若い兵士は戻っていった。

次は腰に矢の刺さった島人の丁兵だ。白仙湯を飲んでいる。

「負けたくない。王巫様、負けたら、また奴兵に逆戻りだ。せっかく所帯を持って――女房の腹に子が――」

「大丈夫ですよ。寧将軍がいらっしゃいますし、皇王陛下もすぐ戻られます」

「……そうか。――王巫様がそうおっしゃるなら安心――だ――」

白仙湯が効いたようだ。茶色の髪の丁兵は静かになった。

（こんな戦の最中に、勝つ、以外の言葉など言えるはずがない）

負けるとわかっていながら、矢の飛び交う戦場に向かう。そこまでの勇気を誰に強いられるだろう。

（結果として、生き残った者の言が正しい、となるのも道理だ）

西征公が央環を奪えば、真っ先に皇女を殺すだろう。次は季晨か。その次あたりにアサの首は飛ぶ。

――正しいのは、どちらか。

間もなく、答えは出る。

桶を抱えた医官が、広間の出入り口で叫んだ。

「西の第二軍が投降しました！　西環軍の主力です！」

小さな歓声が上がる。

勝った、勝利は目前、勝ったも同然だ、と兵士たちが口々に喜びを口にした。

（きっと――季晨様が勝つ。きっと）

北部四国の連携の脅威も、国境の南退という大胆な策でいったん消えた。北定公の身柄も押さえている。北環軍も吸収できた。西環軍に数で勝り、ここで主力の第二軍が投降したとなれば、いっそう有利になったはずだ。

勝てる。

その予感は、兵舎の空気を明るくした。

「王巫様。今年は、畑を増やしたいんです。戦になったから、予定の半分も進んでない。蘿蔔（すずしろ）を植えます。秋に間にあうか――気が早すぎますでしょうか」

切れた耳の縫合中に、若い島人の丁兵が言った。

「間にあいますよ、きっと」

運ばれてきた辰兵が、矢傷を押さえながら「うちは田を増やす」と言っていた。こちらは華人だが、島人の言葉が理解できたらしい。

彼らの目にも、未来が見えている。

そして、鏃（やじり）の摘出に入った時だ。

「――皇王陛下が、討たれた！」

遠くの声が、やけにはっきりと聞こえた。

（動揺するな。今は処置に集中せねば）

鑷子をゆっくりと上げる。からり、と用意された皿に鏃を置いた。すぐに縫合だ。

丁寧に、一針、一針。

処置を終えた瞬間、強い疲れを覚える。

顔を上げれば、誰もの顔に絶望の色が見えた。

傷の程度が軽い者は、これから再び楼に向かう。

（こんな絶望の中、戦わねばならないのか）

アサ自身の絶望と、兵士たちの背負う絶望。どちらもが肩に重くのしかかる。

その時、とん、とアサの肩を叩いたのは、睡蓮だった。

「アサ様、青苑様がお呼びです。――至急、と」

睡蓮の深刻な表情から、皇女の容態に変化があったものと予想できた。

なんと間の悪いことか。

皇女は、天を支える唯一の人なのに。

もう、あとがない。今やアサは崖に追いつめられ、狼の群れは間近に迫っている。

（今、皇女様が亡くなれば、勝つのは西だ）

アサは、王巫どころか巫でもなんでもない、ただの薬師だ。

父は王族の暮らしを捨て、代わりにアサを差し出した。贄になどなるものか——と思っている。だが、戦いに向かう彼らに報いたい、とも強く思っていた。

今、彼らを鼓舞できるのは、自分だけだ。

「惑わされてはなりません！」

衝動に、アサは逆らえなかった。

楼で弓を取る者には、希望が要る。

環の外で剣を振るう者は、未来が要る。

（このまま季晨様が戻らなければ、私も死ぬだけだ）

アサは広間で声を張り上げた。

「皇王陛下は、お戻りになります！　討ち死にの報は、西の策略。我らの士気を下げるのが目的です。惑わされず、陛下がお戻りになるまで央環を共に守りましょう！」

兵士たちの暗かった表情が、見る間に明るく変わっていく。

アサは兵士を騙し、自分の心をも騙した。口にした言葉が、あたかも実際に起きるような気さえしてくる。

「新しき時代は、もう来ています！」

歓声を背に聞きながら、アサは薬箱を背負って外に出た。

薄明の広場を、内豎の歩調にあわせて歩いていく。

（季晨様は、絶対にお戻りになる）

次第に、アサ自身も自分の言葉に騙されていた。

季晨がいなければ、アサに未来はない。負ければ殺され、勝ったとしても王族だと露見している以上、自由が奪われる可能性は高いだろう。

考えたくない。季晨が帰ってきて、道は開ける――騙されていた方が楽だ。

「アサ様、こちらに。裏屋にご足労願いたい、と青苑様が」

まっすぐ階を上ろうとしたアサを、睡蓮が止めた。

「裏屋？　どうしてまた、そんなところに」

「わかりません。……奥殿でなにかあったのか、少しバタバタしていました」

「――あぁ、そうでしたか。てっきり、皇女様のお加減で呼ばれたのかと」

最悪の事態まで想像していたので、アサはわずかに胸を撫で下ろした。

淡く白い曇り空を見上げる。天はまだ、そこにあった。

「でも、少しお熱が高いようです。青苑様のご用が終わったら、換衣部屋にいらしてくださいませ。皇女様は、アサ様がいらっしゃると、少しだけ嬉しそうになさいます」

アサは少し笑んで「そうします」と困り顔の睡蓮に答えた。

我が子も愛さなかった皇女が、甥なり姪なりに特別な感情を持つとは思えない。多少の反応があるとすれば、紅い髪がよく見える、というだけではないだろうか。

（それにしても、なぜ青苑さんは裏屋に呼び出したのだ？　――水汲みでも頼む気か？）

裏屋に入る。外は明るくなってきたが、灯りのついていない内部はまだ暗く、目が慣れるまでに少し時間が要った。

棚を背に立つ、青苑の姿が見えてくる。

「なにかご用でしたか？」

青苑からの言葉を待たずに尋ねたのは、急いでいたからだ。早く皇女の様子を確認し、兵舎へ戻りたい。

「辰の巫は、三百年、途絶えたことがございません」

発せられた緊急性のない話題に、アサは眉をきつく寄せていた。

「青苑さん——今は……あッ！」

突然、後ろから腕が伸びてきて、両腕をつかまれる。

薬箱の両側から——二人がかりだ。

（まずい）

必死に抵抗したが、押さえこまれてしまった。

青苑が、近づいてくる。

「巫とは、自然になれるものではございません。この星辰（せいしん）の力を宿した秘薬を飲んだ者のみが、巫の資格を得るのです。まず一杯。三日もすれば目覚めます。次にもう一度。三度繰り返せば、正しい巫の姿になれるでしょう。大辰の巫を絶やしてはなりません」

青苑の手には、玉杯がある。その秘薬とやらが入っているらしい。

（まさか……無理やり飲ませる気か⁉）

アサの身体から、音を立てて血の気が引いた。

「ま、待ってください！　私は仮の巫です！　戦が終われば、すぐに去ります！」

「秘薬を三度飲み、正しく巫になれたのは皇女様だけ。禎姫様は一度で逃げ、耀姫様も拒まれた。――選ばせるから、絶えるのです。選ばせなければいい。――屈辱の船旅で、鼻歌を歌うような呑気な父親のようになっては困る」

青苑は、アサの父親を知っていた。

（彭宰相との話を、聞いていたのか……！）

アサは、なおも身をよじって逃れようとする。

「三日も昏睡に至る薬など……ど、毒ではありませんか！　私は飲みません！」

「毒ではありません。星辰の力を宿した秘薬です。目は衰えるが、光はわかります。二刻目覚め、十刻眠る。また二刻目覚め、十刻眠る。眠る時間は増えるが、子も孕める。なんの問題があるのです。星辰の如くに老いを知らぬ、稀なる身体が手に入るのですよ？」

青苑の左手には、杯。右手には――漏斗がある。

「……いや……いやです。私は巫にはなりませぬ！」

老いぬ身体など要らない。

目を失っては、薬師ではいられなくなる。

「康昌様は、担うはずだった役目から逃げたのです！　そのせいで聡明なる皇女様は、目と時を失われた！　望まぬ蛮婚まで強いられた皇女様の悲しみが、貴女にわかるものですか！　愚かな父の罪を、娘が償うのは当然です！」

後ろから手が伸びてきて、ぐっと鼻を押さえられた。

空気を求めて開いた口に、漏斗がねじこまれる。——青苑は、見ていたのだ。アサが、皇女の毒を吐かせるために水を飲ませたところを。手順が同じだ。

（嫌だ！）

死にものぐるいで、足を振り上げ、思い切り後ろに蹴った。「ウッ」と声が上がる。緩んだ拘束を逃れ、漏斗を投げ捨てた。

「捕まえてちょうだい！」

青苑が叫ぶ。アサは壁際の棚に駆け寄って白い甕を持ち——振り向きざまに、振り切った。がしゃん、と派手な音に続き、黒装束の女がばたりと倒れる。青苑はそれに巻き込まれ、ぺたりと尻餅をついた。

倒れているのは、女だ。白髪の——侍女だった。

「アサ——！」

声が遠くでして、もう一人の侍女の胸から、なにかが生えていた。剣の切っ先だ。

（……ッ！）

ばたり、と侍女が倒れ、がふっと口から血を吐き出した。

「ヨミ！」

侍女の陰になっていた少年の姿が見えた。ヨミはすぐ様、足元に倒れている侍女の首に、なんの躊躇いもなく剣を下ろした。「ひッ」とアサは悲鳴をあげる。

死んだ侍女たちの顔に、見覚えがあった。――奥殿づきの侍女たちだ。

「アサ！　気をつけろとあれほど言ったのに！　どうして一人で行動しているのです！」

ヨミは、険しい表情でアサを窘めた。

辺りを見渡したが、睡蓮の姿はどこにもない。

「い、いいえ、内竪が一緒で――その時は一緒だったのです！」

「この女が、元凶ですね？」

「巫になれと、その薬を無理やり飲まされそうになりました。飲めば目が見えなくなり、一日のほとんどを寝て過ごさねばならぬとか」

「――馬賊の蛮習だ」

最後の一言を、ヨミは華語で言った。

青苑の眉が吊り上がり「夷めが……！」と罵る。

ヨミの剣は、速かった。

アサが止める間もなく、剣は青苑の足を斬っていた。――その腱を。二つとも。

「あぁッ！」

青苑の悲鳴が響く。

「ヨミ……！　殺さないで！」

「人の目を奪おうとしておいて、己の足は惜しいらしい。――目も潰しますか？」

「いいえ、もう……よいのです」

蛇廊の方から、足音が聞こえる。逃げた睡蓮が、衛兵を呼んだのだろうか。

「──行きましょう、アサ」

ヨミは、アサの手を取って走り出した。

青苑の悲鳴が遠くなっていく。

「どこへ？」

「逃げましょう。季晨様に、環から東に出る道を教えていただきました」

「え……待って、逃げるって……」

「抜け道を出れば、間道がある。珠海に至るそうです」

突然のことで、理解が追いつかない。

それでは、すべてを捨てねばならなくなる。──皇女の治療も、負傷兵の処置も。

──万に一つ、あるかもしれない季晨との再会も。

「待って──待ってください、ヨミ」

アサの足は止まっていた。ヨミは強く手を引く。

「季晨様に聞きました。貴女が、私を異父弟だと思っていると。──違います。私たちが母と呼んでいたナツメは、兄の──イサナの乳母で、父の第三王妃です。イサナと私の母親は早くに死に、代わりに我らを育ててくれたのがナツメでした。私と貴女に血縁はありません。だから……決して貴女を縛りはしない」

季晨が、ヨミにそんな話をしていたとは知らなかった。

「……ヨミ、でも、私は……」

異父弟ではないとわかっても、なにも変わりはしない。大事な旅の道づれだ。死んだナツメとイサナに代わって、守らねば、とずっと思ってきた。

だが、アサの足は動かなかった。

「実母の顔も知りません。血縁はなくとも、ナツメは我らの母親でした。娘の貴女は姉も同然。——命を救われた恩に報いたい。これからも共にありたい。でも——決して縛りません。ここを出て、二度と会えなくても構わない。——生きてください。貴女を守らせてほしい。ここは牢獄だ。逃げましょう、私と一緒に」

手を引くヨミと、動かないアサ。距離が、力をこめた分だけ近づいた。

「先ほど、季晨様が亡くなったとの報がありました。皇女様のお加減も決してよくはない。今、私が去るわけにはいきません」

「ここは貴女の国じゃない！　絆されているだけだ。一緒にこの環を出ると、誓いあったではありませんか！」

たしかにここはアサの国ではなかった。

留まれば、父の思う壺だ。——けれど、できない。

戦う兵士たちに、希望があっていいはずだ。

命を賭して戦う彼らに。敵の矢に怯えながら味方の矢を運ぶ彼女たちに。

「約束を……守れなくてごめんなさい」

ヨミの手の力が、ふっとゆるむ。

アサは薬箱を下ろし、一番下の棚から、布にくるんだ翡翠の腕輪を差し出した。

「これは――母が……ナツメが貴女に遺したものだ」

「でも、これからは、こうしたものが要るでしょう？　人を買収するにも、姫君を篭絡するにも、命ごいをするにも、きっと役立ちます」

ヨミは「人聞きの悪い」と言って、少し笑った。

「……姉からの贈り物だ。ありがたくいただきます。――結局、最後まで貴女には守られてばかりでした」

「いえ、十分に。ヨミの勇敢さには救われました。クマデに向かうのですか？」

「クマデにいた縁者が、今は呉伊国にいるようです。先日、季晨様に教えていただきました。彼らを頼ります。季晨様の策で、まとまりかけた北部四国も、再び険悪になっている。隙はあるでしょう。私はセツリの息子として、成すべきことを成します」

別れの時が来た。――きっと、もう二度と会うことはない。

突然、ぎゅっと抱きしめられた。アサは、腕をその背に優しく回した。

「……祈っています。弟の無事を、命の尽きる日まで――ずっと」

「私もです。アサ――どうか、ご無事で。この一年、貴女だけが私の希望でした。見ていてください。これから先の未来において、私が成す事柄はすべて貴女の功だ」

背がしなるほど強く、ヨミはアサの身体を抱きしめた。

離れがたく、別れがたい。最後の肉親――今はそれ以上の存在になった。半身を引き裂かれるような気さえする。

だが、たとえ一筋枝がからみあおうとも、ヨミとアサは別の木なのだ。それぞれに、違う天を目指して枝を伸ばすしかない。

「さようなら、ヨミ。ありがとう。――武運を祈ります」

にこり、とヨミは笑んだ。

なにかを言おうとして、けれどすぐ踵を返した。

そしてそれきり、振り向くこともなく建物の陰に消えていった。

(――私は、死ぬのだろうか)

ヨミが消えると、突然、自分に残された道の細さに気づかされる。

だが、不思議なもので死は怖くなかった。

多くの死を見過ぎたせいか、次に自分の番が来てもおかしくないように思える。

(ひとまず、皇女様のお加減を確かめねば)

まず政殿に。次は兵舎だ。

(いや、内竪はともかく、侍女は信用できない。政殿は避けるべきか)

悩んでいると、階の前にいた衛兵が「あ、王巫様!」と大きな声を出した。

「お探ししておりました！　ご無事ですね？」

「アサ様を襲った侍女は、三名とも死亡いたしました。ご安心を。——こちらへ！　寧将軍が禎姫様を捕らえました。北定公と共に首を刎ね、西の戦意を削ぎたい、とのことです」

環の人々が、広場に集まってきている。

侍女のうち、ヨミが殺したのは二人だ。青苑はなぜ死んだのだろう。頭が混乱しているところに、わぁっと歓声が上がり、アサの意識はそちらに攫われた。

——禎姫を、捕らえたのだ。

アサがこの時思ったのは、

(間にあう)

という一事であった。

今、禎妃が死ねば、皇女の言の正しさが明らかになる。

その高揚は、ちょうど縫合がうまくいったとか、気候と茶の配合が絶妙だったとか、そうした種類の興奮に近い。もっと言えば、湖で水切りをして、ポンポンポン、と石が何段も飛んだ時の、飛び跳ねたくなるような、興奮。

うまくいった。よかった。間にあった。

薬箱を兵士に預け、襷を外し、袍の袖を整える。青い袍には血がついているが、着替える時間はなさそうだ。乱れた髪は、歩きながら整えた。

「王巫様がお通りになるぞ！」

衛兵が声を上げれば、高揚は緊張に変わる。この役目は、皇女が担ってきたものだ。父祖の声を聞き、正しき道を示す者。俄か王巫の自分に、その役割が果たせるのだろうか、と不安がよぎる。

そして——広場に引き据えられた、二人の罪人を目にした途端、心の臓は凍えた。

急襲のせいで処刑の延びていた北定公と、青い袍を着た禎姫。

高揚など、もうどこにもない。

ただ、恐怖だけが全身をすくませた。

(殺す？　これから——この人たちを？　まだ生きているのに？)

アサの頭は、ひどく混乱した。

(殺すの？)

どれだけうまく縫合ができても、悪い風が入れば人は死ぬ。発熱、血虚。回復まではいくつもの山を越えねばならない。

人を救うために、幼い頃から薬師として訓練を重ねてきた自分が——人を殺す。

(できない。……嫌だ)

必要なのは、理解できる。

ここで彼らを殺さねば、また多くの血が流れ、民は疲弊するだろう。

彼らを生かすのは、愚かな——それこそ子供にもわかるほど、明らかに愚かな選択だ。

「裏切ったな！　俺を皇王にすると公は誓ったはずだ！」

「捨て駒がほざくな！　駒の役目さえまっとうできぬとは！」

北定公と禎姫の、罵りあう声がする。

跪く二人の前に、彭宰相と、寧将軍が立っている。二人がアサに気づき、間を空けた。

あの場所が――罪人の正面が、王巫の場所のようだ。

なんとか心に鞭を打ち、その場までたどり着く。

「……現れたな、朝児め――ッ」

アサへの罵りがはじまった途端、北定公の口に猿轡がはめられた。

止めたい。止めねば。止めてはならない。

叫びだしたいのを堪えるために、アサはグッと唇を噛んだ。

「北定公・劉維伸。――一つ、環に籠り北定公としての務めを怠った。一つ、神事を騙り偽言を弄した。一つ、巫の言を軽んじ王に背いた。一つとして、死を免れるべきものはなし。よって、辰国宰相・彭路石が処刑を宣告する。――斬れ」

ごくあっさりと、その瞬間は訪れた。

剣がひらめき――首がごろりと落ちる。

動揺すまい、と思っていたが、震えが止まらない。

禎姫は、北定公を一顧だにしなかった。

ただ、まっすぐにアサを見ている。

秘薬を禎姫も飲んでいるならば、皇女ほどではないにせよ、物は見えにくいのかもしれない。それでも、アサを見ている。――きっと、紅い髪は彼女の目にもよく見えるのだ。

「……あの時、口に毒をねじ込んでおくのだった。よもや、貴様のような夷が巫を詐称しようとは！」

身の毛もよだつ呪いの言葉を、禎姫は吐いた。

だが、その呪いが、かえってアサの震えを止める。

禎姫の髪は乱れ、青い袍は泥に汚れ、袖が裂けていた。

（なにが、姉妹をこれほどまでに隔ててしまったのだろう）

国のために改革を行った姉は、妹の毒で言葉を失った。

無謀な内乱を招いた妹は、戦に敗れて処刑される。

夫や子供たちと会話さえしなかった皇女だ。嫁いでいった妹と、多くの会話をしたとも思えない。

（――伝えねば）

アサは、禎姫の前に片膝をつき、汚れた頬を布で拭う。

「――禎姫様のお耳に、皇女様のお声は聞こえますでしょうか？」

「お前の耳には聞こえるとでも言うのか？　偽の王巫の分際で」

禎姫は、せせら笑った。

巫のなんたるかを知る禎姫には、頬の汚れを拭った時点で、アサがまだ巫ではないとわかるのだろう。たしかに、彼女の評は正しい。アサは偽者の巫だ。

なにもアサは、ここで禎姫と会話をする理由はない。お飾りの王巫の役割は、彼女の死を宣告すれば終わる。

驕りと言えば、驕りであったろう。

アサは、他の誰にもわからない皇女の言葉を聞くことができた。

意識を取り戻して数日。皇女は、アサの掌に多くの文字を書いた。日頃の寡黙さが嘘のように。

病に倒れた父は過去を語ったが、皇女が語ったのは未来だった。

動機は、贖罪の一種であったように思う。

(皇女の声を、届けたい)

――私は、劉康昌の娘です。

その一言で、二十四年の計は成ったのだ。あとはただ、皇女が一言「皇妃になれ」と命じればいい。

我が身の自由と、伯母の悲願。アサは前者を選んでしまった。

皇女のいる政殿の方をちらりと見てから、アサは禎姫に――伯母に話しかけた。

「はい、聞こえます。――十年、二十年先には、軍の将軍や、廟議に出る文官や学者の髪色は、黒であったり、紅であったり、檜皮色であったり――それが、髭が長いとか、背が高いとか、その程度の差でしかなくなるのです。だからといって、誇りある辰の血が途絶えるわけではありません。辰の優れた知恵と技術は、たしかに民に受け継がれ、国を豊かにするでしょう。次の二十年後には、老いた者より子供の数が多くなる。そして百年後には、港と船を得るでしょう。誇り高き辰の民は、海を渡り中原に復するのです」

皇女の指から紡がれる新しい世界を、アサは美しいと思った。

自身の結婚を蛮婚と呼び、夫との子を忌んだ。アサにはわかる。皇女がもし竹簡を残していたとすれば、季晨を朝児、季晨の父親を夷奴、とだけ記しただろう。アサの父が、母を夷女とだけ書いたように。

夫を愛さず、子を愛さず、国だけを愛した人の語る未来は、美しかった。

人々は、皇女の言葉をどう受け取るだろうか。

叶うならば、美しいと思ってほしい、とアサは祈っている。

「あの毒で姉は死んだはずだ！　ならば我が言こそが正しい！　皇王は南守公だ！　たとえ海の藻屑と消えようとも、必ずや中原に復す！　今すぐにだ！」

禎姫は、なおも叫んだ。

あえて皇女の生死については触れず、アサはもといた場所に戻った。

皇女と禎姫。姉妹の目指すところが、人々の耳にもこれで届いたはずだ。

「お見事です」

彭宰相が、アサにだけ聞こえる声で囁く。

うなずきだけ返し、アサは目を閉じた。

（次は、私の番か）

偽言の責任は、巫が取らねばならない。

季晨は帰る。必ず帰る――そう口にしているのだから。

(結局、ふりだしに戻ったわけだ)

この広場で首を斬られかけ、紆余曲折を経て、やはり首を斬られる。

一年がかりの、長い遠回りであった。

ゆっくりと目を開ける。――ざわめきが、遠い。

芝居を見ているような気分だ。

(――少しは、世の役に立っただろう。――悪くはない人生だった)

ヨミを見送ることもできた。悪くはないどころか、御の字ではないか。

さらりと風が、アサの髪を一筋乱した。

最後まで、王巫らしく振る舞わねば。乱れた髪を指で整える。

その時、風に乗って、一つ、言葉が聞こえてきた。

――皇王陛下だ。

――皇王陛下だ。季晨様がお帰りだ。

わぁっと歓声が上がり、人々の目は禎姫から大門の方へと移った。

(季晨様が……?)

辰の兵士たちが。かつて奴兵と呼ばれた丁兵たちが。紅い髪の工官が。女たちが。歓喜の声を上げている。

黒い騎馬兵――玄鵠軍が見えた。

先頭の騎兵の槍に、人の頭が掲げられている。

あれは、西征公だ。――恐らくその横のもう一つは、南守公に違いない。

彼らが無残に殺した朝児たちと同じように、彼らの首は晒されていた。

「――……」

笑う声が、聞こえた。

禎姫が――笑っている。

夫と息子の首を――恐らくは、人々が指をさし、発した言葉から察して――見て、笑っている。

南守公が死んだ時点で、禎姫の言は偽言となった。敗北と死が決まったというのに、禎姫は笑っていた。

歓声の中で、気づいたのはアサだけだった。彼女の最も近くにいたからだ。

アサは再び、禎姫に近づく。

聞こえたのは「ざまを見ろ」という、貴人とは思えぬ罵りだった。

「あの男はな、我らが秘薬を飲み、眠っている間に我らを汚した。叔父二人がそろって、それぞれ姉と私を我が物にしたのだ。――忌まわしい……姉は、事もあろうか、婚姻を父祖の声と偽った。内乱を避けるためにな。中原に復した暁には、あの獣を私が殺すつもりであったものを。この手で八つ裂きにできなかったのが残念でならぬ」

禎姫の目は、首とは少し違う場所を見ていた。

言い終えて満足したのか、禎姫は、ふぅ、とため息をついた。そうして、

「私が男であったならば――今頃……」

と微かな声で言った。

間もなく死を迎えようとしている人の、儚い言葉だ。

儚く、そして虚しい。だが、アサには胸を布で潰さねば得られなかったものが多くある。

だから、彼女の無念の欠片は、理解できるように思えた。

それきり、禎姫は黙る。猿轡を嚙まされたのはその直後であった。

「皇王陛下万歳！」

「皇王陛下万歳！」

唱和が、環を包む。

真っ黒な騎馬兵の中に、紅い髪が見えた。

（あぁ……戻っていらした！）

皇女の大計は、不完全ながらも成った。

民に愛され、国を導く皇王が、ここにいる。その知と勇が、国を救ったのだ。

髪の色がなんだというのか。祇官は、愚かだ。これほど国の導き手に相応しい人などいないというのに。

（――あ……）

ここでアサは、浸っていた感動から脱した。

別種の高揚が、波のように迫ってくる。

「彭宰相、少し外します」

「王巫様？　どちらへ――」

「――私は、この瞬間のために招かれたのだと思います」

お待ちを、と止める彭宰相の声を背で聞いて、アサは走り出していた。

アサという傀儡の果たすべき役割が、もう一つだけある。

階を駆け上がり、聴堂を突っ切る。

換衣部屋では――内竪たちが、静かに泣いていた。

その様を見れば、どんな悲劇が彼女たちを襲ったのか、容易に想像がつく。

（……亡くなられたのか）

内竪たちの間を縫うように、アサは衣桁に近づいていく。

そこに、皇女がいる。

美しい人は――出番の終わった傀儡のように見えた。

「アサ様！　ご無事で!?　衛兵が血眼（ちまなこ）で探していたのですよ！」

長い睫毛（まつげ）を涙で濡らした睡蓮が、駆け寄ってくる。

「無事です。……貴女も無事でよかった」

「青苑様は、亡くなられていました。足を怪我したまま蛇廊に向かおうとしたのか、石段の途中で——玉杯を抱えていたそうです。どうして、あんなことをなさったのか……」

裏屋から蛇廊に向かったならば、目指していたのは、聴堂か、奥殿か。アサが拒んだ薬を、次は奥殿にいる耀姫に飲ませようとしたのかもしれない。

恐るべき執念だ。青苑にとっては、それが正しい道だったのだろう。

西征公にも、青苑にも、禎姫にも、北定公にも。それぞれに正しさがあった。人は、正しいと信ずればこそ、他人の背を強く踏みつけるものだ。

「そうでしたか。——皇女様はどのように？　苦しまれはしませんでしたか？」

「皇王陛下が亡くなったと耳にした途端……ほんの幾つか呼吸をなされたきり……」

皇女は、季晨の帰還を知らずに死んだ。

どれほど深い絶望であったろう。

（教えてさしあげたかった）

目を捧げ、時を捧げ、望まぬ叔父との結婚にさえ耐えた。

限られた時間で彼女が成し遂げた変革は、国に未来への道を示したというのに。

やっと訪れた希望の光を知らぬまま、皇女は帰らぬ人となってしまった。

「皇女様——」

アサは、慟哭の衝動をこらえる。

史書がなんと書こうと、皇女の戦いは尊かった。

複雑な感情はあるが、今となっては単純な敬意だけが残っている。

「僭越ながら、皇女様のやり残された一事を、務めさせていただきます」

――姪の私が。

アサは拱手の礼を示してから、牀の裏に手を入れ、留め金を外す。

ずっしりと重い剣を、アサは両腕で抱えて外に出た。

人の目は季晨に注がれているものと思って、密かに下りるつもりだったのに――衛兵が、どう気をきかせたものか「王巫様のおなり」と言ってしまった。つい先ほどまで広場にいたのだから、おなり、というのもおかしな話だ。

広場中の視線が一斉に――季晨の目まで、こちらを向いた。

季晨の紅い髪は、階の上からでもはっきり見える。

すうっと大きく息を吸い、アサはその場の千に近い数の人々に向かい、宣言した。

「王巫・袁旭照が、偉大なる皇女より預かりし鼎山星辰剣(ていざんせいしんけん)を、劉季晨に授ける！」

季晨は知恵者だ。すぐに気づくだろう。

これが、アサがしかけた芝居の一幕である、と。

黒い馬具でかためた馬からひらりと降り、こちらをまっすぐに見つめ、階を上ってくる。

ちぐはぐな黒い甲(よろい)と紅い髪。それこそが、この国の歩む未来そのものだ。

「自由の返礼には、過分だな」

アサだけに聞こえる声で、季晨が言う。

「ヨミと私の二人分です。是非ともお納めを」

抱擁（ほうよう）を交わす代わりに、二人は軽口と笑みを交わしあった。

「謹（つつし）んでお受けする。――大辰国第二十八代皇王は、劉季晨なり。皇女の言は、ここに正しく成った！」

賢い人というのは、いちいち賢い立ち回りをするものだ。

この一言で、即位から星辰剣の譲渡まで間が空いたのは、禎姫の偽言を明らかにするのを待ったがためだ、と人々は思うだろう。祇官の侮りも、人の目には映らなくなる。

季晨は、あの重い星辰剣を片手で持って高く掲げた。

万歳、皇王陛下万歳。

万歳――万歳。

声の波は、ますます高くなっていく。

（喝采（かっさい）を浴びる、傀儡の気分だ）

不思議な達成感が、アサを包んでいる。

天は崩れず、地は裂けず。

剣を掲げる紅い髪の皇王と、人々の歓喜の声。なんと美しい光景だろう。

人々の歓声の向こうに、もう煉瓦の道はない。

ただ、どこまでも原野が広がるばかりであった。

すでに季節は、秋のはじめに移っている。

すいすいと飛ぶ蜻蛉の数が、今日はことさら多い。

高く澄んだ空に、薫る風は涼やかだ。

「老師様ー！」

後ろから声をかけられ、アサは「白鵠。ちょっと待っていてください」と横にいる葦毛馬に断ってから振り返った。

アサは、藍の袍に薬箱を背負った旅装である。

ただ、髪だけはゆるりと低いところで結んでいた。もう、麻の布で胸を潰してもいない。央環を出てからずっと、アサはこの格好で過ごしている。

「あぁ、トヨさん。どうしました？」

乳飲み子のハジメを抱えて坂を下りてきたのは、トヨだ。

――士元は、最後の戦いで命を落とした。

勝手な話だ。アサは彼を看取ったが、最期の言葉は「海へ」であった。

母を夷女としか記さなかった父も相当なものだが、士元の酷薄さもずいぶんだ。

アサは、士元の死を報告した日から、この家の世話になっている。家族はトヨの両親と、トヨ、士元との子のマツとハジメ。ハジメの名はアサがつけた。彼らはアサを温かく受け入れ、央環から頻繁にやってくる客も、決して迷惑がらずに迎えてくれた。

アサは政殿を恐れた。秘薬は季晨が破棄させたものの、あの恐怖は消えない。

聞いた話だが、現在の王巫は、薬を飲まぬまま耀姫が務めているそうだ。

アサはこの三カ月、薬箱を背負い、あちこちの村を往診に回り、山で薬草を摘み、時に馬の世話を手伝った。今、こうして白鵠と名づけた葦毛馬と旅立てるのも、この牧での鍛錬の賜物である。

「見送りは要らないなんて、ほんとに水くさい人ですよ。……寂しくなります。村の皆も、残念がってました。——まぁ、あのお方ほどじゃあありませんけど」

ちらり、とトヨの目が坂の下を見る。

遠目にもよく目立つ紅い髪が、秋の穏やかな日を弾いていた。

「いずれの別れも、それぞれに寂しいものです」

「おかわいそうな季晨様。よっぽど惚れていなさるでしょうに」

トヨはため息をつき、坂の上に帰っていった。

連れてきた兵と馬を残して、季晨だけが一人坂を上ってくる。この牧を訪ねてくる時は、いつも皇王とは思えぬ軽装だが、今日は黒の袍を着ていた。

アサが笑めば、季晨も笑む。

そうしてくしゃりと笑む顔が、アサは好きだ。

「——行くんだな」

「はい。お世話になりました」

季晨は、皇王の座に留まった。

無理もない。孟清公子は乳飲み子で、国を背負うのは不可能だ。綱渡りの続く辰は、有能な指導者を必要としていた。

先日この牧に訪ねてきた時、彼は「葦毛馬の人生をまっとうする」と言っていた。

季晨は、天を支える道を選んだ。

「恥も外聞も捨てて引き止めたいところだが――笑わないでくれ。どうにも、俺は貴女に失望されるのが怖いのだ。見送るしかない」

二人は坂を下りた。名残惜しいのはお互い様だ。自然と歩みは遅くなる。

二匹の蜻蛉が、目の前を過ぎていく。さすがに、アサはあれを兄妹(きょうだい)だとは思わなかった。

「笑いなどいたしません。説得に来た皆さんも、誰一人笑いはしていませんでしたよ」

「なんだ、皆さんというのは」

「彭宰相、関尚書(かんしょうしょ)、寧将軍、葉将軍――」

「廟議の顔ぶれそのままではないか。――あの人たちは……余計なことを」

季晨は額に指をあて、渋面を作った。

「それで――季晨様。呉伊国の件、なにかわかりましたか？」

「あぁ。やはりヨミに間違いなさそうだ」

季晨の作戦で、辰の北の国境が南退した。作戦通りに新陽国(しんようこく)と呉伊国が土地を得んとにらみあいになった最中、呉伊国の王が突如倒れ、帰らぬ人となったのである。

毒を盛られたらしい。話を聞いた限りでは、盛られた毒は鯨墨のようであった。

禎姫が周父娘を殺したのと同じ毒菓子を、奴婢の宿舎のふたりが使っていた部屋まで取りに行ったのはヨミだった——が、アサは口を噤んだ。一生口にはしないだろう。

ここで——父を失って悲嘆にくれる呉伊国の王女と婚約し、杜那国から嫁いできた妃とその一派を放逐した者があった。

形としては王女が即位したが、呉伊国の権はこの夫が握っている、との噂である。この王妃の夫が新しく登用したのが、杜那国の政変に敗れた諸臣であるとかで、おおよその正体は知れたそうだ。

「子猫を守らんとしていましたが、獅子の子であったようです」

「話の通じる相手だ。あちらも敵は多いだろう。時期を見て、国交を打診する」

「良案でございます」

期せずして、北部四国との融和にも光が見えた。内乱からの復興の道は長いが、幸いにも有能な皇王と諸臣が政を支えている。

「——行く当ては？」

「ひとまず、珠海へ。芝居を見たいです」

「芝居か。あちらではあちこちで見かける。賑やかだ」

「こちらに来る途中、紅い火の神が、妻を黒い冥府の神に攫われる芝居を見損ないました。まずは、その続きを探します」

「あぁ、知っている。去年、珠海で見た。最後に――」

アサは、慌てて季晨の肘のあたりの袖をつかんだ。

「言わないでください！　最終回を楽しみにしているのですから！」

季晨は笑って「すまん」と謝った。

「年に何度も上演すると言っていた。きっと、すぐに見られるだろう」

「はい。楽しみにしています」

紅い火の神。あの傀儡は子供たちに愛されていた。――いずれ季晨もそうなる。彼の敷く善政は、世の希望となるだろう。

もうすぐ、坂が終わる。――終わってしまう。

「名残惜しいな。もうあの苦い薬湯も飲めなくなるのか」

アサは足を止め、季晨を見上げた。

「……私も、悩みました」

季晨の紫がかった藍の瞳を、美しいと思う。きっと季晨も、アサの翠の瞳を美しいと感じているはずだ。ごく自然な確信があった。

「そうか。少しは、救われた思いだ」

「不思議に思います。父はなぜ、同姓不婚の則を教えたのでしょう？」

アサは袁氏を称していても、季晨とは同じ劉氏の従姉弟同士だ。島のゆるやかな掟しか知らなければ見えなかった壁が、二人の間にある。

同姓の叔父姪婚も、従兄妹婚も、辰の王族は行っている。壁にはなり得ない、と事情を知る人たちは口をそろえた。まして互いの両親は、姉弟とはいえ母親が異なる。

だが、一度でも壁が見えてしまえば、足を止めずに歩き続けるのは難しい。

「娘に姓も字も明かさず、袁老師の養女になるよう計らっていながら――逃げ道を残したのかもしれん。父上にも、迷いがあったのではないか？」

父は、アサの性格をよく知っていた。自分と同じで、王家には馴染めまい、とでも思ったのだろうか。それとも、別な意図でもあったのか。それがなんであれ、今となっては確かめようもない。

「父の思い通りになどなるまいと――いっそ、薬箱を焼き捨てようかと思いもしました。でも……隣村で急病人が出たと聞けば、手は薬箱に伸びます。駆けつけ、脈を取り、いつも通りに薬湯を処方して……それが私の日常なのです。薬師以外の道を選べそうにありません。それに、いかに怨んでも、多くを救おうとした父の志だけは、美しいものであったと思います」

「……わかるような気がする。皇女が示した未来は、たしかに美しい」

季晨は、少し遠いどこかを見た。

アサもつられて、そちらに目をやる。ただ、そこには馬たちが草を食むばかりだ。

「いろいろなことが、ありました。――多くのことが。飲み込むまでには、まだまだ時間が要りそうです。今は、己の心にだけ従いたい。――どうにも、政には向きませぬ」

迷いに迷った。けれど、たどり着く答えは同じだ。

だから、そのまま伝えた。嘘はつきたくない。

「……わかっている。ただ、離れがたい」

「私も。――同じ気持ちです」

アサが伸ばした手を、季晨はぎゅっと握った。

同じだけの力で、アサも握り返す。

「……離れがたいが、貴女を檻に入れる者にだけはなりたくないのだ」

季晨は手を放し、前を向いてゆっくり歩きだした。

思いは伝えられた。これでいい。けれど、寂しさだけは避けられない。

「決して忘れません」

「いつか――気が向いたら、戻ってきてくれ」

「季晨様が海を渡られる方が先かもしれませんよ？」

中原にいずれ復す。それは辰に課せられた呪いである。

禎姫や西征公は、呪いに殉じた。次の、さらに次の世代は、どうなっているだろう。

いずれにせよ、遠い未来の話だ。

「海を、渡るのだな」

「はい。――約束がありまして」

アサは、首からさげた小袋を季晨に見せた。

「誰との約束だ？　父上か？」

「皇女様です。――海にありて、いつか同胞の船を守りたい、と仰せでした。それから慈堅とも。……最後に、二人だけで話をしたんです。彼と一緒に海を渡ります」

小袋に入っているのは、髪の束だ。アサは、これから彼らの魂の一部と、海を目指す。

季晨は微笑みを浮かべたまま、二度大きくうなずいた。

足を止める。

いよいよ、別れの時だ。

「――貴女の行く手に吹く風が、凪ぐように祈ろう。世話になったな」

「大辰国に八千代の栄を。こちらこそ、お世話になりました」

ぺこりと頭を下げ、アサは新しい相棒の鞍に跨った。

いつか願ったように、美しく別れたい。

こぼれた涙を袖でぬぐい、アサは振り返ることなく、護衛の兵と共に牧を去った。


――空は高く澄んでいる。

牧から半刻ほど進み、アサは護衛に「少し時間をください」と断ってから馬を止めた。

清佳の塚だ。見晴らしのよい丘に、簡素な塚があった。

ナツメ、イサナ。士元の他、アサが看取った兵士たちもここに眠っている。

たった三カ月前に掘り返された塚には、もう草が生い茂っていた。

「ナツメさん、イサナ。ヨミは元気ですよ。それはもう、とても生き生きとしています。──土元さん。トヨさんも、マツもハジメも元気です。迷いましたが、トヨさんに説得されたので、海までお連れしますね」

ぽん、とアサは首からさげた小袋を叩いた。

それから、袂に入れておいた麻の袋から、ざらりと掌に種を出す。この三カ月の間に、あちこちで集めた花の種だ。

生薬にする薬草と違って、花には詳しくない。だがきっと、来年の春には多くの花が咲く。その中に、ナツメや、イサナや、他の誰かが好む花があればよいと思う。

アサは、掌いっぱいの種をぱっと撒き──

「──では、またいずれ」

塚に向かって、手をあわせる。

そして──多くの魂と共に、誇らしい冒険の旅へと踏み出したのであった。

星辰の裔　了

集英社オレンジ文庫をお買い上げいただき、ありがとうございます。
ご意見・ご感想をお待ちしております。

● あて先
〒101-8050　東京都千代田区一ツ橋2-5-10
集英社オレンジ文庫編集部 気付
喜咲冬子先生

集英社
オレンジ文庫

星辰の裔

2020年11月25日　第1刷発行

著　者　喜咲冬子
発行者　北畠輝幸
発行所　株式会社集英社
〒101-8050東京都千代田区一ツ橋2-5-10
電話【編集部】03-3230-6352
【読者係】03-3230-6080
【販売部】03-3230-6393（書店専用）
印刷所　株式会社美松堂／中央精版印刷株式会社

※定価はカバーに表示してあります

ISBN 978-4-08-680351-9 C0193